Gisbert Haefs

Kein Freibier für Matzbach

Roman

GOLDMANN VERLAG

Der Abdruck der Auszüge aus Martin Heideggers *Sein und Zeit* erfolgt mit freundlicher Genehmigung des Max Niemeyer Verlages, Tübingen

Herzlichen Dank an Renate und Georg Cordts für die Überlassung von Leihpersonal – nach Ausbeutung unverstümmelt zurück.

Umwelthinweis:
Alle bedruckten Materialien dieses Taschenbuches sind chlorfrei und umweltschonend. Das Papier enthält Recycling-Anteile.

Der Goldmann Verlag
ist ein Unternehmen der Verlagsgruppe Bertelsmann

Originalausgabe 5/96

Umschlaggestaltung: Design Team München
Satz: Uhl + Massopust, Aalen
Druck: Elsnerdruck, Berlin
Verlagsnummer: 43376
AB · Herstellung: Sebastian Strohmaier
Made in Germany
ISBN: 3-442-43376-2

3 5 7 9 10 8 6 4 2

I

> Oft grub ich Tote aus und setzte sie
> vor ihrer Freunde Türen aufrecht hin.
>
> William Shakespeare

Um halb vier morgens am Dienstag, 6. September 1994, verließ Baltasar Matzbach den umgebauten Rheindampfer *Spelunke*. Er schloß die doppelte Schiebetür nicht ab; das würde Felix Yü tun, der an Bord hauste und irgendwann schlafen gehen wollte.

Dank milder Nachtbrise stank der Fluß kaum. Wasseranteil und Flüssigkeitsstand waren niedrig; der Anleger hing weit unten in den Befestigungsschienen. Auf der steilen Treppe zur Uferpromenade lag etwas.

Es sah plump und unvollständig aus, aber eher drapiert und arrangiert denn hingeworfen. Sternklare Nacht und Uferlaternen gaben genug Licht; Matzbach kniete am Fuß der Treppe nieder und betrachtete den Gegenstand.

Es war ein kopfloser Leichnam, nackt, relativ männlich, in der Brust ein fransiges Loch; die verdrehten Hände hielten über dem Nabel einen dunklen Klumpen. Wie eine Büste stand der Kopf ein paar Stufen oberhalb. Die abgeschnittenen Genitalien hingen aus dem Mund.

»Das ist Albo«, murmelte Matzbach. »Dem wird doch nichts passiert sein?«

Ein Hauch wie Zimt und Geißblatt kam vom Ufer und überdeckte den salzigen Geruch von Fleisch und Blut. Matzbach blieb auf den Knien, musterte den Verstümmelten, die Treppe, das Geländer am Ufer; dann schloß er die Augen und sortierte seine Erinnerungen.

Der Mann hatte die vertäute Kneipe gegen elf Uhr verlassen,

allein und fast nüchtern. Es mochten zehn oder zwölf Gäste dageblieben sein – flauer Montag. Der Bauunternehmer und Investor Erler hatte wieder ein Angebot gemacht, höher als die bisherigen: nicht mehr ein Drittel, sondern neunundvierzig Prozent der *Spelunke*, und Matzbach hatte wie üblich abgelehnt; der Chinese und der Ashanti hatten den besoffenen Zaches auf den Billardtisch gebettet; die Kellnerin Lucy hatte eine Flasche Pommery fallen lassen. Lucy und Tshato waren gegen zwölf gegangen; gegen halb zwei hatte Matzbach die letzten Gäste an Land eskortiert – Erler plus zwei Leute und ein älteres Paar. Auf der Uferstraße hatten zwei bestellte Taxis gewartet, deren Dieselgrollen von der Backsteinmauer unterhalb der Uni-Bibliothek prallte und hallte. Matzbach erinnerte sich an zwei streunende Hunde, die rheinaufwärts – Richtung Bundestag – Uferbäume benetzten; aus einem nahen Geäst war ein zeternder Vogel zu einer Laterne geflattert: kein Käuzchen. Nach Abschließen des Geländertors war Matzbach zurück an Bord gegangen, hatte mit Yü aufgeräumt, Kasse gemacht, längliche Gin-Tonics getrunken und zwei Partien Schach gegen den Chinesen verloren.

Die Nacht war still und warm; in der Ferne knurrten einzelne Autos. Matzbach blieb auf den Knien, hielt die Augen geschlossen und versuchte, sich weiter zurück zu erinnern. Er wußte wenig über den Toten, zu wenig, um Spekulationen über Feindschaften anstellen zu können; daß man die Leiche ausgerechnet vor der *Spelunke* deponiert hatte, wirkte jedoch wie eine dunkle Drohung – wer hatte etwas gegen Albo, wer gegen die *Spelunke*, wer womöglich gegen beide? Oder gegen Einzelpersonen an Bord des Schiffs?

Nomey Tshato, Ashanti, angeblich Fürstensohn, Schiffskoch mit britischem Paß und Abneigung gegen Seßhaftigkeit, seit fünf Jahren in Deutschland; er hatte in etlichen Toprestaurants gearbeitet, erstklassige Referenzen, konnte woanders erheblich mehr verdienen, kochte aber seit einem halben Jahr für

5000,– pro Monat in der *Spelunke* seine wahnsinnigen Menüs – angeblich, weil er lieber auf einem Schiff seiner kulinarischen Fantasie gehorchen als an Land Cuisine nach Vorschrift betreiben mochte. Ach ja, und er lag in Lucys Schwimmdock zur Überholung seines Bugspriets, wie er sagte; die Kellnerin, 35, geboren und verwurzelt in Bonn, hatte ihn eines Tages angeschleppt und war sicher der Hauptgrund für Tshatos Verweilen. Gab es da düstere Vorgeschichten?

Don Red Horse, Cheyenne, Kellner und Barmann, vorher Kunstreiter und Dompteur in einem Zirkus, der pleite gegangen war; davor GI in Deutschland, bei einer Pionierabteilung; er fuhr einen rostigen Pickup, hauste in einer Bruchbude in Dransdorf, nahm gelegentlich eine Nase voll Koks und gab einen perfekten Chefbutler oder Majordomus ab. Über sein Seelenleben, seine erotischen Vorlieben, überhaupt seine Geschichte wußte niemand etwas.

Oder Zaches? Der Zwerg – die Beine waren zu klein, alles andere normal und folglich im Verhältnis zu groß – behauptete, moldawischer Halbzigeuner zu sein und nach Jahren der Arbeit als Bodyguard und unterschätzter Rausschmeißer in einem Frankfurter Puff nun nach Australien zu wollen, aber zunächst noch zu Fuß durch Mitteleuropa; er war vor zwei Wochen aufgetaucht, nachts, neben Matzbach auf einen Barhocker geklettert und hatte sich nach irgendeinem Job erkundigt – Tellerwäscher, Rausschmeißer, Hilfskellner, Putzfrau, Mechaniker? Er hatte sogar einen Bootsführerschein. Matzbach war abgelenkt gewesen, als Zaches zu fragen begann – abgelenkt von einer anderen Frage eines anderen späten Besuchers, Vertreters der rheinischen Subkultur, der eben Mutmaßungen darüber anstellte, wieviel monatliche Schutzgebühr wohl der ungestörte Betrieb der *Spelunke* den Besitzern wert sein mochte. Matzbach hatte geseufzt und ihm das Spielzeug, ein Schnappmesser, aus der Hand geschlagen, und Zaches hatte den Mann scheinbar mühelos hochgehoben und gesagt: »Also, nen Rausschmeißer brauchste nicht, Chef, aber vielleicht nen Handtuchhalter – falls du dir noch mal die Hände an ihm abwischen willst?« Seitdem hauste Zaches in einer der Kabinen des unteren Decks, half bei allem, was anfiel, verschleppte mindestens jeden zweiten Abend eine andere hungrige Dame in seine Kajüte – »es ist das Große am Kleinen, sonst nix, Chef« – und besoff sich anschließend.

Schutzgebühr? Matzbach dachte an einen anderen Fall, fünf Tage her. Diesmal war es ein Chinese gewesen, der sich gleich an Yü wandte und sehr freundlich lächelnd etwas sehr Freundliches, sehr Chinesisches sagte; und Felix Yü hatte einen entrückten, nahezu konfuzianisch-meditativen Gesichtsausdruck bekommen, sich plötzlich wie ein Panther um den Tresen herum bewegt (ohne daß einzelne Bewegungen zu sehen gewesen wären) und dem fernöstlichen Besucher sehr schnell drei Finger und den Unterarm gebrochen. Dann hatte er sich verneigt, und der andere war mit einer etwas übertriebenen Verbeugung verschwunden.

Sie wußten – alle wußten –, daß mehr als die Hälfte aller gastronomischen Betriebe aller Großstädte Schutzgelder zahlten; aber als Matzbach vor dem verstümmelten Leichnam kniete und nach eingehender Gewissenserforschung die Augen wieder öffnete, hielt er es doch für abwegig, in dieser nächtlichen Lieferung eine Art Zahlungsaufforderung zu sehen.

Er stand auf, sah sich noch einmal gründlich um und ging über den Anleger zurück; irgendwie kam es ihm vor, als ob die fetten Wellen am Schiffsrumpf schmatzten.

Yü lehnte am Tresen, auf den rechten Ellenbogen gestützt, und schien in dieser Haltung bis zum Sonnenaufgang über die Probleme der Doppelhelix oder der tibetischen Grammatik nachdenken zu wollen. Oder beides.

»Du mußt dein Herz weit machen«, sagte Matzbach.

Yü seufzte.

»Ziehst du längeres Aufbleiben vor oder frühes Wecken?«
»Gegen wen?«
Matzbach wies mit dem Daumen hinter sich. »Regloser Besuch.«
Yü rieb den Ellenbogen und verschwand im Niedergang. Matzbach goß je drei Fingerbreit Cardhu in zwei Gläser und befreite eine Davidoff vom Cellophan. Als Yü zurückkehrte, hatte sein Gang etwas Katzenhaftes, und in den dunklen Augen glomm es.
»Es gibt ein Ding zwischen den Mundwinkeln, das ist: das Durchbeißen«, sagte Matzbach.
Yü nahm das zweite Glas und rieb den Rücken an der Tresenkante. »Er hat den Mund voll von seiner Lieblingsbeschäftigung, beißt aber nicht mehr. Ihm ist die Festigkeit der Backenknochen abhanden gekommen.« Nach einem Schluck setzte er hinzu: »Kaum Blut; das ist woanders passiert.«
»Womit wir bei der Frage wären: was tun?«
Yü blickte wie zerstreut zum Billardtisch hinüber, auf dem Zaches der Zwerg schlief und röchelte. »Weißt du irgendwas?«
Matzbach blies einen Rauchkringel. »Null. Du?«
»Nichts von Bedeutung. Wann ist er weg?«
»Gegen elf.«
Yü klackte mit der Zunge. »Die ahnungslosen Knaben Matz und Yübach... Rufst du an? Ich mach Kaffee.«

Ein Schwarm fragseliger Heuschrecken in Grün und in Zivil befiel das Rheinufer und die *Spelunke,* die Matzbach und Yü nach dem katastrophalen Ende ihres Abenteuers an der Ahr* mit einem Teil der blutigen Beute respektive des Erbes sowie mit Zuschüssen zweier Banken gekauft und umgebaut hatten. Matzbach registrierte, daß Yüs Panthergang wieder ins Menschliche verfiel. Offenbar erstickte das Polizeiaufgebot

* vgl. *Matzbachs Nabel*

den Funken Jagdinstinkt, angefacht von Albos Aushauchen; andererseits hatte der 32jährige Chinese Erfahrungen als Kellner, Koch, Leibwächter, Kampfsportlehrer, Hilfsschreiner, Hobbywinzer – vielleicht wechselte er einfach zum gerade erforderlichen Aspekt seiner Persönlichkeit. Oder ihm war sein deutscher Paß eingefallen, was jeden Panther hemmen muß.

Gegen sieben, ehe der dicke Morgenverkehr begann, verschwanden der Tote, die Leute von der Spurensicherung und der Mediziner, mit dem Hauptkommissar Walter Freiberg noch ein paar Worte wechselte, ehe er Matzbach wieder in die *Spelunke* folgte. Unter der Bräune (»Engadin – aber rein beruflich«) fräste der Schlafmangel tiefe Spuren in die Haut. Am Fuß der Doppeltreppe zum Kneipendeck blieb Freiberg stehen, betrachtete wie zum ersten Mal die Hinweisschilder – *VIPs/Toilette* nach links oben, *Menschen/Klo* nach rechts –, rieb sich die Augen und murmelte etwas wie »verrückte Bastarde«. Er stieg die Treppe hinauf; dabei klopfte er mit zusammengerollten Papieren an seinen Oberschenkel. Oben steckte er die Rolle in die Jacke, schaute mit schmalen Augen zum Zwerg, der immer noch auf dem Pooltisch schnarchte, und kletterte ächzend auf einen Hocker am Tresen.

Aus dem Kombüsendurchgang erschien Yü mit einem Krug. »Frischer O-Saft.«

»Gut für sauren Magen und Gemüt.« Matzbach hockte sich links neben Freiberg und deutete auf das Whiskyglas; Yü schob ihm die Flasche Cardhu hin.

»Trotzdem danke.« Freiberg goß selbst Saft ein, trank und ächzte noch einmal; in dem Geräusch lag eine gewisse Feierlichkeit, etwas vorläufig Endgültiges. »Schläft der da immer so fest?« Er deutete auf Zaches, den man vergeblich zu vernehmen versucht hatte.

»Fast. Was sagt euer Pathologe?« Matzbach kaute auf einer erloschenen Zigarre.

»Er ist begeistert.« Freiberg gluckste. »Das wäre die widerlichste Sache, die er seit langem gesehen hat, sagt er.«

Die »Technik« hatte nichts Wesentliches gefunden, nur eine Million nutzloser Fingerabdrücke an Geländer und Törchen. Nirgends im weiten Umkreis Blut oder Schleifspuren, auch keine herrenlose, besudelte Schubkarre oder derlei. Die diversen Scheußlichkeiten mußten woanders durchgeführt worden sein; vermutlich hatte man Rumpf und Kopf nach Verschneiden und Schächten mit einem Auto hergebracht und über das Tor gekippt.

Freiberg nippte an seinem Saft; dann gähnte er und rieb sich die Augen. »Tja, also – kurz und schmerzlos ...«

»Mistah Kurtz he dead«, sagte Matzbach. »Und schmerzlos war das bestimmt nicht.«

Der Hauptkommissar verzog das Gesicht. »Deswegen ist der Kollege ja so begeistert. Auf die genaue Reihenfolge will er sich nicht festlegen, glaubt aber, daß die – wer auch immer – nicht mit dem Kopf angefangen haben.«

»Gah«, sagte Matzbach.

Yü lächelte beinahe entrückt. »Wer sein Herz einmal verloren hat, sollte es danach nie wieder aus der Hand geben. Kungtse.«

Freiberg schüttelte den Kopf. »Nun mal ernsthaft, Jungs. Den offiziellen Teil habt ihr anständig absolviert. Jetzt sind wir unter uns. Was wißt ihr wirklich? Und ... bah, wieso muß ausgerechnet ich das hier machen?«

Matzbach grinste. »War ich dir doch schuldig, Freibier. Ich hab die Sache gemeldet und darum gebeten, daß auf keinen Fall HaKa Freiberg kommen soll, wegen alter Differenzen. Persönliche Inkompatibilität. Erschien mir als sicherste Methode, dich schnell aus dem Bett deiner studentischen Hilfskraft zu zerren. Wie geht's Sabine?«

Freiberg reagierte nicht auf die Frage. »Ich werd mich demnächst revanchieren. Also, komm, raus damit, Ratzbach – was weißt du über diesen Albo Schmidt? Blöder Vorname, übrigens.«

»Rufname«, sagte Yü. Er stand noch immer hinter dem Tresen, einen Unterarm auf die Zapfhähne gelegt. »Kriegsname, sozusagen.«

»Wie heißt er richtig?«

Matzbach kicherte. »Du wirst es nicht mögen. Seine Eltern hatten einen Hang zu jenen germanischen Namen, die Hitler und Co nicht mißbraucht haben.«

»Spuck's schon aus.«

»Alberich.«

»Alberich Schmidt? Mein Gott, wie albern.« Freiberg zog die Papiere aus der Tasche, nahm den von Yü dargebotenen Kuli und kritzelte. »Kennt ihr ihn gut?«

»Nur flüchtig. Seit wir die Kneipe hier aufgemacht haben, ist er häufig dagewesen. Trinkt Bier. Köstritzer Schwarzbier; er sagt, das kriegt er sonst fast nirgends. Ißt Käsehäppchen und Gemüseaufläufe und so was. Verschwindet meistens vor Mitternacht – die haben im Bauministerium bestimmt Gleitzeit, aber vielleicht gleitet er gern früh. Oder hat später nachts noch was Glitschiges vor.«

Freiberg legte die Papiere auf den Tresen und steckte den Kuli in die Brusttasche. Yü beugte sich vor und zog ihn heraus.

»Was? Ach so, Firmeneigentum. Also, Schmidt war hier von neun bis elf, ungefähr, ist gegangen, und dann hast du ihn gegen halb vier gefunden. Mehr nicht?«

»Mir reicht das völlig«, sagte Matzbach.

Freiberg gähnte schon wieder. »Scheißzeit... Hat er exotische Kontakte?«

»Bitte?« Yü hob die Brauen.

»Er kennt mindestens einen Chinesen«, sagte Matzbach. »Und massenhaft exotische Beamte im Ministerium. Wieso?«

»Ach, ich meine, wer schneidet denn das Ding ab und steckt es ihm in den Mund? Im Rheinland unüblich.«

Baltasar wackelte mit dem Kopf. »Vorsicht. Sagen wir, diese hübsche alte Gepflogenheit harrt im Rheinland noch ihrer Wiedereinführung.«

Freiberg seufzte. »Hat er vielleicht – ach, was weiß ich denn, eine Botokudin geschändet und ist jetzt von den Angehörigen bestraft worden?«

Matzbach zog die Mundwinkel herab, als müsse er sich tiefer Zweifel erwehren. »Kaum. Die botokudische Population hierorts ist allenfalls karg. Und Albo hat sich zwar nie geoutet, ich bin aber sicher, daß er schwul war.«

»Hm. Wie wär's mit einem Fememord im schwulen Milieu?«

Yü runzelte die Stirn. »Ihr müßt sehr müde sein, Herr, wenn Ihr derart fantasiert.«

»Bin ich. Also, ihr habt wirklich keine Ahnung? Kommt, Jungs, tut mir doch den Gefallen. Gebt schon zu, daß ihr ihn da hingelegt habt, um Kunden abzuschrecken. Aus Faulheit. Ihr kriegt gemütliche Zellen, mildernde Umschläge, Kooperation mit den Behörden, alles was ihr wollt.«

Matzbach holte ein Wegwerffeuerzeug aus der Tasche seines Piquéhemds und zündete die antike Zigarre wieder an. »Du bist doch bloß zu faul, jetzt das ganze Bauministerium zu befragen, oder?«

»Grauenhafte Vorstellung.«

»Du kannst ja deinen wölfischen Assistenten damit betrauen. Und hör dich mal im Milieu um.«

Freiberg stützte die Ellenbogen auf den Tresen, faltete die Hände, legte das Kinn darauf und blinzelte. »Irgendwie ...« Er hüstelte. »Die Sache hat ja zwei Aspekte.« Er richtete sich wieder auf, ließ die Arme baumeln und musterte zuerst Yü, dann Matzbach.

»Erklärt Euch, Herr«, sagte der Chinese.

»Von mir aus können wir uns ruhig duzen.«

Yü deutete eine Verneigung an, sagte aber nichts. Matzbach und der Hauptkommissar kannten einander seit langem; in einer Kleinstadt wie Bonn ist es nicht zu vermeiden, daß Personen mit Hang zu Personen mit krimineller Energie früher oder später kollidieren. Seit sie die Kneipe aufgemacht hatten, war Freiberg einige Male dagewesen – meistens, um auf seine promovierte Konkubine zu warten, die geheimnisvolle Dinge in der nahen UB trieb.

»Für einen Chinesen ist ›Ihr‹ und ›Herr‹ schon ziemlich vertraulich«, sagte Matzbach. »Du solltest ihn nicht drängeln.«

Freiberg legte eine Faust auf den Tresen. »Bah. Also – zwei Aspekte, wie gesagt. Jemand hat Schmidt gemetzelt – wer, wo, wann, warum? Und: Wieso hat man die Leiche auf eurem Anleger deponiert? Es liegt nahe, eine Verbindung zwischen den Dingen zu vermuten, oder?«

Matzbach grinste. »Es wird sich als Fraktal herausstellen, Junge. Eine der berühmten akausalen Verbindungen, denen du nicht einmal mit transfiniter Beweisführung gerecht werden kannst.«

»Ach hör doch auf mit deinem Gesabber.« Freiberg betrachtete Yüs ausdrucksloses Gesicht. »Von Ihnen – von dir weiß ich wenig. Schwatzbach würde nur jemand umnieten, wenn es sich irgendwie lohnt oder nicht vermeiden läßt. Ihr habt bestimmt Schulden gemacht, um das Ding hier zu finanzieren. War Schmidt reich und hat euch ins Testament gesetzt?«

»O Mann.« Yü holte tief Luft und zeigte die Schneidezähne. »Ich verwende die Seidenschnur oder die blanke Hand. So eine Sauerei würde ich nie anrichten, schon gar nicht auf der eigenen Türschwelle. Und abgesehen von den üblichen Unersprießlichkeiten weiß ich nichts von bösen Menschen mit bösen Vorfahren.«

»Was für Unersprießlichkeiten?«

»Ach, Schutzgeldforderungen und derlei.«

Freiberg nickte. »Trübe Sache, greift immer weiter um sich. Habt ihr da Probleme?«

Yü hob die Schultern. »Immer mal wieder. Letzte Woche hab ich einen rausgeworfen, der kassieren wollte.«

»Und?«

»Nix und.«

Matzbach blies eine lange Rauchschlange zwischen Freiberg und Yü. »Yü hat ihm den rechten Unterarm gebrochen. Und gesagt, wenn er wiederkäme, würde er mit dem linken weitermachen. Bis jetzt hatten wir Ruhe. Ich fürchte, du wirst die ganze Routine fahren müssen, Freibier. Vielleicht weiß seine Schwester ja was – die von Albo.«

»Schwester? Aha. Ist die auch schwul?«

Yü breitete die Arme aus. »Eine Frage der Definition.«

Freiberg zwinkerte. »Inwiefern?«

»Zwei Leute machen's nur mit Männern«, sagte Matzbach. »Der eine ist schwul; was ist die andere? Konfuzius hat das in einem Aufsatz über amorphe Logik mal als ›einseitiges Dilemma‹ bezeichnet.«

»Für Konfuzius bin *ich* zuständig«, sagte Yü.

»Ihr könnt mich mal«, sagte Freiberg; knurrend glitt er vom Hocker.

»Aber nicht sofort, oder?« Matzbach nahm die Zigarre aus dem Mund, betrachtete das feuchte Ende und schüttelte den Kopf. »Nein, jetzt nicht.«

»Wo wohnt die Schwester, und wie heißt sie?«

Yü schob die Unterlippe vor. »Wir haben hier leider nur uninteressante Adressen. Sie steht aber bestimmt im Telefonbuch, unter Schmidt.«

»Schön, das sind höchstens sechs Seiten. Alt, jung, geschieden? Und, bittebitte, hat sie vielleicht einen Vornamen?«

Matzbach kicherte. »Verwitwet. Ihr Mann ist mal zu schnell gefahren. Und der Vorname wird dir nicht gefallen.«

»Moment. Wieso heißt sie Schmidt, von wegen verheiratet und verwitwet? Kein Doppelname?«

Yü starrte an die weißgestrichene Decke und bemühte sich

um eine ausdruckslose Miene. »Sie hieß Schmidt, hat einen Mann namens Schmidt geheiratet, auf den Doppelnamen verzichtet und nach Eintritt der Witwenschaft ihren Mädchennamen wieder angenommen.«

Freiberg schloß die Augen. »Vorname.«

»Tja«, sagte Matzbach. »Noch so was Germanisches.«

Der Hauptkommissar öffnete die müden Augen. »Und zwar?«

»Rapunzel. Rapunzel Schmidt.«

Freiberg kratzte sich den Kopf.

»Ich glaube«, sagte Yü, »sie mag keinen Feldsalat.«

»Irgendwie«, sagte Freiberg finster, »fühl ich mich hier ein bißchen verarscht. Wir sprechen uns noch.« Er ging zur Treppe.

Das Schweigen dauerte so lange, wie Yü zum Kaffeekochen brauchte. Matzbach sah sich im Kneipenteil des umgebauten Dampfers um, als ob er sich von den Holztischen, den Stühlen, dem belegten Pooltisch und überhaupt allem einzeln verabschieden müßte.

»Gewissenserforschung?« Yü stellte das Tablett mit Thermoskanne, zwei Bechern, braunem Zucker und echter Sahne auf den Tresen.

»Wieviel schulden wir den Banken?«

»Typisch Abendländer. Ich frag nach Gewissen, er denkt an Geld.« Yü grinste; dann gähnte er und machte eine Art Kniebeuge.

»Du hast dein Morgengrauen-Kungfu ausfallen lassen; Freibier hätte den Anblick bestimmt genossen. Erler hat fünfhundert Kilo für neunundvierzig Prozent angeboten. Fünfzig mehr als zuletzt.«

Yü kam um den Tresen herum, setzte sich auf den vom Hauptkommissar vorgewärmten Hocker und goß beide Becher voll. »Freiberg hätte gelacht«, sagte er halblaut; »ich hol das Turnen später nach. Die Banken kriegen noch an die eins Komma eins von uns; ich will Erler nicht als Teilhaber; und was ist mit deinem Gewissen?«

Matzbach winkte ab. »Reden wir nicht von hypothetischen Dingen oder fantastischen Wesenheiten. Fällt dir irgendwas ein? Mafia, Triaden?«

Yü zupfte sein rechtes Ohrläppchen. »Nichts, außer der letzten Schutzgeldaffäre. Wegen des Arms würden die uns aber keinen zerschlitzten Albo vor die Tür legen, oder? Und noch ohne was zu sagen.«

Matzbach hielt sich mit beiden Händen am Becher fest. »Kaum. Alte Freunde? Alte Feinde?« Er tat Sahne und Zucker hinein und rührte laut. Zaches setzte sich auf, blinzelte, ächzte, ließ sich zurücksinken und schlief Sekunden später wieder.

Yü schüttelte den Kopf.

»Na gut. Also umhören. Und abwarten, was die Jungs von der Kripo rauskriegen?«

Yü spitzte den Mund. »Solange das Mandat des Himmels nicht erloschen ist, haben alle Organe des Drachenthrons Anspruch auf Loyalität. Sagt Meng-tse.«

»Laß mich mit den Körperteilen des Kanzlers in Ruhe. Drachenthron, pah.« Matzbach rutschte vom Hocker; im Stehen leerte er seinen Becher. »Wie üblich um sechs, oder was Besonderes?«

Yü kniff die Augen zusammen. »Nichts – außer umhören. Und sieh dich vor.«

Matzbach klopfte ihm auf die Schulter. »Ich bin ja bald unter Menschen, sofern das in Bonn der Rede wert ist. Du dagegen, alter glückhafter Herr Yü, hausest hier allein auf der Dschunke. Besorgnisse?«

Yü deutete auf den Poolschläfer. »Erstens bin ich nicht allein. Zweitens überlaß ich das Besorgen dem Koch; der hat den Einkaufszettel.«

2

»...wurde Baltasar Matzbach als ›Universaldilettant‹ bezeichnet, der sich in die Gefilde der Kriminalistik verirrt habe... Ein Bekannter mutmaßte auch, BM leide (?) an Elephantiasis der Seele. Interessanter sind jedoch andere Aspekte... Immerhin kann BM es sich seit vielen Jahren leisten, Hecht zu essen und zum folgenden Fleischgang einen Grand Cru zu trinken. Er kam über die Welt im gleichen Jahr wie der Zweite Weltkrieg. Nach dem Verscheiden seiner Eltern wuchs er bei Verwandten auf und studierte später Philosophie und Kernphysik. Dabei erfand er etwas für ein Betatron, so kompliziert, daß er es selbst schon nicht mehr erklären kann, aber das Patent wurde bis etwa 1984 verwendet und warf in dieser Zeit einiges ab, wie auch ein vollendet schwachsinniger Schlager, den BM Ende der 50er komponierte und der zuletzt anno '89 neu aufgenommen wurde, so daß die GEMA bisweilen freundliche Schecks schicken konnte. Ein Hauptgewinn im Lotto sorgte 1962 dafür, daß BM aus dem Gröbsten heraus war. Er investierte klug und ergab sich der sinnlosen Bildung; von ihm verfaßte Werke wie *Monotheistische Strömungen des inselkeltischen Druidentums, Schamanistische Einflüsse in die Analekten des Konfuzius* oder *Sexualpathologische Aspekte der Psychokinese** gelten in den konzentrischen Fachkreisen als Standardschriften. Einige Jahre hielt er sich, ehe die touristische Völkerwanderung sie verwüstete, an der bretonischen Nordküste auf, als Mäzen und Manager junger Künstler, Erbauer eines Labyrinths, Veruntreuer von Touristinnen und Privatdozent wider Okkultismus. Jahrelang verdiente er sich ein Zubrot mit seinem Kummerkasten *Fragen Sie Frau Griseldis,* der zum 1988 erfolgten Konkurs einer großen Illustrierten beigetragen haben mag. Ferner droht irgendwann die Veröffentlichung seines geheimen Hauptwerks, *Der Leichnam in der Weltliteratur.* Möglicherweise sind seine detektivischen Aktivitäten nur ein Vorwand hierfür, oder umgekehrt...«

AUS: JAKOB GRUNEWALD, WILLKÜRLICHE BIOGRAMME*, [3]1991

*Alle Titel erschienen im Verlag für Enzyklopädische Geisteswissenschaften (Edinburgh-Simla-Wachtendonk-Córdoba-Beaune)

Der breite Bürgersteig gegenüber dem Ufer füllte sich allmählich wieder mit Autos. Matzbach schätzte die Abstände vor und hinter seinem Wagen, grunzte und tätschelte das Vehikel, eine DS 21 Baujahr 1973, außen mildes Schokoladeblau (»Zum Reinbeißen«), innen sahneweißes Leder. Jahrelang hatte er sich als mürrische HWG-Person mit Häufig Wechselnden Gebrauchtwagen herumgeplagt, immer auf der sinnlosen Suche nach jenem Wagen, der den Sitzkomfort von Omas Plüschsesseln mit perfektem Fahrkomfort und Verzicht auf elektronischen Schnickschnack verbinden und von außen jederzeit in der Masse der immer identischer konzipierten Fahrzeuge erkennbar sein sollte. Eines Tages hatte eine nette ältere Dame ihn auf einen Denkfehler aufmerksam gemacht, oder genauer, eine Denklücke:

»Ein Wagen, der die Eigenschaften der ollen DS hat, aber neu und zuverlässig ist, falls Sie mal schnell wohin müssen? Gibt's nicht – aber Sie haben doch genug Mäuse für zwei Autos, oder?«

Matzbach erinnerte sich ungern daran, daß er die Dame einen Moment mit offenem Mund angestarrt hatte; er wußte noch immer nicht, wieso er nicht längst allein auf diese Lösung gekommen war. Der andere Wagen, ein inzwischen nicht mehr ganz neuer 600er Rover, mußte dringend wieder bewegt werden. Während Matzbach sich wollüstig seufzend in den Pallas gleiten ließ, das einzige seinen 190 Zentimetern und 115 Kilo angemessene Gefährt, dachte er über einen Trip nach. Papageien in Rouen suchen? Sprotten nach Kiel chauffieren? In Genf Uhren aufziehen? Berlin... aber asiatische Gemeinden zogen ihn bestenfalls widerstehlich an. Er steckte den Schlüssel ins Zündschloß und legte die Hände aufs Lenkrad.

Zehn Minuten später saß er immer noch so. Es kam ihm vor, als habe er eine Vielzahl von Dingen bedacht, mit unerbittlicher Geistesschärfe, aber er konnte sich an nichts erinnern, außer an eine gewisse Vagheit, dem Dösen ähnlich. »Faktizität des Uneigentlichen, oder so«, murmelte er, gähnte, rieb sich die Augen und ließ den Wagen an.

Beim Ableben eines Mitmenschen, dachte er, sollte man sich bemüßigt fühlen, mit klecksendem Federkiel das eigene Biogramm nachrufshalber zu skizzieren; sich vor den Spiegel stellen um zu sehen, ob der im Quecksilber Ähnlichkeit mit dem aktuellen Überlebensgefühl hat; dem Tod und der Verbrüchlichkeit voraussinnen. Aber ihm war nicht nach Introspektion zumute, obwohl der karge Verkehr am Rheinufer es zugelassen hätte; und abgesehen von der unerfreulichen Bizarrerie des Vorgangs ließ ihn Alberich Schmidts Hinscheiden kalt.

Im Rosental fand er einen freien Parkplatz und raffte sich mächtig auf, nahm nicht einmal den Fahrstuhl, sondern stieg drei Treppen. Er mußte zweimal klingeln und einmal klopfen, bis endlich die Tür aufging. Tshato, nackt bis auf einen winzigen orangen Slip, blinzelte ihn verdrossen an.

»Chef? Was ist los? Kurz nach Mitternacht...«

Matzbach schob ihn beiseite, ging in die Wohnung und überließ ihm das Türeschließen. »Nein, danke, ich mag mich nicht setzen«, sagte er, »aber nett, daß du es mir anbietest. Lucybaby!«

Aus der offenen Schlafzimmertür drang unwirsches Raunen; die blonde Kellnerin erschien, pittoresk gewickelt in ein lachsrosa Laken. »Mein Gott...«, murrte sie.

»›Chef‹ reicht, oder ›Matzbach‹ oder so«, sagte er. »Paßt auf, ihr zwei Hübschen.«

Er sprach schnell und konzentriert; die beiden wurden jäh wach. Schließlich hob er die Hände und sagte:

»So weit. Die Jungs von der Kripo werden euch bestimmt dies und das fragen, hier oder heute abend auf dem Boot. Ich möchte nur eins wissen – jetzt. Gibt's bei einem von euch finstere Flecken in der Vergangenheit, die schnell übertüncht werden müssen? Habt ihr irgend etwas an Ahnung?«

Lucy schüttelte stumm den Kopf.

Der Ashanti schien nach innen zu blicken, stand wie erstarrt im Rahmen der Schlafzimmertür. Dann lockerte sich die Haltung; die dunklen Augen kehrten aus weiter Ferne oder verworfenen Tiefen zurück. »Nix, Chef«, sagte er. »Scheußliche Sache, aber ich hab ganz bestimmt nichts damit zu tun. Ich wüßt auch nicht, wer sonst...« Die dunkle, kultivierte Stimme mit dem kaum zu ahnenden britischen Touch klang betrübt, aber das dunkle, kultivierte Gesicht lächelte.

»Warum so heiter, Fürst?«

Tshato grinste nun ganz offen. »Komisch, daß Teile und Dinge zu Lebzeiten angenehm und hinterher unerfreulich sein können. Ein Messer macht *so* viel aus.«

In der Paulstraße fand Matzbach einen ihm zustehenden Anwohnerparkplatz, schlurfte in die Breite Straße, erschloß die Tür des renovierten Jugendstilhauses, ignorierte den Briefkasten und hievte sich treppauf zu seiner Chaosbehausung.

Das Klacken und Spulen des Anrufbeantworters weckte ihn gegen drei – offenbar aus einer extrem leichten Schlafphase, denn das Gerät stand nebenan im Wohn- und Arbeitsraum, und selbst bei offener Zwischentür wurde aus dem zaghaften Geräusch kein Lärm. Nach einer lauen Dusche trocknete er sich vor dem kaum beschlagenen Spiegel ab, murmelte: »Du mußt dein Leben ändern, Torso« und ging durch die Halbdiele in die Küche, um Kaffee zu brauen.

Der erste Anruf stammte vom zuständigen Anlageberater der Sparkasse, der Matzbach mit dem Hinweis bedachte, daß man fällige Papiere neu anlegen sollte; der dritte war von einem alten Bekannten, der mal wieder Wein trinken wollte. Matzbach starrte aus dem großen Fenster auf die Gräßlichkeit namens Stadthaus, spulte noch einmal zum mittleren Anruf und notierte eine Nummer samt Adresse. Rapunzel Schmidt klang bedrückt, aber gefaßt; sie bat um Kontaktaufnahme, weil sie mehr über die letzten Stunden und das Ableben ihres Bruders wissen wollte, und sagte, sie werde sich ein paar Tage bei einer Freundin im Vorgebirge verkriechen.

Mit dem Kaffeebecher in der Hand begab sich Matzbach auf einen Slalomkurs durch seine Wohnung. Es war eine Art negativer Pilgerreise, wie er sie in letzter Zeit immer öfter unternommen hatte. Einmal war er, vor Jahren, innerhalb des Hauses umgezogen, aus der zweiten in die erste Etage und eine etwas größere Behausung. Zahlreiche Perioden der Abwesenheit nicht gerechnet, wohnte er nun seit fast siebzehn Jahren in bequemer Nähe zu drei Dutzend Kneipen, Läden, Banken, Bäckern, zum Gefängnis, dem kaum unwirtlicheren Stadthaus, der eigentlichen City; die Miete war gelegentlich angepaßt worden, aber erschwinglich geblieben; die Umgebung und die übrigen Bewohner der Nordstadt lösten zumindest keine Aversionen bei ihm aus; aber insgesamt...

»Du mußt dein Leben ändern, Michelangelo«, sagte er halblaut. Und dann: »Strike another match, go start anew, Baby Blue.« Schließlich, eher mauschelnd denn murmelnd: »Ta gueule, métèque; et mes cheveux aux quatres vents.«

Über dem Sofa hing noch immer der nicht besonders gute Druck von Boschs *Garten der Lüste*, vor Jahren im Souvenirladen des Prado erstanden. Zwei Türen, zu Diele und Schlafzimmer, und das Fenster waren die einzigen nicht mit überschäumenden Regalen vollgestellten Wandflächen. Der querstehende Schreibtisch quoll über von Büchern, Papier und Schreibzeug, ebenso der Couchtisch und die drei Sessel; überall ragten und wankten Bücherstapel. Im Schlafzimmer sah es ähnlich aus, auch in der Diele.

»Was Weitläufiges im Vorgebirge? Im Bergischen? Und eine Schlupfkammer an Bord der *Spelunke*? Bah.«

Schlurfend und schlürfend tigerte er zehnmal durch die Räume, hockte sich schließlich auf die Fensterbank und frühstückte eine leichte Panatela (Sumatra). Unterm Schreibtisch duckte sich die alte riesige Adler, auf der er jahrelang »Frau

Griseldis« gespielt hatte und irgendwann einmal die Liste seiner zwischen '65 und '73 erschienenen Miszellen durch ein tiefschürfendes Werk philosophischer, literarischer oder sonstwie unsinniger Natur hatte ergänzen wollen. Das Gerät hatte seit Jahren nur noch drei Funktionen: Es diente als Memorandum, es sammelte Staub, und es beschädigte seine Zehen.

»Du mußt dein Leben ändern, Rainer M.« Er sagte es beinahe laut und blies den Worten ein paar Rauchkringel hinterher. Er begrübelte ein Haus in einem Nebental der Ahr und die Frau, mit der er dort hätte leben mögen. Sinnlos niedergebrannt das Haus, sinnlos gestorben die Frau. Um sich abzulenken, dachte er an einige nicht überzeugende Tröstungsversuche, Gymnastik ohne Seele, dann an andere Frauen, früher, die sich zeitweilig ordnungsstiftend in sein Chaos verirrt hatten, es zu mehren.

Aus einem der Stapel auf dem Schreibtisch lugte die schwarze Kante eines Schreibens heraus: die Anzeige, daß wieder einer den Löffel abgegeben hatte, Carlo Neumann, 55 (wie er), ehemaliger Student der Philosophie (wie er), trotz Behinderung und Siechtum zum Professor avanciert, trotz Professorentitels tot. Wie andere; der zerstückelte Alberich; ein alter Freund, dessen Herz nicht mehr hatte schlagen, und einer, dessen Privatmaschine nicht mehr hatte fliegen wollen. Die Einschläge rückten immer näher.

Dann riß er sich zusammen. »Hör auf, sonst machst du weiter«, knurrte er. »Mach lieber weiter, sonst hört sich alles auf.«

Kurz nach vier verließ er die Wohnung, durch helle Jeans und ein kackbraunes Schlupfhemd gegen den Spätsommer geschützt. Er dachte an Rapunzel Schmidt und die flüchtige Affäre, Jahre her; an ihr schulterlanges braunes Haar, das vor sechs Monaten, als er sie das letzte Mal gesehen, graue Strähnen getrieben hatte; an ihre dringliche Bitte, Unterschlupfadresse und -telefon nicht weiterzugeben.

In seinem Briefkasten lagen ein paar Werbeprospekte, die er

sofort entsorgte, ein paar Drucksachen, die ebenfalls in die blaue Tonne im Flur wanderten, und ein Zettel, auf den jemand mit Schreibmaschine getippt hatte: MORGEN KONTO CHECKEN.

»Hä?« sagte er halblaut. Er sann darüber nach, fand aber keine beruhigende Antwort; auch der Anblick des schokoladeblauen Wagens, sonst oft inspirierend, half ihm nicht weiter.

Mit dem Citroën fuhr er zu einer Garage an der Kölnstraße, wo er einen Standplatz gemietet hatte. Er wechselte ein paar Worte mit dem Garagisten, navigierte den dunkelgrünen Rover heraus und die DS hinein und brach auf Richtung Vorgebirge.

Das Haus, in dem Rapunzel Zuflucht gesucht hatte, war tatsächlich ein Gehöft, lag außerhalb von Brenig fast genau am Rand des Hochplateaus über den Obst- und Gemüseparzellen des Lößhangs und hatte einen weiten Blick auf das Rheintal, die Raffinerien und Kappesfelder, das Bergische Land und Köln; die Spitzen des Doms waren gut zu sehen. Durch den Torbogen in der alten, offenbar intakten Scheune gelangte Matzbach auf den rechteckigen Innenhof. An beiden Längsseiten waren ehemalige Ställe renoviert und zu Wohnzwecken umgebaut worden. Der Hof war mit Kopfsteinen gepflastert. Vor dem eigentlichen Hauptgebäude gegenüber der Scheune standen zwei Autos. Eines davon war Rapunzels gelber Golf, das andere ein rundlicher 180er Benz, Baujahr um die 1960, optisch in bestem Zustand.

Das Haupthaus hatte etwas von einem französischen Manoir; vom früher einmal mistbeschichteten Hof, auf den vergitterte Kellerfenster eher zu blinzeln denn zu blicken schienen, führte eine geschwungene Doppeltreppe mit schmiedeeisernem Geländer zu einer messingbeschlagenen Flügeltür aus schwarzem Holz. Vor den Fenstern von Hochparterre, erster und zweiter Etage ließen sich notfalls grüne Holzblenden schließen. Schmale Durchgänge rechts und links des Hauses mochten zu einem Garten oder auf die Felder führen.

Matzbach schloß den Rover nicht ab, erklomm die Treppe und zog an einem echten alten Steigbügel neben der Tür; drinnen machte es mehrfach *dingdong*.

Trotz der schweren Tür hörte Baltasar schnelle helle Schritte, schloß die Augen und sah im Geiste eine schmächtige Brünette näher kommen, mit heller Bluse, hellem knielangen Rock und halbhohen Absätzen, über helle Fliesen in einem gutbeleuchteten Flur.

Die Dame, die die Tür öffnete, war aschblond, um die 1,80 groß, eher kräftig denn schlank, trug ein blaues Herrenhemd mit aufgekrempelten Ärmeln und dunkelrote Jeans; auf dem dunklen Flur aus dunkelbraunen Bohlen hatte sie mit dunklen Clogs die helle Schrittmelodie geklimpert.

»Ja bitte?« Ihre Stimme war aufgerauhter dunkler Samt.

Mit einer angedeuteten Verbeugung sagte er: »Matzbach mein Name. Rapunzel hat...«

»Ah. Sie sind das. Kommen Sie rein.« Das gebräunte Gesicht mit Sommersprossen hellte sich kurz auf, wurde dann wieder ernst.

Sie ging voraus durch den dunklen Flur. Matzbach folgte, registrierte die antike Streitaxt, die neben Wappen und Kupfertellern an der Täfelung hing, die Treppe links, die dunklen schweren Möbel jenseits einer halboffenen Tür, und die Kunstfertigkeit der Hausherrin, die mit Clogs grazil schweben konnte.

Durch die Küche am Ende des Flurs gingen sie hinaus auf eine hölzerne Galerie oder Veranda, bewuchert mit Weinlaub, über einem verwunschenen Garten.

Rapunzels Haar hing nicht herab; dichter gräulicher Flaum bedeckte ihren Kopf. Aus dem Korbsessel, in dem sie gekauert hatte, als ob sie trotz der Hitze fröre, stand sie langsam, fast schwächlich auf, kam in Matzbachs Arme und preßte das Gesicht gegen seine Schulter. Sie hatte abgenommen. Während er den von trockenem Schluchzen erschütterten Körper streichelte, der in einem viel zu weiten Flanellhemd steckte und viel zu knochig war, dachte er ›Scheißescheißescheiße‹, stieß eine leise Mischung aus Knurren und Schnurren aus und bemerkte, daß die Hausherrin ihnen den Rücken zuwandte, sich über die Augen fuhr (so sah es von hinten aus) und dann scheinbar mühelos schwere Teakstühle verrückte, die des Verrückens nicht bedurften.

Es dauerte Sekunden; sie waren sehr lang. Als Rapunzel sich abwandte, hielt Matzbach sie an den Schultern fest und blies sanft in den Haarflaum.

»Das da«, sagte er. »Haben sie dich mit Pharmasuppe abgefüllt?«

Rapunzel ließ sich in den Korbsessel sinken. »Ging ganz schnell.« Ihre Stimme war dünn und herb. »Leber. Die Chemie hat nichts gebracht.«

»Und?«

Sie hob die Schultern. »Drei Monate; dreieinhalb. Setz dich doch endlich. Ich mag nicht zu dir aufschauen.«

»Kann ich gut verstehen.« Matzbach ging um das Teaktischchen und setzte sich mit demRücken zu Geländer und Garten. Die Herrin des Hauses blieb zwischen ihrem mit einem Kissen belegten Stuhl und dem Tisch stehen; sie wies auf die Platte mit Kirschstreusel und die Kanne. Die Damen hatten vermutlich kräftigen Tee getrunken, britisch, mit Zucker und Kuhmilch.

»Kann ich Ihnen was anbieten, Herr Matzbach? Ah, übrigens – ich weiß nicht, was Rapunzel Ihnen auf Band gesprochen hat. Ich bin Hermine Päffgen.«

»Wie Kölsch?«

Sie grinste knapp. »Genau.«

»Also, danke für die Offerte. Ich hab noch nicht gefrühstückt; ein Topf Tee, Streusel und ein Aschbecher wären nicht schlecht.«

»Frühstücken Sie Aschenbecher?«

»Man muß die Zähne trainieren. Hören Sie, nichts gegen Ihren feinen Nachnamen, aber es wäre ein Jammer, die Hermine unbenutzt zu lassen. Von mir aus geht das ohne Frau und Herr.«

»Ist gut – Baltasar. Oder ziehen Sie Matzbach vor?«

»Wie's Ihnen besser über die Lippen flutscht.«

»O Matzbach«, sagte Rapunzel; sie lächelte matt. »Gut, dich zu sehen. Irgendwie hebst du die Stimmung.«

Hermine Päffgen rumorte in der Küche, erschien mit Becher, Teller, Gabel und Löffel, stellte alles vor Matzbach und sagte: »Bedienen Sie sich.« Sie zupfte ihr Kissen zurecht und setzte sich.

Matzbach goß Milch in den Becher, dann Tee, nahm Zucker und rührte; dabei sah er Rapunzel an. »Als wir uns das letzte Mal gesehen haben – sechs Monate? –, wußtest du noch nichts davon, oder?«

Sie preßte die Lippen zu einem Strich. »Nein. Ich hab mich irgendwie unwohl gefühlt. Diffus, ja? Nichts Genaues.« Sie schwieg einen Moment. Dann holte sie tief Luft. »Leber, sagen die, geht wahnsinnig schnell und wird am Schluß sehr widerlich, und soweit bin ich noch nicht, und Scheiße, können wir jetzt von was anderem reden?«

»Gern, solang es nichts Erfreuliches sein muß«, sagte Matzbach. »Daran herrscht nämlich gerade Mangel, und zwar im Überfluß.« Er lud zwei Stück Streusel auf seinen Teller. »Wie wär's mit Albo?«

Hermine Päffgen seufzte leise; Rapunzel ließ den linken Mundwinkel aufwärtszucken und sagte ohne jede Betonung:

»Ich weiß nur, was dieser Kripo-Mensch mir am Telefon gesagt hat. Nachts tot vor eurer Kneipe, auf dem Anleger, ja? Ich wüßte es gern genauer.«

»Nein, wüßtest du nicht. Es paßt nicht zu Tee und Streuselkuchen.«

»Dann iß auf und red anschließend. Meinst du, mich könnte noch irgendwas erschrecken?«

Matzbach legte die Gabel nach dem zweiten Bissen weg. »Na schön, wenn du darauf bestehst...«

Er schilderte knapp und kühl, wie er Alberich gefunden und wie der Leichnam ausgesehen hatte. Hermine Päffgen schloß die Augen; Rapunzel lauschte anscheinend ungerührt.

»Wenn das so ist...« sagte sie schließlich. Sie bückte sich und holte einen braunen Umschlag (DIN A5) aus der Handtasche, die neben dem Korbsessel lag. »Ich fürchte, ich werde mich ein bißchen verstecken müssen. Nicht, daß man mir noch viel tun könnte.«

»Warum?« Päffgen und Matzbach sagten es gleichzeitig.

»Ich glaube, ich weiß, warum er umgebracht wurde.«

3

An einem Abhang ist mir Neigung
Pflicht.

BALTASAR MATZBACH

»Im Prinzip ist es simpel; ich kenne kaum Einzelheiten, aber das große Bild genügt wohl – fürs erste. Anno neunzig, als die Ostmark zu Westmark verzaubert wurde ... also, eher kurz davor; jedenfalls: Albo und ein Kumpel haben damals einen schmierigen Deal abgezogen. Albo aus dem Bauministerium, sein Kumpel Krämer aus dem Verkehrsministerium und wahrscheinlich – weiß ich aber nicht – noch zwei Leute, Innerdeutsches und Verteidigung glaub ich, haben das zusammen ausgebrütet. Es ging um ein größeres Stück Land am Nordrand der Rhön, auf DDR-Gebiet. Albo wußte, daß da demnächst alte Straßen neu- beziehungsweise ausgebaut werden sollten. Das war zwar noch nicht in der Planung, aber kurz davor. Ein Stück diesseits der Grenze hat wohl dem Verteidigungsministerium gehört, wurde aber schon lange nicht mehr genutzt, außer für Patrouillengänge. Als klar war, daß es zur Vereinigung kommt, waren die schnell bereit, nutzlosen Boden abzustoßen. Ein Stück jenseits der Exgrenze fiel aus obskuren Gründen in die Zuständigkeit des Innerdeutschen Ministeriums, des Bauministeriums und des Liegenschaftsamts, weil da irgendwelche uralten Staatsbauten standen, noch aus der Kaiserzeit, glaub ich. Jedenfalls: Ich weiß, wie gesagt, keine Einzelheiten, aber die Jungs haben das hin und her geschoben und gewaschen und gemangelt und plattgebügelt, bis keiner mehr wußte, wo hinten und vorn war; dann haben sie es einem weiteren Kumpel, der erste Fühler nach drüben ausgestreckt hatte, für hundert Millionen Ostmark verscherbelt, und der hat's ein paar Monate später für hundertsechzig Millionen West wieder verkauft, an den Bund, an Hessen und an Thüringen, damit die da ihre Straße bauen konnten. So ungefähr. Und alle, die beteiligt waren, wurden beteiligt.«

Matzbach beendete sein zweites Stück Streusel und gluckste leise. »Von der Art muß es damals einige Geschäfte gegeben haben. Und weiter?«

»Irgendwann – genau weiß ich es nicht mehr – ist Albo zu mir gekommen, damit ich was unterschreibe. Bankformulare. Es ging um Verfügungsgewalt oder wie das heißt. Er hat gesagt: ›Für alle Fälle, damit, falls mir was passiert, jemand dran kann. Frag besser nicht; ich muß ein bißchen was verstecken.‹ Es waren mehrere Banken in Luxemburg. Ich hab nicht gefragt, sondern sozusagen blind unterschrieben, nachdem ich sicher war, daß ich mich zu nichts verpflichte. So. Und vor fünf Wochen hatte der Kumpel aus dem Verkehrsministerium, Krämer, einen zweifelhaften Unfall – tot. Ein paar Tage danach ist Albo zu mir gekommen und hat mir das hier gegeben.« Sie klopfte auf den braunen Umschlag. »Er würde erpreßt, und falls ihm was passiert, und so weiter.«

Hermine Päffgen stand auf. »Ich glaube, ich will nicht dabeisein, wenn ihr das aufmacht.« Dann zögerte sie, grinste plötzlich und setzte sich wieder. »Doch, will ich wohl.«

»Was ist drin?« sagte Matzbach.

»Die Kopie eines notariellen Testaments, in dem nicht viel steht – ›setze ich meine Schwester Soundso zur Alleinerbin ein‹ etcetera. Betrifft in erster Linie seine Wohnung und irgendwas an kleinen, legalen Konten. Und der Zettel hier.« Sie schob Matzbach ein Stück Papier hin.

Vier Banknamen jeweils mit Adresse und Kontonummer, alle in Luxemburg, und ein handschriftlicher Vermerk: *Wenn's soweit ist, sieh Dich vor, tauch am besten eine Weile unter.*

Matzbach runzelte die Stirn und gab Rapunzel den Zettel

zurück. »Er hätte ja vielleicht auch schreiben können, vor wem du dich hüten sollst, oder?«

»Hat er nicht gewußt. Ich hab ihn gefragt, von wem er erpreßt würde, und er hat gesagt, das wüßte er selbst gern genauer.«

»Mehr weißt du nicht? Worum es bei dieser Erpressung ging, ob er Briefe oder Anrufe gekriegt hat oder nachts auf dunklen Plätzen mit einer Axt bedroht wurde?«

Sie schüttelte den Kopf.

Päffgen räusperte sich. »Rapunzel hat mir ein bißchen was über Sie erzählt, Baltasar. Nee, Matzbach. Das kommt besser. Also... Sie haben irgendwann mal im Lotto gewonnen, sind Mitbesitzer einer schwimmenden Kneipe und außerdem so was wie Privatdetektiv, ja? Und jetzt wollen Sie...«

Matzbach unterbrach. »Kein Privatdetektiv. Sagen wir, ich bin von Natur aus und hobbymäßig von Neugier geplagt. Die ganzen schönen Geschichten, die wir alle kennen, Sherlock Watson und Spade Marlowe und so weiter, das geht ja in diesem unserem Lande nicht. In einer anständig verfaßten Republik hat der Staat nicht nur das Monopol auf Kapitalverbrechen, sondern auch auf deren Ahndung. Privatdetektive dürfen bei uns eigentlich nichts, außer Personen beobachten und ein bißchen Objektschutz betreiben oder so.«

»Und das langweilt Sie?«

»Nehme ich an, ja; kann ich Ihnen nicht genau sagen, weil ich es nie gemacht habe und mich auch hüten werde, es je zu tun. Sagen wir mal, ich bin neugierig; wenn mich irgendwas ausreichend interessiert, lasse ich mich manchmal dazu hinreißen, dumme Fragen zu stellen oder mich umzuschauen. Und was Albo angeht...« Er wandte sich an Rapunzel. »Legst du dringend Wert darauf?«

Rapunzel zögerte. »Ich weiß nicht. Eigentlich... Das sieht doch ziemlich finster aus, oder? Ich glaube, das sollte die Polizei machen; die hat andere Möglichkeiten. Und du mußt nicht meinetwegen in schmierigen Kisten wühlen, in denen Leute hocken, die andere zerstückeln.«

»Das gibt aber mehrere Probleme.«

»Was für Probleme – abgesehen von den offensichtlichen?«

Matzbach wickelte eine Zigarre aus und gestikulierte damit. »Albo hat Knete gemacht und dir vererbt. Wenn du das den grünen Jungs erzählst, kannst du dich vielleicht auf Treu und Glauben unter Verwandten rausreden, was Unterschriften für Konten in Luxemburg angeht. Und vielleicht glauben sie es dir und machen keinen großen Wind. Wahrscheinlich riskierst du nicht viel – aber die Knete bist du los. Alles, was er da im Großfürstentum verbuddelt hat. An diesem Punkt mußt du dich entscheiden.«

Sie nickte langsam. »Mit den Behörden kooperieren, alles offenlegen, oder den schnöden Mammon behalten und nach meinem Ableben den Kindern zukommen lassen?«

»Just. Wie alt sind die inzwischen?«

»Du weißt doch, ich hab früh angefangen. Margot ist vierundzwanzig, Manfred zweiundzwanzig. Und ich...« Sie hob die Schultern.

»Terminale dreiundvierzig«, sagte Matzbach; seine Stimme hatte einen metallischen Unterton. »Deswegen reit ich ja darauf rum. Du kannst der Kripo sagen, Albo ist erpreßt worden – hat er dir mal gesagt, aber mehr weißt du nicht. Du kannst denen auch alles sagen; dann ist die Knete futsch, und du mußt selbst entscheiden, ob du deine letzten Monate im Dauerclinch mit Staatsanwälten verbringen willst.«

»Außerdem – ist das so sicher, daß Albos Tod etwas mit den Geschäften zu tun hat?« sagte Päffgen.

»Womit denn sonst?« Rapunzel machte große fragende Augen.

Päffgen warf Matzbach einen Blick zu; er nickte. Sie fuhr sich mit der rechten Hand durchs Haar. »Also, wenn ich wen erpressen wollte, würde ich ihn wohl kaum umlegen, bevor er gezahlt hat, oder? Es sei denn, er startet so was wie einen Gegenangriff, gegen den ich mich nicht anders wehren kann. Damit haben wir mindestens eins, zwei, drei, ganz viele Möglichkeiten. Albo wird erpreßt; Albo erpreßt selbst; sie haben ihm das Geld abgenommen und brauchen ihn nicht mehr; sie haben das Geld zwar nicht gekriegt, müssen ihn aber zum Schweigen bringen.« Sie lächelte mühsam. »Würde ich als nicht besonders gute Krimileserin mal sagen.«

»Nicht zu reden von anderen Dingen.« Matzbach zündete endlich die Zigarre an, mit der er so lange gespielt hatte. »Die Kripo fragt sich, wer hat ihn umgebracht und auf unserem Anleger deponiert. Das heißt, wie kommt die *Spelunke* ins Spiel? Und deine Erpressungsgeschichte und der historische Schmuddeldeal in allen Unehren, aber da gibt's ganz andere Möglichkeiten.«

»Zum Beispiel?« Rapunzel machte eine Schippe.

»Vielleicht haben Yü und ich was getan, das Ganze richtet sich – warum auch immer – gegen uns, und Albo war ein Werkzeug. Bloß: Warum Albo, und was sollen wir getan haben? Oder Albo hat nicht nur den einen, sondern noch ein paar andere krumme Deals gemacht, zum Beispiel mit Leuten, die sich nicht erst aufs Erpressen verlegen, sondern gleich zuschlagen. Oder er hat einem seiner Gespielen was Böses getan und muß zur Strafe den eigenen Schwanz schlucken. Oder, oder, oder. Beispielsweise, für eines dieser Oders: Er arbeitet im Bauministerium; das liegt in Mehlem, auf demselben Areal wie die US-Botschaft. Sagen wir, er hat jemanden von der CIA bei irgendwas beobachtet?« Er seufzte, paffte, seufzte abermals. »Wir können jetzt hier drei Stunden hocken und pro Minute eine Möglichkeit aushecken. Das bringt uns nicht weiter.«

»Was soll ich denn tun?« Rapunzel klang wie ein verängstigtes Mädchen; die Schippe war verschwunden, und die Augen verengten sich.

»Kommt drauf an, was dir wichtig ist.«

»Die Kinder.«

Matzbach betrachtete den Aschekegel seiner Zigarre, das nicht gerade abweisende, aber deutlich unbegeisterte Gesicht von Hermine Päffgen, dann seinen leeren Teebecher.

»Na schön«, sagte er schließlich. »Willst du da allein durch?«

Sie kaute auf einem Stück Wange. »Daran bin ich ja gewöhnt, seit fünfzehn Jahren«, sagte sie halblaut. »Aber... Hilfst du mir? Und du, Hermine?«

»Blöde Frage.«

»Wißt ihr, worauf ihr euch da möglicherweise einlaßt?« Matzbach beugte sich vor und musterte beide Frauen eindringlich. »Wenn das mit der Erpressung stimmt, und wenn Albo nicht schon bezahlt hat, dann wird, wer auch immer dafür zuständig ist, versuchen, das Geld bei *dir* einzutreiben. Also auch bei Ihnen, Hermine, solange Sie ihr hier Obdach gewähren.«

»Außer dir weiß keiner, daß ich hier bin.«

»Das sollte wohl auch so bleiben. Kannst du deinen Wagen verschwinden lassen?«

»Reicht die Scheune?« Päffgen hob die Brauen, als ob sie alles für reichlich übertrieben hielte und das kundtun wollte.

»Vermutlich. Weiter: Du mußt in Luxemburg nachsehen, ob das Geld noch da ist, und wenn, dann sollte es schnell ... umgeschichtet werden. Weißt du, ob in seiner Wohnung irgendwas an Unterlagen darüber herumliegt?«

»Da war er sehr vorsichtig. Hat er jedenfalls gesagt. Die Konten kannte er auswendig, hat weder Auszüge noch Korrespondenz nach Deutschland schicken lassen. Er hatte, glaube ich, auch keine auf eines der Konten lautende Karte.«

»Hm. Wenn das stimmt, brauchen wir erst mal nicht zu befürchten, daß die Kripo etwas findet. Also – nachsehen, ob das Geld noch da ist. Wenn ja, verstecken; wenn nein, müssen wir uns was Neues ausdenken, oder alles abschreiben. Weiß die Polizei, wo du bist?«

»Ich hab gesagt, ich würd mich melden, sobald ich weiß, wo ich bleiben kann.«

»Meld dich erst mal nicht; ich versuche, es dem zuständigen Beamten klarzumachen. Bleibt ein anderes Problem.«

»Welches?«

»Sicherheit. Wenn das alles so ist, kannst du nicht – Sie auch nicht, Hermione – zur Polizei gehen und sagen: Albo hat schmierige Vereinigungsdeals gemacht, das Geld ist gut versteckt, ich will's behalten, ihr kriegt's nicht, aber gebt mir mal ne Runde Polizeischutz.«

»Was schlagen Sie vor?«

Sie besichtigten die Gebäude, alle aus solidem massiven Stein. Das schwere Hoftor ließ sich von innen mit einem Schloß und einem dicken Balken versperren; die übrigen Außentore der einstigen Ställe und der Scheune waren bei den Renovierungen zugemauert worden.

Die Frauen kannten einander seit etwa sechzehn Jahren. Rapunzel hatte mit achtzehn geheiratet und schnell Kinder gekriegt; mit achtundzwanzig wurde sie Witwe, als ihr Mann – damals dreiunddreißig, Kulturredakteur beim WDR – allzu eilig zu einer Vernissage wollte und auf der Landstraße riskant überholte. Der Unfall machte noch eine weitere Frau zur Witwe: Im Wagen hatte auch der ausstellende Maler gesessen, abgeholt in Brenig, wo er mit seiner Langzeitgeliebten und seit drei Monaten legitimen Gemahlin (»erbberechtigt«, sagte sie kühl) Hermine Päffgen auf dem Ahnengehöft hauste. Die Schnitzerin arbeitete die geziemende Trauerzeit mit Ebenholzwerken ab und nutzte die weitläufigen Räume der Hofanlage. Rapunzel hatte mit Hilfe von Bekannten einen Job als Sekretärin in einem Bonner Rundfunk- und Fernsehstudio bekommen und die Kinder großgezogen; Hermine hatte mit »Gebrauchskunst« genug verdient, um das Gehöft behalten und ausbauen zu können.

»Und seine Lebensversicherung, klar – steckt zum Teil hier drin.« Sie öffnete die Tür zu einem der ehemaligen Stallgebäude, das an der Ostseite des Hof-Rechtecks lag. Es war etwa zwanzig Meter lang und zwölf Meter breit: ein riesiger, lichtdurchfluteter Raum, über drei Meter hoch. Irgendwo führte noch eine Treppe nach oben, wo Matzbach die gleichen Bedingungen ein weiteres Mal vermutete. Der gesamte untere Raum war ein Schnitzatelier, vollgestellt mit Möbeln, Werkbänken, Sägeböcken, Drechseln und zahlreichen anderen Dingen, deren korrekte Bezeichnungen er nicht einmal ahnte. Er gab gebührend beeindruckte Laute von sich; langsam wanderte er im Zickzack zwischen Geräten und Werkstücken umher, blieb kurz vor einer hölzernen Pietà stehen, musterte die Sammlung langer, kurzer, dünner, gerader, krummer Schnitzmesser, bestaunte einen wütenden Elefantenbullen (mit mächtiger Erektion) aus Kirschbaum, schwieg ergriffen ob der perfekten Wiedergabe aller Muskeln und Sehnen eines im Yoga-Kopfstand befindlichen nackten halbfetten Mannes (Mahagoni) und fuhr behutsam mit den Fingerkuppen über die Furchen im Teakgesicht einer älteren Dame, die ihm irgendwie bekannt vorkam.

»Das bringt die dicke Knete«, sagte Rapunzel mit einem leichten Glucksen. »Büsten.«

»Für jene Edlen unter uns, denen Öl auf Leinwand zu schäbig ist?« sagte Matzbach. »Ei wie ergreifend. Wer ist das hier noch mal?«

Päffgen nannte den Namen einer Industriellengattin aus Düsseldorf. »Sie wissen ja, warum die Mädels auf der Kö keine Spirale benutzen, oder?«

»Ich bekenne bedauernd meine profunde Ignoranz.«

»Weil es die noch nicht von Cartier gibt.«

»Au. Aber überzeugend.«

Sie nickte. »Düsseldorf, Neuss, Köln – alles, was da ausreichend gut betucht ist, um auch ohne Handicap die Beiträge für den Golfclub zu zahlen, kommt für so was in Frage. Und wenn's nicht teuer genug ist, kann's auch nicht taugen. Da helfe ich ab.«

Bisweilen, sagte sie, schnitze sie als besondere Spezialität sozusagen auch Euphemismen jener Art, die man tunlichst nicht außen an Wohnungs- oder Haustüren anbringen sollte. Matzbach fand die Idee viel zu reizvoll, als daß er gefragt hätte, was er sich darunter vorzustellen habe.

Über dem Atelier befanden sich weitläufige Gemächer, ausreichend zur Aufnahme einer halben Sippe; die andere Stallung sehe ähnlich aus, sagte Päffgen; allerdings stehe sie im Moment leer. Früher habe dort Monsieur Nr. 1 gemalt, zuletzt sei Monsieur Nr. 2 scheidungswütig ausgezogen, unter Mitnahme einer juristischen Fachbibliothek und einer unermeßlichen elektrischen Bahnanlage.

»Ich kannte mal einen«, sagte Matzbach, »der mit so einer Spielzeugeisenbahn Goldfische spazierengefahren hat. Tat Monsieur derlei?«

»Monsieur hat derlei unterlassen. Mein Gott, welche Aufwallungen an Fantasie trauen Sie einem Juristen zu?«

»Ich unterlasse ebenfalls etwas, nämlich die Frage nach seinen sonstigen Qualitäten.«

Päffgen hob die Schultern. »Ach, er hatte seine guten Seiten, vor allem unten. Na, zufrieden?«

»Nicht ganz.« Während sie zum Haupthaus zurückgingen, riet Matzbach dazu, die unteren Fenster abends mit Läden zu verrammeln und möglichst das Haupthaus geschlossen zu lassen. »Bei dieser idyllischen Alleinlage ist das keine Garantie dafür, daß tagsüber nicht vielleicht doch irgendwelche Finsterlinge auftauchen, aber ... Und, tut mir leid, in den nächsten Tagen möglichst keine Ausflüge.«

»Wieso tut Ihnen das leid?«

»Ich hätte Sie und dich, Rapunzel, sonst sehr gern auf einen Schluck sauren Wein und ein Häppchen zaches Fleisch in die *Spelunke* eingeladen. Müssen wir nachholen.«

»Was hat Albo eigentlich bei euch gegessen, apropos Fleisch?« sagte Rapunzel.

Matzbach kratzte sich den Hinterkopf. »Albo? Afrikanische Gemüseaufläufe, wenn ich mich recht entsinne, und zwischendurch auch mal ein Stück Fleisch oder Fisch. Wieso?«

»Normalerweise war er Vegetarier; ich hab mich bloß gefragt, was er immer in einem normalen Lokal macht.«

»Also, erstens kann er kein reiner Körnerfresser gewesen sein; wie gesagt hat er gelegentlich Fleisch in den Mund genommen, auch vor seiner postumen Atzung.«

»Baah.« Päffgen versuchte sich zu schütteln, was ihr aber wegen des Grinsens nicht ganz überzeugend gelang.

»Und zweitens – wer hat behauptet, daß die *Spelunke* ein normales Lokal ist?«

»Was ist denn bei euch unnormal, abgesehen davon, daß ihr schwimmt?« sagte Rapunzel.

»Zum Beispiel die Besitzer. Und der Koch. War mal Schiffskoch, ist er jetzt ja wieder, aber ich weiß nicht, wie viele Angehörige des ruhmreichen Volks der Ashanti in Mitteleuropa als Schiffsköche tätlich sind. Der Kellner, oder Majordomus, hat früher in einem Zirkus allerlei wilde Tiere geritten; er ist Cheyenne. Und bei uns gibt es – und ich glaube, da sind wir wirklich die einzigen weit und breit – kein Hintergrundgedudel.«

4

> Schnaps ist der Lebenszweck des Temperenzlers.
>
> RHEINISCHER VOLKSMUND

Als Matzbach sich der *Spelunke* näherte, bemerkte er zuerst den furchtbaren Lärm, der den Verkehr auf der Uferpromenade zu übertönen versuchte und Musik sein wollte. Er kam eindeutig vom Schiff. Danach sah er, fein vom hellblauen Osthorizont umrissen, Felix Yü auf dem Dach Kung-fu oder Schattenboxen oder etwas ähnlich Spannendes betreiben.

Knurrend und murrend stieg er die steile Treppe hinab und ging über den Anleger. Zwischen den beiden Auf- bzw. Niedergängen zögerte er, tauchte dann unter der VIP-Treppe durch in die Kombüse. Nomey Tshato, Ashantifürst, 1,95 groß, mit mächtigen Muskeln ausgestattet, blickte von dem Hackbrettchen hoch, auf dem er Petersilie guillotinierte. Seine weißen Zähne blitzten.

»Massa!«

»Na?«

»Na was!«

»Und?«

»Na nix!« Die gewaltigen Schultern hoben sich kurz.

Matzbach klopfte ihm auf den Rücken. »Es ist immer ein Vergnügen, sich mit eloquenten Personen zu unterhalten.«

Tshato legte das Hackebeilchen beiseite, nahm mit spitzen Fingern ein Liebstöckel, hielt es hoch und redete es an. »Es gibt da feiste Unholde, die sich über arme Schwarze lustig machen. Was sollte man mit ihnen tun? Richtig – Kopf ab!« Er rupfte das größte Blättchen vom Stiel.

»Wohlan denn, mein Sohn, schreite fort auf diesem Pfad!« Matzbach blickte zum Speiseaufzug, murmelte etwas von gähnender Ödnis und verließ die Kombüse.

Im VIP-Teil des Oberdecks – Neon, Chrom und Glas sowie andere Zutaten der Unbehaglichkeit – saß niemand, außer den lebensechten Gipsfiguren von Genscher, Reagan und Gorbatschow, die an einem Ecktisch in ihre immerwährende Pokerpartie vertieft waren. Matzbach salutierte und nahm den Kombüsendurchgang hinter den Tresen. Von dort kam der Lärm, und dort tobte das Leben.

Vor dem Tresen hockte, die Stelzen neben sich, Zaches der Zwerg. Über den Rand seines Rotweinglases starrte er auf den Monitor. Jemand hatte die Überwachung auf »Schankraum« geschaltet; die Kamera oben an der Rückwand zielte auf Zaches. Matzbach erinnerte sich, daß der Kleine am vergangenen Abend auf dem nächsten Hocker links neben dem jetzigen gehockt und Bier getrunken hatte; auf dem Monitor überlagerten sich die gestrigen Aufnahmen – wer hatte ein Video eingelegt? – und die des Moments: zweimal Zaches nebeneinander, einmal mit Wein, einmal mit Bier. Matzbach schaltete das Gerät aus und entnahm die Videokassette: 240 Minuten. Als er aufblickte, sah er Zaches weinen. Zähneknirschend drehte Matzbach die Lautstärke des Musikgerätes herunter.

»Was hast du?«

Zaches blickte ihn tieftraurig an. »Jetzt bin ich wieder einsam!«

Der Schankraum war unbelebt, bis auf Matzbach und den Zwerg. Wie angelockt von der jähen Stille erschien Don Red Horse in der Tür zur umlaufenden Galerie. Der Cheyenne hatte seine hageren zwei Meter in ein echt bayerisches Sechswochenklo gehüllt, krachledern bis unter die Knie, trug darüber ein mattweißes Hemd ohne Kragen, aber mit Rüschen – lose; Matzbach fragte sich, ob die Hosenträger auf der bloßen Haut angenehm waren –, und das schulterlange blauschwarze

Haar war zu einem Pferdeschwanz gebunden, geziert von einer Sperberfeder.

»Wen stört die holde Kunst?« Dons Stimme klang tief betroffen.

»Kunst?« sagte Matzbach. »Au. Was im Namen aller johlenden Pfeffersäckchen in der Hölle ist dieses?«

»*Tristan und Isolde* rückwärts.« Der Cheyenne blinzelte. »Magst du Wagner nicht, Big Chief?«

»Auch nicht vorwärts. Irgendwas Wichtiges? Reservierungen?«

Red Horse wies mit dem Kinn auf den Anrufbeantworter. »Hat Meister Yü abgehört. Dumme Rothaut nix wissen.«

Baltasar blätterte in der Lederkladde und stöhnte; eine der sieben Reservierungen lautete »Erler plus drei«. Er legte die Kladde weg. »Wem ist das mit dem Video eingefallen?«

Red Horse neigte das Haupt. »Ich hörte, es hat eine Entleibung stattgefunden. Da dachte ich, vielleicht habt ihr gestern, und tatsächlich, ihr habt.«

»Verschärftes Lob.« Matzbach rümpfte die Nase. »Wieso sind wir nicht selbst drauf gekommen? Natürlich haben wir. Dafür, daß du gestern frei hattest, denkst du erstaunlich behördenfreundlich. Hast du eigentlich ein Alibi?«

Red Horse spitzte den Mund. »Gestern abend?« Der Cheyenne tat, als müsse er furchtbar überlegen. »Also, zuerst hab ich geschlafen, um des Jägers Kraft zu mehren, oder wie sagt man? Danach habe ich über den Sinn des Lebens nachgedacht. Die Ziele, weißt du?«

»Ja ja. Was, wenn ich fragen darf, sind deine Ziele?«

Red Horse verzog das Gesicht. »Geld«, flüsterte er laut. »Viel Geld, Chief, und dann heimkehren und bis zum Einzug in die Ewigen Jagdgründe nicht mehr arbeiten. Okay? Und du, was ist dein Ziel im Leben?«

Matzbach sah sich um und deutete dann auf ein Bord hinterm Tresen. »Ich möchte einen Clipper haben, fein ziseliert, in einer Flasche – ein Buddelschiff, klar? Und in der Flasche, an Bord des Clippers, möchte ich Flaschenteufelchen sein. Also, was hast du über deinen Abend sonst noch zu sagen?«

»Nach den Gedanken über den Sinn hab ich Tomahawk und Bowiemesser eingesteckt und bin auf den Kriegspfad gegangen. Er war gut beschildert. Kurz nach Mitternacht hab' ich Albo getroffen, mit dem Beil geköpft, mit dem Messer aufgebrochen, auf meinen Pickup gepackt und da vorn deponiert. Zufrieden?«

Baltasar schüttelte den Kopf. »Nee. Du hast kein Motiv.«

Red Horse zuckte mit den Schultern. »Weiß man's? Außerdem gibt's Dinge, die tut man einfach so, aus Spaß an der Freude, auch ohne Motiv.«

Gegen acht hatte sich der Schankraum halb gefüllt. Zaches, souverän auf Stelzen, servierte zwei Damen Prosecco auf einem Silbertablett; beide waren kaum älter als dreißig, bewunderten den perfekten Stelzengang und die behaarte Brust des Kleinen und lauschten offenbar mit Lust seiner tiefen Stimme, die Speisen mit besonderen Wirkungen anpries und nach dem Dessert einen Besichtigungsgang verhieß.

Ein von Yü telefonisch herbeigebetener Bekannter erschien mit einer Plastiktüte. Matzbach schirmte hinter dem Tresen Yü gegen Beobachtungen ab, während der Chinese, der den Bekannten mit einem Hunderter und Schwarzbier entlohnt hatte, eine der 300-min.-Kassetten auspackte und ins Gerät schob.

Um halb neun traf Rüdiger Erler ein, samt drei Freunden oder Partnern oder jedenfalls Gästen der Kategorie Mitesser. Yü war ganz dringend mit dem Tresen und der Kombüse und anderen wichtigen Dingen beschäftigt, so daß Matzbach die *honneurs* schulterte. Er geleitete Erler & Co. zu einem Tisch mit Siebengebirgsblick, entstaubte den ohnehin überreinen Tisch mit einem riesigen, echt synthetischen Palmwedel, rückte Stühle zurecht und verteilte Speisekarten.

»Darf ich Sie mit einem Aperitif vergiften?«

Die drei Gäste – Herren in hellen Sommeranzügen – wollten Kir Royal; Erler, als Autokrat und Chef der Runde souverän im Polohemd mit Alligator, war über derlei Trunk ebenso erhaben wie über ein Jackett.

»Gin Tonic für mich. Und sobald wir den Rest bestellt haben, bitte ein paar Minuten unter vier Augen.«

»Sehr wohl, Sir.« Matzbach ging zum Tresen, tippte Tischnummer und die Getränke in den KK (»Kaschemmen-Komputer«), arrangierte die Drinks auf einem Tablett und nickte der Kellnerin zu. Lucy trug an diesem Abend einen kurzen weißen Hosenanzug mit oranger Hüftschärpe, dazu blauschwarzen Lippenstift und ein schräges Lächeln.

Matzbach wechselte drei Worte mit Yü.

»Privataudienz.«

»Höhe?«

»Unbekannt.«

Der Chinese hob die linke Braue.

Mit leiser Befriedigung sah Matzbach, daß der Service effektiv und unaufdringlich war, wie es sich gehörte. Lucy verteilte die Drinks, sagte etwas, was die Herren mit mildem Gelächter aufnahmen, begab sich dann an einen anderen Tisch, um abzuräumen. Red Horse, majestätisch wie ein zum Butler beförderter Totempfahl, notierte die weiteren Wünsche der Herren. Erler nickte seinen Gästen zu, erhob sich und kam zum Tresen.

»Hier oder im Büro?« sagte er.

Matzbach seufzte. »Kommen Sie.«

Sie gingen über die Backbordgalerie in den VIP-Teil; neben dem Gipsfigurentisch schloß Matzbach eine kaum sichtbare Metalltür auf, ließ Erler vorangehen und zog die Tür zu.

An der ufernahen Steuerbordseite (die *Spelunke* lag mit dem Bug flußaufwärts) gab es eine weitere Tür, von innen mit Metallriegeln versperrt, und zwei hoch angebrachte Bullaugen. Die Einrichtung des Raums bestand aus einem Metallschreibtisch mit Schubladen, einem kleinen Safe, einem Sessel hinter und zwei Plüschgeräten vor dem Schreibtisch. An den Wänden hingen in Passepartouts Seestücke von Hokusai.

Erler ließ sich in einen der Plüschsessel fallen; Matzbach ging um den Schreibtisch herum, setzte sich, holte aus einer Schublade ein Kistchen Partagás und einen Aschenbecher, aus einer anderen zwei Henkeltöpfchen aus Zinn und eine Flasche Glendronagh. Er füllte die Schnapsbecher, schob Erler einen hin und verstöpselte die Flasche wieder.

»Was liegt an, Monsieur?«

Erler war ein großer, fleischiger Mann mit den Muskeln des Tennisspielers und Schwimmers. Das kurze silbergraue Haar und die eisgrauen Augen schienen speziell für sein kantiges Gesicht entworfen und kombiniert. Er starrte einen Moment mit gerunzelter Stirn in den Zinnbecher, schien die schwarzen Haare auf seinen Fingern zu zählen, blickte dann auf und bohrte den Blick in Matzbachs Augen.

»Haben Sie über mein Angebot nachgedacht?«

Matzbach kaute auf dem unangezündeten Zigarillo. »Nein«, sagte er. »Erstens sowieso, und zweitens nicht ausreichend. Deshalb war bisher Grübeln gar nicht nötig.«

Erler schloß die Augen; sofort schien die Temperatur im Raum zu steigen. Matzbach betrachtete das harte Gesicht und fragte sich, ob auf der Innenseite der Lider nun wie auf einem Bildschirm Zahlenkolonnen leuchteten.

Rüdiger Erler, 49, besaß ein Bauunternehmen, war aber insgesamt eher Beteiligungsprofi denn Unternehmer. Ihm gehörten Anteile, meistens die Mehrheit, an mehreren Baumärkten, einer Ladenkette für Computer und Zubehör, einigen Restaurants, einem Heizölvertrieb und einer ABC genannten Architektur-Beratungs-Cooperative: Planung, Entwurf und schlüsselfertige Ausführung individueller Wünsche, wobei angeblich unvereinbare Fertighausteile verschiedener Hersteller kombiniert wurden.

»Sie wollen das hier doch gar nicht, Matzbach.« Erler öffnete die Augen; die Temperatur sank. »Sie machen das doch nur zum Zeitvertreib.«

»Was heißt ›nur‹? Yü und ich brauchen etwas zu tun; wir würden uns sonst mopsen.« Matzbach zündete die Partagás endlich an und blies eine Rauchwolke an die Decke. »Wir haben einiges investiert, bieten erstklassigen Service durch erstklassiges Personal, es macht uns Spaß, und wir brauchen uns nicht zu langweilen. Warum sollten wir also neunundvierzig Prozent abgeben?«

»Ja, schön, aber was Ihre Langeweile angeht, da gibt's andere Möglichkeiten der Zerstreuung. Sie sind ja kein lizensierter Privatdetekiv, aber Sie haben doch immer mal so etwas Ähnliches gespielt. Wenn's ausreichend interessant war. Und lukrativ, ja?«

Matzbach wartete ab.

»Ich kenne eine ganze Reihe Leute, die hin und wieder jemanden wie Sie gut brauchen und gut bezahlen würden. Kann sein, daß in den nächsten Tagen ein paar prospektive Klienten hier auftauchen.«

Matzbach nahm den Zigarillo aus dem Mund, damit er besser grinsen konnte. »Entzückend. Ihre Fürsorglichkeit übertrifft das, was man gemeinhin von einer Stiefmutter erwartet. Und zwar um Längen, Breiten, Höhen und Tiefen. Was versprechen Sie sich denn davon?«

Erler trank, schmatzte, stellte den Zinnbecher auf die Schreibtischkante und legte die Füße auf den anderen Sessel. Dann verschränkte er die Hände hinter dem Kopf und blickte an die Decke. »Verhandlungsbereitschaft Ihrerseits. Wenn Sie sehen, daß Sie durch interessante ... Aufträge gegen die Gefahr der Langeweile abgesichert sind und dazu auch noch gut verdienen ...«

Matzbach zerrte am rechten Ohrläppchen. »Ich sag's ja, die Altruisten sterben nimmer aus. Warum wollen Sie denn unbedingt an der *Spelunke* beteiligt sein? Ihre Geschäfte werfen doch viel mehr ab, als Sie je hier rausholen können.«

»Im Moment, ja. Aber ich beobachte den Laden hier nun schon eine ganze Weile, und so, wie Sie und Yü das aufgezäumt haben, ist es eine Goldgrube.«

»Goldgruben zäumt man nicht auf, teurer Freund. Und bis wir die Banken befriedigt haben, zahlen wir Löhne und Gehälter, aber: kein Gewinn – keine Beteiligung.«

»Weiß ich doch alles.« Erler blickte einen Moment gelangweilt, fast menschlich warm. »Trotzdem. Wir können natürlich auch über ganz was anderes reden – verkaufen Sie mir das Ding komplett.«

Matzbach pfiff leise. »Na endlich kommen wir zur Sache. Darf ich mal ganz blöd fragen, was Sie eigentlich damit wollen? Und wenn es nur um ein schwimmendes Lokal geht, warum kaufen Sie nicht selber ein Schiff und machen so was auf?«

Erler zeigte die Zähne. »Drüben am Beueler Ufer liegt der Chinese. Hier liegen Sie mit der *Spelunke.* Meinen Sie, es hätte viel Sinn, ein drittes Bootslokal aufzumachen? Außerdem interessiert mich das Planen und Tüfteln dabei nun überhaupt nicht.«

»Sie wollen ein gut eingeführtes, erfolgreiches Produkt kaufen, richtig? Und dann? Als Lokal weiterbetreiben? Ablegen und ein schwimmendes Kasino mit Puff draus machen? Koks zwischen Rotterdam und Basel schmuggeln?«

»Mann, strapazieren Sie Ihre Fantasie nicht zu sehr.« Erler leerte seinen Becher, legte die Hände aneinander, die Fingerspitzen an die Nase und sagte halblaut, ohne Betonung: »Alles, was Sie und Yü investiert haben, plus, sagen wir, zehn Prozent. Und ich übernehme Ihr Personal – wenn die wollen.«

Matzbach nickte, lächelnd. »Nett. Ich werd's Yü weitergeben. War's das?«

Erler stand auf, mit einer kraftvollen, beinahe gleitenden Bewegung. »Überlegen Sie es sich. Gründlich. Aber nicht zu lange. Und – ich kann auch andere Mittel der Überredung einsetzen.«

»Ist das eine Drohung?« Matzbach blieb sitzen, lächelte immer noch. Der Zigarillo qualmte zwischen seinen Fingern.

»Ich nehme an, inzwischen dürfte meine Vorspeise serviert sein. See you later.« Erler ging zur Tür.

Matzbach betrachtete das Hemd des Unternehmers, das Tier auf der Brust, sagte laut »Alligator« und erhob sich, ohne den Whisky auszutrinken. Die Partagás legte er in den Aschenbecher.

Zaches war inzwischen zu Phase II übergegangen und hatte sich aus dem Service ausgeklinkt. Da er stundenweise bezahlt wurde und der Andrang sich in Grenzen hielt, war das kein Problem. Die beiden Damen aßen und lauschten, von Speise oder Wörtern hingerissen, der Darlegung seines Stammbaums, auf dem sich Juden, Tataren, Zigeuner, Schwarzmeergriechen und andere die Zweige in die Hand gaben – »ich bin reinrassiger Maghrebinier, wie Sie sehen, meine Holden.« Eine der Damen erkundigte sich, wieso er »Zigeuner« sagte statt »Roma«; Zaches sagte, *roma* bedeute Männer oder Menschen, und er wolle nicht alle Nichtzigeuner zu Nicht-Menschen erklären; und *Zigeuner* sei das deutsche Wort dafür, wie *gypsy* oder *gitano*. Sie fanden das offenbar faszinierend. Matzbach sah, daß beide Partnerlook trugen (Folklorerock, weiße Bluse) und aßen (das Menü zu 79 DM: Bärlauchsuppe, Hähnchenbrust in Estragonsahne auf Kresse, Cinnamon Stew *Kwamang*, Papayaparfait) sowie auch tranken (Vosne-Romanée '89); er gab Zaches gute Chancen für Partnerschaft in Phase III.

Gegen zehn flaute das Geschäft ein wenig ab; einige Gäste kamen neu, andere zog es mit dem Dessertkaffee aufs offene Vorderdeck, wo sie den Rhein riechen und das Siebengebirge unverglast verdämmern sehen konnten. Yü, Don und Lucy hatten alles unter Kontrolle. Matzbach, der die letzte halbe

Stunde damit zugebracht hatte, Getränke aufs Vorderdeck zu schleppen und gepflegte Öde als Smalltalk auszugeben, setzte sich zu einem Stammgast namens Wingolf, den es nach Spezialschach gelüstete.

»Welche Variante?«

»Hm, äh – ach, wegen der Zeitläufe, der wirren, nehmen wir doch mal die serbische, ja?«

Matzbach grinste und holte das Spielzubehör vom Tresen. Zaches und die beiden Damen waren verschwunden.

Am Tisch füllte er die leeren Glasfiguren mit Slivovitz. Wingolf gewann beim Münzwurf und erhielt die transparenten, Matzbach die rotgetönten Kämpen. Irgendwie stach ihn der bosnische Hafer; er beschloß, eine unorthodoxe Taktik zu verfolgen. Ziel der Gesamtstrategie war nicht der gegnerische König, sondern der Gegner selbst.

Kurz vor elf tauchte ein müder, unentwegt gähnender Freiberg auf. Matzbach warf Wingolf einen weiteren Bauern zum Fraß vor, sah noch, wie der Kontrahent die geschlagene Figur korrekt leertrank, entschuldigte sich und ging mit Freiberg auf die Backbordgalerie.

Sie schwiegen einander an und starrten auf den Rhein, bis Lucy ein Halbliterglas Campari mit Orangensaft und viel Eis brachte, um den Kriminalisten aufzumuntern.

»Na, habt ihr was rausgekriegt?« sagte Matzbach.

Freiberg lehnte an der Reling, den Rücken zum Fluß. »Davon reden wir später.« Er nahm einen langen, tiefen Schluck, seufzte, rülpste unterdrückt. »Ah, gut. Reden wir erst mal von Rapunzel Schmidt. Hast du eine Ahnung, wo sie steckt?«

Matzbach kalkulierte die Optionen durch. »Du bist ja der Sonderfall, den es eigentlich gar nicht geben darf, nämlich ein vernünftiger Beamter«, sagte er dann halblaut. »Ich weiß, wo sie steckt, und ich habe ihr geraten, erst mal untergetaucht zu bleiben. Wenn du ganz heilige Meineide schwörst, geb ich dir die Nummer.«

Freiberg blickte ihn an, offenbar verblüfft. »Scheiße«, sagte er. »Und ich hatte mir schon alle möglichen Drohungen überlegt, um was aus dir rauszukriegen.«

Matzbach kicherte. »Krieg ich was dafür?«

»Moment. Also, ich verspreche, die Nummer nicht weiterzugeben. Ich müßte nur dies und jenes fragen.«

»Tu mir zwei Gefallen, Freibier. Rapunzel hat noch ein paar Monate, dreieinhalb vielleicht. Krebs. Wenn's nicht sein muß, ignorier den Dienstweg und laß sie in Ruhe, ja?«

»Und der zweite Gefallen?«

»Hör auf zu gähnen und komm in den nächsten Tagen mit deiner horizontalen Hilfskraft zum Essen an Bord.«

»Ha. Bestechung.« Freiberg blinzelte; es schien aber nur der Versuch zu sein, Müdigkeitsschlieren aus den Augen zu verjagen, keine Form der Kommunikation.

»Seid ihr denn nun weitergekommen oder nicht?«

Freiberg nickte matt. »Ein bißchen, aber das bringt alles nichts. Alberich Schmidt ist wahrscheinlich zwischen Mitternacht und zwei Uhr ermordet worden. Vermutlich hat man ihm vorher dies und jenes angetan – vor dem endgültigen Schnitt, mein ich. Es sieht so aus, als ob er an Händen und Füßen gefesselt worden ist. Zwei Dinge könnten interessant sein. Die Trennung von Kopf und Körper ist wahrscheinlich mit einer ungewöhnlichen Waffe vorgenommen worden, und zwar mit einer Art Samuraischwert. In seiner Wohnung hängt eine ganze Wand voller Waffen; ein Gerät, das ziemlich in der Mitte gehangen hat, fehlt, und nach den Umrissen auf der verblaßten Tapete könnte das so etwas gewesen sein. Die Wohnung ist nicht aufgebrochen, geplündert oder sonst was, da gibt's auch keine Blutspuren, und die Leute im Haus haben nichts Ungewöhnliches gehört.«

Matzbach rieb sich die Nase. »Als er bei uns war, hatte er keine exotischen Gegenstände dabei.«

»Alles reine Spekulation natürlich, aber es sieht so aus, als ob er von hier nach Hause gegangen wäre, das Schwert rausgeholt hätte, und dann? Oder er hat unterwegs Bekannte getroffen und ihnen die Waffe gezeigt – und dann?«

Matzbach hob die Schultern. »Müßig, glaub ich. Da können wir uns jetzt tausend Varianten ausdenken. Mit dem eigenen Säbel, aber nicht in der eigenen Wohnung? Nett.«

»Und jetzt wüßte ich gern, ob seine Schwester oder sonst wer bestätigen kann, daß er so ein Ding besessen hat. Peitschen gibt's da übrigens auch und Geißeln und Leder jede Menge. War nicht nur schwul, sondern auch sado-maso, dein Albo.«

»Nicht *meiner*, da seien die Götter vor. S-M, was? Und Waffenfreak? Komisch. Hätt ich nicht gedacht.«

Freiberg ließ die abnehmende Flüssigkeit in seinem Glas kreisen und schwappen. »Warum versteckt sich die Schwester eigentlich?«

Matzbach lachte. »Moment. Du hast von *zwei* interessanten Dingen gesprochen. Eins ist das Schwert; was ist zwei?«

»Alberich – blödsinniger Name – hatte Aids.«

Sie schwiegen einen Moment; schließlich seufzte Matzbach. »Das macht die Sache noch wundersamer, nicht wahr? Rache für Ansteckung – Auftragsselbstmord – alles, was das Herz begehrt.«

»Oder nicht begehrt, aber alles genauso müßige Spekulation wie der Rest. So, also, warum versteckt sich die Schwester?«

»Erstens, weil sie selbst nicht mehr lange zu leben hat und die restliche Zeit halbwegs ruhig verbringen will. Und zweitens, weil sie bestimmte Befürchtungen hat.«

»Welcher Art?«

Matzbach betrachtete das andere Ufer, die Umrisse der Berge, den tuckernden Lastkahn, der die helle Nacht nutzte, den Sternenhimmel. Halblaut und schnell berichtete er, wahrhaftig aber unvollständig, von Albos Vereinigungsdeal, dem Unfall des daran beteiligten Krämer, der angeblichen Erpressung. »Rapunzel weiß zwar von nichts – jedenfalls nicht mehr, als ich dir gesagt habe; sie nimmt aber an, daß, wer auch immer ihn erpreßt hat oder erpressen wollte, es jetzt bei ihr versuchen könnte. Albo hat sie zur Alleinerbin bestimmt.«

»Und sie weiß sonst nichts?« Freiberg klang skeptisch; im Halbdunkel auf der Galerie war sein Gesicht nicht mehr deutlich zu erkennen.

»Nee.«

Langsam trank der Hauptkommissar sein Glas leer; dabei hielt er Matzbach einen länglichen, beiläufig giftigen Vortrag über die Nachteile, die einem unkooperativen Bürger drohen könnten, der die Ermittlungsbehörden belügt. Matzbach nickte brav, gab ihm - gegen erneuerte heilige Eide – Hermine Päffgens Telefonnummer und schwor seinerseits scheinheilig, sich aus der Sache herauszuhalten.

Als Freiberg gegangen war, kehrte Matzbach zurück zur Slivovitz-Schachpartie. Drei Leute, die gemeinsam einen auf Tofu-Basis mit zweiunddreißig Gemüsesorten und Körnern hergestellten, scharfgewürzten Auflauf bestellt hatten (Tshato war der passende Name eingefallen: *Afrotofu-Ufo*; letzteres sollte angeblich Unidentifizierbares FreßObjekt bedeuten, Matzbach war für »ungenießbar«) und dazu alkoholfreien Pseudochampagner, beschwerten sich lautstark über Fleischdüfte vom Nebentisch und Alkoholdünste im Raum. Erst als Yü mit einem Grinsen, dem Ashanti und dem Cheyenne an den Tisch trat und sagte, es sei politisch wie kulinarisch unkorrekt, in dieser Form die Arbeit von Fremdstämmigen zu diskriminieren, endete das Getue.

Gegen halb eins waren die meisten Tische leer und die Küche geschlossen. Red Horse, Lucy und Tshato saßen am Tresen und tranken heißen Kakao gegen die Unbill der Sommernacht. Yü kehrte mit leeren Gläsern vom Vorderdeck zurück und grinste vor sich hin.

»Was ist?« sagte Matzbach, als der Chinese ihn auf dem Weg zum Tresen passierte.

»Geh hin und schau. Wie Konfuzius feststellte, verzichtet nicht einmal der Blinde auf eigenen Augenschein, wenn er überzeugt sein will.«

Matzbach erhob sich vom Schach und schlenderte bugwärts. Unterm rheinischen Sternenhimmel tanzte Zaches auf Stelzen mit den Partnerlookladies; er sang halblaut mit wuchtigem Baß melancholische Steppengesänge vermutlich skythischen Ursprungs, und beide Damen schluchzten begeistert. Das Licht der Uferlaternen brach sich im perlenden Strom auf der Wange der sich gen Steuerbord wiegenden Tänzerin.

Geräuschlos, mit diskret ungerührtem Gesicht schloß Matzbach die Deckstür und ging zurück zu Wingolf. Yü drehte hinterm Tresen an Knöpfen.

Wie eine Springflut toste die rückwärts abgespielte, jaulende Version von *Tristan und Isolde* in den Raum. Matzbach sackte auf seinen Stuhl und hielt sich die Ohren zu. Wingolf, der bisher erst zwei Bauern verloren hatte, schlug mit seinem Damenläufer einen ungedeckten Springer und trank ihn aus. Matzbach schnitt eine Grimasse – sieben Bauern, ein Turm und nun der Springer verloren und versoffen. Er kratzte sich das Kinn und verschob den überlebenden Springer. »Gardez!« sagte er, aber das war im Lärm nicht zu hören.

Wingolf stierte glasig aufs Brett. Matzbachs Springer bedrohte gleichzeitig die Dame und einen Läufer, konnte aber von einem Bauern geschlagen werden.

Ein etwa 30jähriger Mann in besudeltem Overall kam in den Schankraum, machte eine Fratze des Schmerzes und ging zum Tresen. Er wandte sich an Red Horse und sagte etwas. Der Cheyenne hob die Schultern und deutete auf sein Ohr. Der Monteur wiederholte, lauter; wieder zuckte Red Horse mit den Schultern. Yü streckte die Hand nach den Knöpfen des Musikgeräts aus; der Besucher holte tief Luft und brüllte genau in dem Moment, als Yü den Lärm abschaltete:

»MATZBACH!«

Matzbach schüttelte den Kopf. »Nee, so nicht. Ein bißchen dezenter darf's schon sein.«

Red Horse rieb sich das Ohr und deutete zum Schachtisch. Der Besucher kam herüber. »Darf ich?«

Matzbach wies stumm auf einen Stuhl. Wingolf schlug den Springer, nach langem Bedenken, und hob ihn zum Mund. Dann wackelte er mit dem Kopf und starrte Matzbach glasig und wütend an.

»Du bissein mieses Schschwein, Massbach.« Er lallte beinahe. »Gleich hab ich dich, und ... ich kannich mehea.« Er trank den Springer leer, rülpste und ließ den Kopf auf die Tischplatte sinken.

»Technischer k. o.«, sagte Matzbach. »Ziemlich selten bei Schach.«

»Was ist denn drin?« Der Monteur deutete auf die Figuren.

»Slivovitz. Aber das war *seine* Idee. Was bewog Sie, derlei gewalttätige Schreie nach mir auszustoßen?«

»Ich bin Tobias Neumann.«

Matzbach nickte. »Das ist ein ästhetisches Problem, aber kein Grund, nach mir zu schreien.«

»Ich hab' Ihnen neulich ne Todesanzeige geschickt.«

»Sie sehen aber ganz lebendig aus.«

»Sie waren nicht auf der Beerdigung, oder?«

Matzbach blähte die Wangen. »Ich gehe nur zu Beerdigungen, wenn ich den Todesfall billige. Carlo hätte ruhig noch länger leben dürfen. Ich nehme an, Sie sind mit ihm verwandt, oder?«

»War mein Onkel.«

»Bißchen früh zum Abtreten.«

»Fünfundfünfzig. Wie Sie, nehm ich mal an. Sie haben zusammen studiert, ne?«

»Mhm. Und jetzt hat er den Löffel abgegeben. Tja tja tja.« Matzbach wiegte den Kopf. »Die Einschläge rücken immer näher.«

»Sie werden sich wahrscheinlich fragen, was ich von Ihnen will.«

Matzbach schüttelte den Kopf und betrachtete das Gesicht, dann die Hände des Mannes. Unter den Nägeln, in den Nagelbetten und an den Porenrändern klebte eine schwarze Substanz. »Nee«, sagte er.

»Nee?«

»Ich geh mal davon aus, daß Sie es mir gleich sagen. Deshalb frag ich mich nicht. Ich nehme an, Sie sind selbständig, basteln an Autos herum und waren bis eben in der Werkstatt, ja?«

Neumann blickte verblüfft. »Wie kommen Sie darauf?«

»Ach, ich hab ein bißchen Sherlock Holmes gespielt.« Matzbach grinste. »Angestellte machen früher Schluß. Ihr Overall« – er beugte sich vor und tippte gegen die Brusttasche des Mannes, auf der ARAL stand – »spricht von Benzin und Autos, und Ihre Hände von Öl.«

Neumann nickte. »Ich bin beeindruckt. Wenn Sie's genau wissen wollen: Ich hab ne kleine Autowerkstatt in Beuel, bin selbständig und solo und hab bis eben meine Ölheizung repariert, aber nicht in der Werkstatt, sondern zu Hause.«

»Aua. Ätsch.« Matzbach kicherte. »Na ja, ein halber Treffer ist besser als ein ganzer Versager.«

Neumann seufzte. »Sie sind ne komische Nummer. Gibt's hier was zu trinken?«

Matzbach deutete auf die Schachfiguren. »Jede Menge Slivovitz.«

»Also, mein Onkel hat hin und wieder von Ihnen erzählt – immer, wenn mal wo was über Sie zu lesen war. Sagt, Sie wären immer schon ein Strolch gewesen.«

»Wollen Sie heißen Kakao? Und ich armes possierliches Getüm ein Strolch? Nimmer.«

»Lieber ne Bloody Mary, mit Strohhalm.«

»Bloody Mary mit Strohhalm«, sagte Matzbach laut. Yü hob die Hand.

»Als Student der Philosophie, hat mein Onkel gesagt, waren Sie ein Denkstrolch. Danach ein Geldstrolch, und jetzt hauptsächlich eine Art Lümmelstrolch. Hobbylümmel. Nee, Hobbydetektiv. Lümmelholmes.«

Matzbach stand auf, ging zum Tresen, kam mit einem Becher Kakao zurück und setzte sich auf den umgedrehten Stuhl, Brust an die Lehne gedrückt. »Ich krieg ja glatt Respekt vor mir. Aber sagen Sie endlich mal, was Sie eigentlich wollen.«

Neumann schwieg, bis Yü ihm die Bloody Mary mit Strohhalm gebracht hatte. Red Horse, Lucy und Tshato verabschiedeten sich und gingen. Der Mechaniker dankte Yü mit einem schrägen Lächeln, benutzte den Strohhalm zum Rühren, legte ihn beiseite und trank.

»Tja«, sagte er schließlich. »Also. Ich bastle da an alten Autos rum, vor allem Engländer. Ein Kunde, der zwei schöne MGs und einen Bentley hat, sagte vor ein paar Tagen, ich sollte das doch alles mal mit Ihnen bereden.«

»Was heißt alles, und wer ist der Kunde?«

»Ein Unternehmer, heißt Erler. Und alles ... Hm. Also, der teure tote Onkel ...«

»Wie teuer?«

»Ich bin der Haupterbe.«

»Gut für Sie. Weiter.«

»Onkel Carlos Tod gefällt mir nicht.«

Matzbach holte tief Luft und schüttelte den Kopf. »Erbt alles, oder fast, und ist immer noch unzufrieden? Diese Jugend! Was paßt Ihnen denn nicht?«

»Irgendwas ist da faul, aber der Arzt hat keine Bedenken, und der Kripomann, dem ich was vorgeweint hab, will sich auch nicht weiter damit befassen. Also ...«

Matzbach hob die Hand. »Moment. Ich weiß nicht, ob mich das alles überhaupt interessieren wird, aber für alle Fälle: Sie wissen, daß ich kein Profi bin – nix Lizenz?«

»Ja.«

»Dann wissen Sie auch, daß ich kein Geld verlangen und mich sowieso nicht in Kapitalverbrechen einmischen darf?«

»Weiß ich.«

»Okay. Wollt ich nur geklärt haben. Was würden Sie mir aufdrängen wollen, wenn ich etwa interessiert wäre?«

Neumann grinste leicht. »Zehn Prozent?«

»Von was?«

»Zehn Prozent der Lebensversicherungssumme – ne Viertelmillion, also fünfundzwanzig für Sie. Wenn was rauskommt. Sonst nix.«

Matzbach prustete, ohne Kakao zu versprühen. »Nix da mit sonst nix.«

»Na schön. Also, zehn Prozent.«

Matzbach setzte den Becher ab. »Es ist Ihnen gelungen, meine unqualifizierte Neugier zu erregen.«

5

Ohne Schwerter keine Pflugscharen.

Jakob Jansen

»Des langen übervollen Tages Reise in die löwenschwangere Nacht«, sagte Matzbach, »ist nun vollbracht. Oder?«

Ein barmherziger Taxifahrer, Freund des Hauses, hatte den plierenden, lallenden Wingolf entfernt; Zaches hatte die beiden liebenswerten Damen zur Uferpromenade eskortiert. Alle anderen waren weg. Ruhe, milde Nachtluft, offene Fenster. Yü musterte den fast vergessenen Zettel und gab ihn Matzbach zurück.

»Was werden wir denn wohl finden, wenn wir das Konto checken?« sagte er.

»Abbuchungen kann man stornieren.« Matzbach sah dem Eisklumpen in seinem Mineralwasser beim Schmelzen zu. »Kann also nicht schlimm sein; ich nehme eher an, jemand hat uns eine alberne Summe überwiesen. Frag mich nicht wozu; wir werden wahnsinnig überrascht sein.«

Der Chinese öffnete und schloß die Finger beider Hände. »Gymnastik. – Okay, ich kümmere mich drum. Und du?«

Matzbach zündete eine erloschene Zigarre wieder an. »Mir ist der Weg zu weit, und ich will nicht schon wieder in den Briefkasten kucken. Ich bleib hier. Vielleicht kriegen wir dann morgen früh ein bißchen Papierkram erledigt. Rechnungen bezahlen, so was.«

»Ungern.« Yü gähnte; er wandte sich Zaches zu, der am nächsten Tisch saß, übergründlich chambrierten Rotwein trank und seine Stelzen auseinanderschraubte. »Was wird das, wenn's fertig ist?«

Der Zwerg grinste. »Kleine Menschen müssen sich manchmal wehren«, sagte er. »Und nach dem Getanze ist die vorletzte Ölung angesagt.«

Er hielt ein aufgeschraubtes Teilstück hoch.

Matzbach pfiff leise, stand auf und nahm die Halbstelze in die Hand. Der Gummipfropfen am unteren Ende hatte in der Mitte ein Loch, dessen Ränder angerissen oder angenagt wirkten. An der Oberseite des abgeschraubten Unterendes, zwei Handbreit über dem Steigholz, ragte die Metallschraube vielleicht fünf Zentimeter über den hölzernen Mantel; sie war hohl und schien Teil eines Laufs zu sein. Das Oberteil der Stelze, ebenfalls Schraublauf plus Holzmantel, wies zwei Besonderheiten auf: Am Handgriff saß ein winziger Stift, blockiert von einer Art Spange, und das Achselpolster oben, das abnehmbar war, schien ein Magazin zu enthalten. Zaches ölte die Schraubteile; dann hielt er das Achselpolster hoch.

»Kleinkaliber«, sagte er. »Nadelgeschosse. Spezialanfertigung. War verdammt teuer, hat sich aber schon ein paarmal gelohnt, vor allem in Frankfurt. Man kann ja nicht dauernd mit der Bazooka unterm Arm rumlaufen, oder?«

Etwas trieb Matzbach gegen acht aus dem Bett in seinem Schlafareal hinter dem Büroraum. Von unten hörte er tiefes, sonores Schnarchen aus Zaches' Kajüte. Yü schlief wie immer lautlos, falls er überhaupt an Bord war.

Matzbach erledigte die üblichen Morgengeschäfte, duschte, zog sich an und braute Kaffee. Um halb neun, als er sich eben mit drei im Backofen erhitzten Croissants an den Tresen gehockt hatte, klingelte das Telefon. Es war Freiberg.

»Ah, du bist da? Kunststück, daß wir dich zu Hause nicht finden. Bleib, wo du bist; ich komm gleich vorbei.«

Matzbach runzelte die Stirn und legte wortlos auf. Er hatte eben einen Schluck und zwei Bissen zu sich genommen, als der Apparat schon wieder losging. Yü erschien verschlafen in orangen Boxershorts auf der Treppe, nickte, als er Matzbach bereits aktiv sah, und verschwand wieder.

Der zweite Anruf kam von einer Dame, deren Namen Matzbach nicht verstand, Mitarbeiterin eines Bundestagsabgeordneten, dessen Name ihm nichts sagte. Von Herrn Erler habe der Abgeordnete den Tip erhalten, sich mit Herrn Matzbach ins Benehmen zu setzen, und ob es denn wohl genehm sei, wenn der Herr MdB gegen zehn auf dem Boot erschiene. Matzbach, leicht verblüfft, bestätigte den Termin.

Bis Freiberg auftauchte, hatte Matzbach gefrühstückt. Freiberg verlangte inständig nach Kaffee; Matzbach schüttete den Rest der ersten Portion in einen Becher, schob ihn dem Kriminalisten hin und braute die zweite Runde.

Yü kam zu ihnen, setzte sich nach karger Begrüßung und lauschte dann ebenso stumm und ratlos wie Matzbach.

»Also, um's kurz und dramatisch zu machen. Euer Koch, Tshato, befindet sich noch im Krankenhaus, müßte aber gleich rauskommen. Ich hab' eben mit ihm gesprochen; er sagt, sein Kopfverband steht ihm prächtig und wird ihn nicht am Arbeiten hindern.«

»Wunderbar«, sagte Matzbach. »Ashanti mit Turban ist doch was Neues. Was zum Teufel ist los?«

Tshato und Lucy waren langsam den Rhein abwärts zu Fuß heimgegangen. Im schmalen Ufergrün unterhalb der Beethovenhalle sahen sie Bewegungen und hörten noch aus der Ferne etwas wie einen erstickten Schrei. Lucy war stehengeblieben, Tshato war losgerannt. Seiner Aussage nach fand er einen Vermummten, der sich mit einem langen Gegenstand in der Hand an einem unvermummt am Boden Liegenden zu schaffen machte, aufsprang, dem Ashanti auswich und ihm dann aus der Bewegung heraus das Ende des langen Gegenstands an die Schläfe knallte.

»Das war alles. Tshato war ein paar Sekunden weg, wie ausgeknipst, sagt er. Als er wieder zu sich kam, beugte sich Lucy über ihn. Die bestätigt alles genau so und sagt, der Vermummte sei sofort getürmt, nachdem er Tshato niedergeschlagen hatte. Sie hat uns alarmiert, und wir haben Tshato gegen seinen Willen ins Krankenhaus gebracht – beobachten, man weiß ja nie, und mit Gehirnerschütterungen soll man nicht spaßen.«

»Fürwahr. Behutsamer Umgang ist vor allem bei jenen Objekten geraten, deren Existenz nicht eindeutig erwiesen ist, wie Konfuzius sagt.« Yü schüttelte den Kopf. »Und was ist mit dem anderen?«

»Tja«, sagte Freiberg. »Tja tja tja. Hans Jaspersen, geboren neunzehn zweiundsechzig. Bekannt?«

»Nee«, sagte Matzbach. »Das heißt aber nichts. Anno zweiundsechzig fanden mehrere Geburten statt, an denen ich unbeteiligt war.«

Freiberg beugte sich vor. »Jaspersen hat gestern abend hier gegessen, mit Herrn Erler, den ihr ja wohl kennt. Und er hat in einem Steuerbüro gearbeitet.«

Er nannte den Namen; es war das Büro, das die Steuer- und Gehaltsabrechnungen der *Spelunke* machte.

»Ich weiß nicht, wie viele Leute da arbeiten«, sagte Matzbach. »Mir ist auch bei den Gesichtern an Erlers Tisch gestern niemand bekannt vorgekommen. *Hat* gearbeitet, sagst du?«

»Und wird dies nicht mehr tun. Er ist zerschlitzt worden; mit einem langen Gegenstand, den der Täter, nachdem er ihn Tshato über den Schädel gezogen hat, als Andenken in die ohnehin tote Leiche steckte. Keine Abdrücke; er muß Handschuhe getragen haben und wollte wohl nicht mit dem Ding durch die Nacht laufen. Habt ihr eine Ahnung von irgendwas?«

»Die unreifen Knaben«, sagte Yü, »sind wie üblich ahnungslos, begehren aber vom ehrwürdigen älteren Herrn Oberbüttel zu erfahren, um welche Art eines länglichen Gegenstands es sich gehandelt haben möchte.«

Freiberg nickte. »Kann ich mir vorstellen, daß ihr das gern wüßtet. Also noch mal, keinen blassen Schimmer?«

»Auch keinen feuchten Furz«, sagte Matzbach. »Also, was für ein Gegenstand, dieser lange?«

Freiberg lächelte ohne Vergnügen. »Ein Samuraischwert.«

Sie gingen noch einmal den ganzen Abend durch; Yü und Matzbach verschwiegen eisern, daß sie alle Vorgänge im Schankraum per Video aufgezeichnet hatten. Irgendwann blickte Yü wie zufällig zur Sicherheitskamera; Matzbach sagte wie zufällig »Ach nee«, was sich auf Freibergs letzte Äußerung beziehen oder eine allgemeine Klage über die Würdelosigkeit der Existenz sein mochte.

Als der Hauptkommissar gegangen war, besprachen sie sich kurz; Yü verließ die *Spelunke*, um Einkäufe zu machen und der mysteriösen Aufforderung KONTO CHECKEN nachzugehen. Matzbach rauchte zum vierten Pott Kaffee die erste Panatela des Tages, grübelte und kam lediglich zu dem Schluß, daß er sich an Bord der *Spelunke* unwohl und unsicher zu fühlen begann. Was immer da ablief, hinter einer düsteren Wolke, war völlig unbegreiflich, aber die Wolke wirkte bedrohlich.

Punkt zehn betrat ein hagerer Mann im sommerleichten Nadelstreifer den Anleger. Er trug einen sommerleichten Aktenkoffer und hinkte leicht. Matzbach wartete, bis der Besucher ratlos am Fuß der Doppeltreppe stand, dann rief er »Huhu, nach rechts bitte und hinauf!«

Auch die Augen des Mannes waren hager, oder gierig. Er mochte Ende Vierzig sein, nannte seinen Namen – Auerberg –, drückte Matzbachs Rechte mit der routinierten Schlaffheit des professionellen Händeschüttlers und folgte ihm brav zum Tresen.

Nach den üblichen Morgenfloskeln über Wetter, Seegang, Schlagseite des Boots, Freundlichkeit schnellen Empfangs und Erlers gute Beziehungen nahm Auerberg den angebotenen Kaffee an, schmähte jede Form von Nikotin (worauf Matzbach sich die nächste Zigarre anzündete) und kam zur Sache.

»Es ist ein bißchen, hm, heikel. Ich werde erpreßt.«

»Was ist daran heikel? Politiker erpressen ist doch nichts Heikles.«

»Für mich schon. Es kann mich das Mandat kosten.«

Matzbach nickte. »Also viel Geld; da kommen wir der Sache näher.«

Auerberg hob die Brauen. »Viel Geld? Na ja; Sie sollten eigentlich wissen, daß man als Abgeordneter ...«

»Ich weiß, ganz arm, plus Fraktionsstab, plus Ausschuß für dies plus Gutachten für das. Und die ganzen Beziehungen. Meinen beileidigen Glückwunsch. Also?«

Auerberg legte die Hände neben den Kaffeebecher, als ob er sie dort bis zu späterer Nutzung deponieren wollte. »Alles ziemlich wirr«, sagte er verdrossen. »Ich komme sowieso nur zu Ihnen, weil Erler sagt, Sie haben keine Lizenz, müssen also keine Spielregeln einhalten, und Sie sind Spezialist für schräge Sachen.«

Matzbach hob die Schultern. »Ein jeder wie er kann. Ich habe mich auf meine Schwächen spezialisiert.«

Auerberg lächelte flüchtig, ohne Beteiligung der Augen. »Na ja. Also, grob gesagt: Ein alter Kumpel und Genosse, der meinen Job haben will, erpreßt mich mit einer Jugendsünde. Ich habe ihm seit fünf Jahren zweimal jährlich fünfzigtausend gezahlt.« Er klopfte auf den Aktenkoffer. »Da ist die nächste Rate drin. Ich möchte, daß Sie das Geld überbringen und irgendwie dafür sorgen, daß diese auch die letzte Rate ist.«

Matzbach blies eine lange Rauchgirlande an die Decke. »Mann!« sagte er schließlich. »Bevor ich mir den Kopf zerbreche, *was* man da tun kann, frage ich mich, *ob* ich da überhaupt etwas tun will. Sie wissen ja, ich hab keine Lizenz als Privatdetektiv oder derlei und darf also kein Honorar verlangen. Was wollten Sie mir steuerfrei aufdrängen?«

Auerberg kaute auf der Unterlippe. »Zehn«, sagte er. »Bei Erfolg nochmal zehn.«

Matzbach grinste. »Ah bah. Zweimal fünfzehn klänge besser.«

Auerberg zögerte, hob dann die Schultern und sagte müde: »Na schön, was soll's? Also zweimal fünfzehn. Schwarz, wenn's denn sein muß.«

»Muß sein. Ich muß aber ein bißchen mehr wissen. Zum Beispiel, woher das Geld kommt. Ich will keine blutigen Finger kriegen.«

»Kein Sorge.« Er grinste schief. »Ich habe reich geheiratet. Sehr altes westfälisches Geld. Und meine Frau schätzt die mondänen Aspekte meiner Stellung so sehr, daß sie es sich notfalls einiges kosten läßt. Auch ohne Quittung.«

»Westfalen? Wo genau?«

Auerberg nannte ein Kaff; als Matzbach den Kopf schüttelte, präzisierte er. »Hinter Detmold bis zum Waldrand und dann rechts. Eher Lippe als Westfalen, wenn Sie Wert auf feine Unterschiede legen.«

»Ach, da hinten, wo das Reservat anfängt? Mit Palisaden drum, damit die Eingeborenen sich nicht verlaufen? Bin ich vor Jahren mal auf dem Weg nach Hameln durchgekommen. Nette Ecke. Und da haben Sie ein Mandat?«

»Sogar ein Direktmandat.«

»Also Sozi? Die Gegend ist doch schwarz, oder?«

Auerberg verzog das Gesicht. »Schon. Aber der Kollege von den Schwarzen ist ein Trottel.«

»Das spielt doch in der Politik keine Rolle.«

»Außerdem ist er evangelisch, und ich war früher mal katholisch.«

»Ist das die Jugendsünde?«

»Nee. Müssen Sie das alles so genau wissen?«

Matzbach nickte stumm, und Auerberg berichtete widerwillig. Er war Jahrgang '46, anno '64 zur Bundeswehr gegangen, freiwillig, und Anfang '68 ausgeschieden, »nach Überzeugungswandel«. In den Jahren zwischen Eintritt und Wandel hatte er in einer Ausbildungseinheit ein paar Untergebene »allzu grob angefaßt«; es war unter den Teppich gekehrt worden.

»Und jetzt hat Ihr Kollege PG, wie heißt er gleich, Dengler? Also, der hat das irgendwie rausgekriegt, ja? Und als bedeutender Pazifist, heftiger Gegner von Blauhelmeinsätzen und so weiter wird Ihnen wohl die Dienstzeit vergeben, wegen Gesinnungswandels, aber nicht die Schinderei?«

Auerberg knurrte irgend etwas. »Außerdem«, setzte er hinzu, »gibt's da noch eine alte Weibergeschichte. An sich bedeutungslos, heute sowieso, aber *mit* dem anderen …«

Nach langem Zögern und Sträuben nannte er noch ein paar Namen und Umstände. Matzbach lauschte, notierte sich etwas auf einer Papierserviette, stellte weitere Fragen und sagte schließlich:

»Okay. Ich versuch's. Schade, daß Sie nichts gegen Dengler im Köcher haben. Aber das wird wohl der sinnvollste Ansatz sein, schätze ich. Zum Erpressen gehört ein besonders reinlicher Charakter; da Politiker den im allgemeinen nicht haben, müßte sich auch bei Dengler etwas finden lassen – Material für eine Gegenerpressung zum Schweigen, derlei. Zu dumm, daß der Kollege ein Genosse von Ihnen ist, oder? Sonst könnten Sie das doch von Ihrer parteiamtlichen Schlägertruppe bereinigen lassen. Oder haben Sie so was nicht mehr?«

»Völlig zahnlos ist die SPD noch nicht, Mann. Also, wie geht's weiter?«

»Ich mach mir ein paar warme Gedanken. Braucht ein bißchen Vorbereitung. Können Sie … ah, nächste Woche Freitag, sagen wir zwölf Uhr mittags, ein Rendezvous für mich mit Ihrem Freund Dengler arrangieren? Oder hält er nicht still, wenn er's nicht vorher kriegt?«

Auerberg klopfte auf den Aktenkoffer. »Läßt sich machen. Und das hier – ich kann's schlecht in der Baracke oder in meinem Büro lassen. Haben Sie so was wie nen Safe?«

»Hab ich.«

Auerberg bestand darauf, Zeuge der Einschließung des Gelds zu sein; daraufhin verlangte Matzbach, die 50000 DM sehen und zählen zu dürfen. Das wurde im Büro erledigt. Als die Safetür wieder verschlossen war, verabschiedete sich Auerberg. Keiner von beiden reichte dem anderen die Hand.

Matzbach verbrachte einige Zeit des Nachdenkens am Tresen. Ihn beschäftigten weniger Auerbergs Lebensgeschichte und die daraus erwachsenden Konsequenzen, als vielmehr einige unangenehme Gedanken bezüglich Rüdiger Erler. Kundenvermittlung war eine Sache, aber die Finger des Unternehmers wurden entschieden zu lang und zu zahlreich.

Er ging noch einmal ins Büro, öffnete den Safe, betrachtete den Geldkoffer und verwarf drei Beschlüsse, ehe er sich mit seinem Gemüt auf ein viertes Verfahren einigte.

Danach rief er in Brenig an, wo Hermine Päffgen nach seinem Befinden fragte, und wie der Umsatz sei, und wann man ihn wieder erwarten dürfe. Schließlich, als ihr nichts mehr zu fragen einfiel, holte sie Rapunzel an den Apparat. Rapunzel bestätigte, daß ihr verblichener Bruder eine Art Samuraischwert besessen hatte: »Hing ziemlich in der Mitte, an der Waffenwand.«

Er hatte das Gespräch gerade beendet, als Yü von seinem Raubzug durch die Stadt heimkehrte. Es mußte eine Art Raubzug gewesen sein, denn erstens war er mit allerlei Taschen und Tüten beladen, und zweitens sah Matzbach von weitem, daß Yü unter den Bäumen der Uferpromenade seinen schnellen, schleichenden Panthergang verwendete.

Der Panther war jedoch wieder verschwunden, als der Chinese nach lautem Räumen in der Küche aufs Kneipendeck kam, Mineralwasser in sich hineinschüttete und sich dann zurückhaltend räusperte.

»Alter Herr Matzbach – es gibt zwei Dinge, die der alberne

Nichtswisser Yü dem huldreichen Jadeherz unterbreiten muß.«

»Sprich, Kunstperle des Ostens.«

Yü grinste. »Erstens, wie ich zu erwähnen vergaß, kommt heute abend Dany für ein paar Tage her. So daß ich dich bäte, von, sagen wir, acht bis zehn den Service zu übernehmen.«

Matzbach lächelte mit sämtlichen Zähnen. »Ah, die edle Frau Winzerin. Wer bin ich, daß ich eurer Wiedervereinigung im Wege stünde? Ich werde auch keine Krümel in dein Bettchen streuen. Und zweitens?«

»Das hier.« Yü reichte ihm einen Kontoauszug mit Anlage.

Der Auftrag war säuberlich getippt, die Unterschrift unleserlich. Es handelte sich um eine Bareinzahlung auf das Konto der *Spelunke*; unter »Verwendungszweck« stand ANZAHLUNG BOOT, unter »Auftraggeber« ALBO & CO KG BONN. Der gutgeschriebene Betrag war 12345,– DM.

»Eins zwei drei vier fünf«, knurrte Matzbach. »Und dann? Sechs sieben acht neun aus? Kannst du dir einen Reim darauf machen?«

»Raus«, sagte Yü. »Haus Laus Maus Graus Schmaus. Reicht?«

Um nicht die Ratlosigkeit ins Kraut schießen zu lassen, machten sie sich ein paar nette halbe Video-Stunden, meistens im Schnelldurchgang. Aber die Aufnahmen des Schankraums vom vorigen und vorvorigen Abend zeigten nichts Aufregendes, lediglich Gäste und Personal.

»Und jetzt?« sagte Yü, als sie fertig waren.

»Es fehlt noch drittens.« Matzbach sah den Chinesen eindringlich an. »Fällt mir aber erst jetzt ein.«

»Wieso drittens?«

»Du wolltest mir von Dany berichten und den Kontoauszug zeigen. Hast du getan. Dann sind wir, wegen des blöden Auszugs, auf andere Themen geschweift. Geschwiffen.«

»Schwiffen wir, o Matzbaum der Tugend? Ich weiß von keinem ›drittens‹«.

»O aber ja doch. Du wolltest mir zweifellos auch noch erzählen, wieso du, als du dich dem Bötchen nähertest, mal wieder deinen Panthergang eingeschaltet hattest.«

»Hatte ich das?« Yü machte ein verwundertes Gesicht und tat, als müsse er grübeln. »Hm. Nun ja, da du es sagst, wird es wohl so sein. Es könnte etwas damit zu tun haben, daß ich in der Stadt das unbehagliche Gefühl hatte, beschattet zu werden. Aber Gefühle können täuschen.«

»Deine auch?« Matzbach schüttelte den Kopf. »Erzähl mir keine Märchen. Aber richtig gesehen hast du keinen, oder?«

Yü zögerte. Dann schob er noch einmal das Video vom Vorabend ein, ließ es vorlaufen, suchte, beschleunigte, fand.

»Der da«, sagte er. Er wies auf einen der drei Mitesser Erlers. »Einer ist tot, ja? Also einer der beiden anderen. Der da, in der Mitte, der war mindestens eine Viertelstunde lang unauffällig in meiner Nähe. Nicht im Anzug wie gestern – Jeans, Fetzenpullover, Baseballkappe, Turnschuhe. Aber er war's. Und – noch was. Siehst du den Gesichtsausdruck?«

Er hielt das Bild an. Rüdiger Erler blickte irgendwo unterhalb der Kamera hin, schaute dort vermutlich jemanden an. Und zwinkerte. Ein schnelles böses Zwinkern, kein scherzhaftes Blinzeln.

»Wer hat denn da gestanden, wo er hinkuckt?« sagte Matzbach.

Yü hob die Schultern, blickte zur Kamera über dem Tresen hinauf, blickte zum Tisch, an dem Erler gesessen hatte, bewegte sich seitlich. »Hier etwa?«

Matzbach nickte. »Da etwa. Scheiße.«

6

> Die fundamentalen Existenzialien, die das Sein des Da, die Erschlossenheit des In-der-Welt-seins konstituieren, sind Befindlichkeit und Verstehen... Sofern die Befindlichkeit mit Verstehen gleichursprünglich ist, hält sie sich in einem gewissen Verständnis.
>
> MARTIN HEIDEGGER

Mit zwei Plastiktüten in der rechten Hand und zwei Videos unterm linken Arm verließ Matzbach die *Spelunke.* Er stieg in den Rover, fuhr zum Polizeipräsidium und händigte Freiberg die Bänder aus, was, wie er fand, die gute Staatsbürgertat für mindestens eine halbe Woche war. Danach stieg er in der Garage Kölnstraße von Rover auf Citroën um, holte aus seiner Wohnung eine große Hebammen- bzw. Doc- bzw. Gladstone-Tasche und überquerte die Rheingrenze nach Beuel.

Im Neubaugebiet zwischen Beuel und Schwarz-Rheindorf traf er Tobias Neumann vor dem Haus des weiland Philosophieprofessors Carlo N. Der Monteur schloß die Tür auf und ging voran; dabei sagte er:

»Noch mal zum Mitschreiben. Carlo hatte ein schwaches Herz.«

»Ach so«, sagte Matzbach. »Ich hab mich immer gefragt, weshalb er nie geheiratet hat.«

»Ha, ha. Und seit ein paar Jahren einen Schrittmacher. Der ärztliche Befund lautet Tod durch Herzversagen. Aber, wie gesagt, ein paar Dinge gefallen mir nicht.«

Im großen Arbeitszimmer des Toten gab es dunkle Regale voller Lederbände, vor dem Fenster eine Terrasse, zu der eine Glastür führte, Stores an den Fenstern, einen Schreibtisch aus Eibe fast in der Mitte des Raums, überladen mit Papieren, davor einen batteriebetriebenen Rollstuhl, ein seltsames dreiachsiges Modell mit den üblichen kleinen, beweglichen Fronträdern, großen Mittelrädern für Handbedienung und kleineren Heckrädern, die wohl vor allem den schweren Batterieteil zu tragen hatten. Baltasar dachte an Herodots Geschichte von den Fettsteißschafen, denen man, damit sie sich überhaupt bewegen konnten, Rollbrettchen unter den Schwanz band.

»Seit dem Unfall vor Jahren war er ja fast gelähmt«, sagte Neumann. »Hatte aber kräftige Arme, konnte sich allein an- und ausziehen, hat nie Hilfe gebraucht. Also, vor zwei Wochen, Freitag abend, hat die Haushälterin alles fürs Wochenende vorbereitet und ist gegangen, bis Montag. Da hat er im Rollstuhl gesessen, hier, am Schreibtisch. Als sie am Montag früh wiederkam, saß er immer noch oder schon wieder da und war tot. Der Arzt sagt, er wär irgendwann am Samstagnachmittag oder frühen Abend gestorben.«

Matzbach wanderte durch den Raum, betrachtete Buchrücken, kam dann zurück zum Schreibtisch. »Und was genau paßt Ihnen denn nun nicht? Abgesehen davon, daß ein Hinscheiden schon arg pittoresk sein müßte, um irgendwen zu begeistern?«

Neumann lehnte sich gegen die Schreibtischkante und verschränkte die Arme vor der Brust. »Langsam und von vorn. Montags ruft mich die Haushälterin an. Ich bin zwar nicht der einzige, aber der engste Verwandte. Außerdem der einzige in Bonn und der einzige, mit dem er keinen Ärger hatte. Ich laß natürlich alles stehen und liegen und komm her. Der Arzt ist da, und alles ziemlich scheußlich. Onkel Carlo sitzt im Rollstuhl, dicht am Schreibtisch, so richtig Bauch an Kante, und um ihn rum – gah. Haben Sie gewußt...«

Matzbach hob die Hand. »Geschenkt. Ja ja, weiß ich. Darm und Blase und so was. Weiter.«

»Von wegen geschenkt; mußte alles saubergemacht werden. Na ja. Ich red mit dem Arzt und der Haushälterin, dann ruf ich nen Bestatter an, der kommt und packt Onkel Carlo in die Kiste. Ende von Teil eins. Die Haushälterin zeigt mir 'ne Liste, die Onkel Carlo irgendwann mal gemacht hat, von wegen ›Im Fall meines Todes zu benachrichtigen‹. Wir denken uns nen Text für die Anzeige aus – dieser ganze Kram. Vier Tage danach wird er verbuddelt.«

»Und ich war zum Glück nicht dabei«, sagte Matzbach. »Manche Feten werden ja erst durch die Abwesenheit bestimmter Personen erträglich.«

Neumann schnitt eine Grimasse. »Abgesehen vom Saubermachen hatten wir bis dahin nix angefaßt hier. Das Testament enthält ein paar kleinere Dinge für andere, ne Abfindung für die Haushälterin, so was. Der Rest – alles für mich. Die Bude, die Bücher, die Knete, die Lebensversicherung.«

»Na, herzlichen Glühwurm.«

»Danke, danke. Ich bin also …«

Matzbach unterbrach. »Sie sind also der einzige mit Motiv; sind Sie auch einer mit Aschenbecher?«

Neumann ächzte, stieß sich vom Schreibtisch ab und verschwand, vermutlich in der Küche; Matzbach grinste leicht und zündete ein Rauchopfer für Sumatras Tabakgötter an. »Weiter«, sagte er, als Neumann mit einem schweren Kristallpott zurückkam. »Ah, und danke.«

»Bittebitte. Also, ich bin noch mal hergekommen, alles durchkucken, von wegen, ob hier noch was rumliegt, was beachtet werden muß oder jemand anders gehört oder so. Dann hab ich noch mal mit der Haushälterin geredet; die hat schon was Neues, ist nicht mehr hier. Und die hat mir ein paar Sachen bestätigt. Kommen Sie mal mit.«

Neumann winkte Matzbach zu sich und ging Richtung Terrasse. »Also: Sie kommt montags ins Haus, Onkelchen sitzt tot im Rollstuhl, die Terrassentür ist angelehnt. Hier an der Tür, auf dem Teppichboden, ist ein bißchen Dreck – Lehm oder so. Hat sie automatisch weggemacht; ist ihr erst später wieder eingefallen. Wie kommt Lehm aus dem Garten in ein Zimmer, in dem bloß ein Gelähmter im Rollstuhl sitzt?«

Matzbach ließ die Mundwinkel sacken, um die Miene rechtschaffener Anödung zu produzieren. »Wie kommt Spinat auf Dach? Kuh kann doch nicht fliegen. Schon recht, Junge, ist alles klar, aber doch nicht aufregend. Vielleicht hat ihn wer besucht.«

»Nh-nh. Wenn die Haushälterin freitags geht, stellt sie die Klingel ab. Onkelchen wollte gar nicht erst in die Versuchung kommen, jemand reinlassen zu müssen.«

»Na ja – wie wär's mit Besuch durch den Garten?«

»Da ist ringsrum ne Mauer. Können wir uns ja noch ankucken. Aber weiter. Sie sagt, als sie mich und den Arzt anrufen will, da muß sie erst mal das Telefon einstöpseln. Das war nämlich aus der Buchse raus.«

Matzbach wedelte einen Rauchkloß beiseite. »Vielleicht wollte Kerlchen Carlo nach der Klingel auch das Telefon abstellen. Professoren der Philosophie sind manchmal komisch.«

Neumann seufzte. »Sie wollen mich auf den Boden kriegen, was? Keine Sorge, da bin ich immer noch. Weiter.« Er ging zurück zum Schreibtisch und legte eine Hand auf die Lehne des Rollstuhls. »Das Dings hier wird mit zwei kompakten Batterien betrieben. Oder manuell. Die Batterien kann man mit nem Akku aufladen, aus der Steckdose. Hat die Haushälterin gemacht – zuletzt in der Nacht von Donnerstag auf Freitag. Sie sagt, als sie Carlo gefunden hat, war alles ausgeschaltet – also, die haben nicht etwa das ganze Wochenende über sinnlos Energie abgegeben, nee, anständig ausgeknipst. Aber sie und der Arzt, als sie Carlo bewegen wollen, stellen fest, die Batterien sind leer. Ich hab sie noch mal gecheckt; null Saft.«

Matzbach machte eine wegwerfende Handbewegung. »Vielleicht sind sie einfach kaputt. Gibt's ja.«

»Ich hab eine an den Akku gehängt, hat ganz normal geladen.« Neumann deutete zum Fenster und ging dorthin; Matzbach folgte knurrend.

»Hier, hinter dem Vorhang, auf der Fensterbank.«

Matzbach betrachtete das kompakte Produkt der Firma Sony. »Ein sensationeller Radiorecorder. Und?«

»Sehen Sie mal – da im Regal hat er ne komplette Anlage, mit Doppeltape. Funktioniert, hab ich ausprobiert, eh Sie wieder damit ankommen. Und im Schreibtisch, in der Schublade, was Kleines; damit kann er mal was abspielen und diktieren, wenn er's für die Arbeit braucht.«

»Was?«

Neumann breitete die Arme aus. »Fragen Sie *mich* doch nicht. Wer von uns beiden ist denn hier der Bekloppte, der Philosophie studiert hat? Aber ich frag Sie – Musik kann er drüben hören; hier hat er das kleine Gerät; und wozu braucht ein Gelähmter, der am Schreibtisch sitzt, ein drittes Ding? Und wenn er es braucht, warum stellt er es dann so weit weg, auf die Fensterbank, wo er nur mühsam drankommt?«

»Ist denn da was drin? Ein Sender eingestellt oder eine Kassette eingelegt oder was?«

Neumann blinzelte. »Ja-a. Ne Kassette, halb abgespielt. Die Kiste hat aber Auto-Reverse, also, das spielt endlos, bis man abschaltet. Kein Netzkabel dran; die Batterien drin sind leer, und als ich's angekuckt hab, stand es auf PLAY.«

Matzbach deutete auf die große Musikanlage im Regal. »Können wir die Kassette mal hören?«

»Klar. Moment.« Neumann nahm sie aus dem Kompaktgerät, ging zur Bücherwand, spielte an ein paar Knöpfen. »So.«

Es begann mitten in einem Satz. Eine unangenehm hohe, nervende Männerstimme trug einen kauderwelschen Text vor, in scheußlich genäseltem Schwäbisch.

»...und errungen und was nachgeredet ist. Noch mehr, durchschnittliches Verständnis wird ein solches Unterscheiden gar nicht wollen, seiner nicht bedürfen, weil es ja alles versteht.

Die Bodenlosigkeit des Geredes versperrt ihm nicht den Eingang in die Öffentlichkeit, sondern begünstigt ihn. Das Gerede ist die Möglichkeit, alles zu verstehen ohne vorgängige Zueignung der Sache. Das Gerede behütet schon vor der Gefahr, bei einer solchen Zueignung zu scheitern. Das Gerede, das jeder aufraffen kann, entbindet nicht nur von der Aufgabe echten Verstehens, sondern bildet eine indifferente Verständlichkeit aus, der nichts mehr verschlossen ist. Die Rede, die zur wesenhaften Seinsverfassung des Daseins gehört und dessen Erschlossenheit mit ausmacht, hat die Möglichkeit, zum Gerede zu werden und als dieses das In-der-Welt-sein nicht so sehr in einem gegliederten Verständnis offenzuhalten, sondern zu verschließen und das innerweltlich Seiende zu verdecken. Hierzu bedarf es nicht einer Absicht auf Täuschung. Das Gerede hat nicht die Seinsart des *bewußten Ausgebens* von etwas als etwas. Das bodenlose Gesagtsein und Weitergesagtwerden reicht hin, daß sich das Erschließen …«

Neumann starrte mit zusammengekniffenen Brauen auf einen der Lautsprecher; Matzbach zielte mit der Zigarre auf das Musikgerät und sagte:

»Chottes Willi. Tun Se dat wech. Das hält ja keine Sau aus.«

»Sagen Sie!« Neumann grinste, schaltete ab und nahm die Kassette heraus. »Ist das, eh, Philosophesisch, oder was? Dafür sind Sie doch Fachmann.«

»Nee, das ist keine Philosophie, sondern Heidegger.«

»Wer ist Heidegger? Der Schwabe, der das liest?«

Matzbach schob die Zigarre in die Mundmitte, nahm sie zwischen die Zähne und starrte ins Leere. »Die Stimme … Irgendwo hab ich die Stimme schon mal gehört.« Dann zuckte er mit den Schultern. »Nein, der Text ist von Heidegger. Das war ein Typ, der ganz ausgezeichnet ältere Philosophen gedeutet und analysiert hat. Bloß hat er dann irgendwann gemeint, er müßte selber auch ein bißchen was denken, und das ist voll in die Hose gegangen.«

»Dann ist das, was ich da alles nicht verstanden habe, also doch Philosophie?«

Matzbach nahm die Zigarre wieder in die Hand, um damit zu gestikulieren. »Abermals nein. Ist es nicht. Es ist ein Raunen und Mauscheln, Mischung aus ägyptochinesischer Bilderschrift und unglaubwürdigen nordischen Runen – fantasierendes Gebrabbel in einer Privatsprache. Manche Leute finden das ganz toll, weil sie es nicht verstehen und deshalb meinen, es müßte wahnsinnig schwierig und von tollkühner Bedeutlichkeit sein. Es ist aber einfach Unsinn.«

Neumann gluckste. »Können Sie denn Philosophie und Unsinn voneinander unterscheiden?«

Matzbach wanderte zu einem der Regale und lehnte sich mit dem Rücken an eine alte Schopenhauer-Ausgabe. »Das ist eine gute Frage, auf die wir bei Gelegenheit nicht zurückkommen sollten. Wissen Sie, es gibt da Sätze, die sind so banal, daß man sie für ungeheuer tiefschürfend hält, weil ein Philosoph eigentlich gar nicht so banal sein kann. Wittgenstein, zum Bleistift, hat gesagt, wovon man nicht reden kann, davon muß man schweigen. Ungefähr so aufregend wie ein paar Kernsätze eines anderen Philosophen, Sepp Herberger: Der Ball ist rund; der nächste Gegner ist immer der schwerste. Heidegger konnte so was auch – das Nichts nichtet, zum Beispiel. Kluge Leute grübeln dann jahrelang über so was und finden es toll, dabei ist es schon sprachlich der lautere Humbug. Das Nichts, das nicht existiert, kann nichts tun, also auch nicht nichten. Es kann ja nicht mal nicht nichts tun. Das Loch locht auch nicht. Dafür ist der Locher da.«

Neumann ging zum Schreibtisch und nahm ein paar Blätter auf. »Aha. Na ja. Also, hier liegt noch mehr so Zeug.«

Matzbach ging zu ihm, nahm die Papiere, überflog sie, kicherte leise und räusperte sich. »Nee, das ist ganz anders. Ist zwar auch Unsinn, aber die Sprache ist ganz klar und einfach.«

Er holte Luft und begann in vollmundig unschwäbischem

Hochdeutsch zu deklamieren, wobei er mit der Zigarre in der Luft eine eher abstrakte Zeichensetzung vornahm.

»›So kann man denn nun, befangen in verständiger Befindlichkeit und ohne Obdach unter dem Flickenschirm dröhnender Metaphern zu nehmen, sowie auch keineswegs ungefüge oder rechtlos, jenen Südamerikaner anführen, der bemerkte, es sei ihm eine tiefe Befriedigung gewesen, daß jener Philosoph, der ein so grauenhaftes Deutsch schreibe, mit den Nazis paktiere. Deren größter Erfolg war es bekanntlich, alles Deutsche grauenhaft zu besudeln.‹«

Neumann hielt sich die Ohren zu. »Und was soll das alles?«

Matzbach legte die Papiere zurück auf den Tisch. »Ihr werter toter Onkel hat wahrscheinlich an einer neuen Vorlesung gearbeitet. Oder an einem Buch. Irgendwie erinnert mich das hier an was …« Er schloß die Augen und grunzte.

Neumann ging zum Fenster und deutete auf den kleinen Radiorecorder. »Da gibt's aber noch was.«

»Und zwar?«

Der Autobastler öffnete das Gehäuse des Geräts und hielt ein kleines Döschen hoch. »Hier.«

»Was ist das?«

Langsam, überdeutlich sagte Neumann: »Ein batteriebetriebener Störsender.«

»Wen stört so was?«

»Zum Beispiel einen Herzschrittmacher. Wie Onkel Carlo einen hatte.«

Später, als sie sämtliche Details noch dreimal durchgegangen waren, ohne etwas Sinnvolles herauszufinden, machte Matzbach »Hausaufgaben, aber ungern.« Aus der Gladstone-Tasche holte er diverse Utensilien, bestaubte Schreibtischplatte, Rollstuhllehnen, Recorder und ein paar andere Dinge, machte Nahaufnahmen und brabbelte unausgesetzt vor sich hin. Schließlich ließ er sich von Neumann in den Garten führen.

»Lehm, sagt man, wuchert nicht in geschlossenen Räumen. Wo kommt der Dreck her, den die Putzfrauhaushälterin so sorgsam zu entfernen sich nicht enthalten mochte?«

»Wahrscheinlich von hier. Da war mal ein Gärtner zuständig, aber den hab ich gleich abbestellt. Soweit ich weiß, ist seit dem Tod von Carlo nichts gemacht worden.«

Es gab halbverwilderte Beete, eine geschlossene Rasenfläche, Stauden, Zierbäumchen. Und rechts, links sowie am hinteren Ende Ziegelmauern. Hinten und links, sagte Neumann, lägen Nachbargärten; die rechte Mauer trenne den Garten von einer Nebenstraße.

In der Erde zwischen den üppigen Forsythien an der Mauer rechts fanden sie, was Matzbach gesucht hatte: Fußabdrücke. Neumann holte einen Napf mit Wasser und die Gladstone-Tasche, während Matzbach die Schuhgröße begrübelte.

»Mindestens siebenundvierzig«, sagte er, als er Gips rührte und in den besten Abdruck goß. »Mon dieu, was für Galoschen. Kennen wir wen, der auf so großem Fuße lebt?«

Aber Tobias Neumann kannte keinen.

7

Gott hätte nicht das Auto erfunden,
wenn er wollte, daß ich zu Fuß gehe.

J. E. Morpurgo

Matzbach fuhr hinter Neumanns altem Peugeot her. Die Bastelei befand sich im Hinter-Hinter-Hinterhof eines Komplexes aus Möbelhaus, Bürobedarf, Tankstelle und Speditionslager in Beuel-Süd. Vor der Werkstatt standen ein MG, ein antiker Mini und eine D 11, von Matzbach beinahe beschmust, im niedrigen Gebäude selbst (zur Ausstattung gehörten zwei Hebebühnen), ein Buckelvolvo, ein Chevy Impala, ein sahneweißer Bentley, zwei Jaguars und dreierlei Austins.

Neumann kochte Kaffee in seinem schäbigen Büro – ein Verschlag aus Plastik und Wellblech in einer Ecke der Halle – und berichtete von seinen vergeblichen Versuchen, die Polizei zu interessieren. Das war, bevor er den Störsender fand; danach hatte er es gar nicht mehr versucht, weil er der Meinung war, wenn die Kripo ohne Störsender nicht will, hat sie es mit Störsender nicht verdient. Ohne Details preiszugeben hatte er später seinen renommierten Stammkunden Erler gefragt, ob er ihm einen Detektiv empfehlen könne, da ihm am Hinscheiden des Onkels einiges unsauber erscheine. Als Erler den Namen Matzbach nannte, sei ihm eingefallen, daß der tote Onkel gelegentlich von dem alten Kommilitonen geredet habe.

Aus der Schublade des Metallschreibtischs zog Neumann eine fast volle Flasche Glenfiddich, trieb nach längerem Suchen auch zwei undurchsichtige Duralexgläser auf. Matzbach nahm eines der gefüllten Gefäße und musterte den Autotüftler über den Rand hinweg.

»Sagen Sie mal, wenn wir jetzt schon zusammen Leichenfledderei betreiben, könnten wir das Gesieze eigentlich lassen. Wie heißen Sie vorn noch mal?«

»Tobias.«

Matzbach grinste und hob das Glas. »Sir Toby!«

Neumann grinste ebenfalls. »Cheerio Sophie me gal!«

»Also, irgendwas ist da faul.« Matzbach setzte das Glas wieder ab und rührte braunen Zucker und Trockenmilch in seinen Kaffee. »Ich weiß bloß nicht was. Ich hab Carlo nicht gut genug gekannt, lange nicht mehr gesehn, aber daß er sich so ne komplizierte Form von Selbstmord aussucht?«

»Du meinst, er schaltet sich selbst per Störsender aus?«

»Zu kompliziert. Außerdem hätte er dann wohl eine Kassette mit Barocktrompeten eingelegt, ganz bestimmt keinen näselnden Schwaben mit Heidegger. Er war doch kein Masochist.«

Neumann wackelte mit dem Kopf. »Und der Dreck? Die Abdrücke? Die leeren Batterien im Rollstuhl und im Recorder?«

Matzbach leerte seinen Whisky, griff zur Flasche und goß beiden nach. »Also, jemand klettert über die Gartenmauer und klopft an die Terrassentür. Onkel Carlo rollt hin und macht auf. Der Gast bringt Lehm mit rein.«

»Dann müßten er und der Besucher sich gut gekannt haben, oder? Passanten klettern nicht über die Mauer. Auch nicht nach vergeblichem Klingeln an der Tür.«

»Wahrscheinlich. Laß uns das mal durchdenken.«

Sie dachten es durch, dachten an einen Besucher, der einen mitgebrachten Recorder auf der Fensterbank deponiert, Carlo Neumanns Rollstuhl gegen den Willen des Besitzers fest an die Schreibtischkante schiebt und mit einem mitgebrachten Spazierstock die Hinterräder blockiert.

»Da läge dann aber zuviel rum, oder zu wenig«, sagte Neumann mit einer zweifelnden Grimasse.

Matzbach nickte. »Ja. Wo ist der Stock? Und wenn er den wieder mitnimmt, warum läßt er dann den Recorder stehen? Wieso sind die Batterien im Rollstuhl leer? Wieso ist das Telefon ausgestöpselt? Wieso wehrt Carlo sich nicht – gelähmt, aber mit kräftigem Bizeps? Tote Fragen, die das Leben stellt.«

»Angenommen, er bringt leere Batterien mit, baut die vollen aus und die leeren ein? Aber der Onkel kann doch den Rollstuhl von Hand betreiben, den Recorder abschalten, das Telefon einstöpseln … und überhaupt.«

»A propos überhaupt.« Matzbach stand auf. »Kann ich bei dir zwei Tüten mit belastendem Material vergessen, bis auf weiteres? Dieses Nachdenken bringt jetzt nichts.«

In der *Spelunke* begab sich Baltasar zunächst zur Kombüse, wo er Tshato zum schmucken Mediko-Turban beglückwünschte und sich die Geschichte der Nacht erzählen ließ. Danach stieg er zum Schankdeck, wo Yü am Tresen saß, Kaffee trank und über Papier brütete. Es war kurz nach sechs abends, der erste Gast ließ auf sich warten.

»Es ist förderlich, ein Denken zu unternehmen«, sagte der Chinese ohne aufzublicken, als Matzbach eintraf und zuerst hinter den Tresen ging, um Kaffee zu zapfen.

»Ihr redet wirr, alter Herr Yü. Was ist los?«

Yü wartete, bis Matzbach sich neben ihn gesetzt hatte. Aus dem Kombüsendurchgang hörten sie Fetzen einer Unterhaltung zwischen Red Horse und Tshato.

»Ich habe, o du Pfeiler der bruchsicheren Untugend, noch einmal über unser Konto nachgedacht.«

Matzbach runzelte die Stirn. »Und?«

Yü spreizte die Finger beider Hände und schien sie zu zählen. Etwa bei sieben blickte er auf. »Was hältst du von Erler?«

Matzbach zog die Oberlippe zwischen die Zähne und schüttelte stumm den Kopf.

»Nein? Wieso nicht?«

»Wegen Albo und Co. Okay, Erler will das Schiff und ist bereit, dafür zu zahlen. Aber wozu sollte er Albo umnieten, ihn uns vor die Tür legen und hinterher einerseits dick den Namen auf eine Überweisung oder Einzahlquittung schreiben, um nur ja Spuren zu hinterlassen, und andererseits dann eine unlesbare Unterschrift? Vor allem, wozu das Ganze?«

Yü schwieg.

Matzbach seufzte. »Gestern hat er ja beinahe gedroht. Vielleicht war Albo die erste Drohung. Aber es ist Unsinn.«

»Apropos Drohung.« Yü wies mit dem Daumen zum Kombüsendurchgang. »Ich hatte vergessen, dir mitzuteilen, daß sich gestern nachmittag eine ziemlich übel zerfetzte und verweste Ratte im Gemüse aufhielt.«

»Wählerisches Tier. Und?«

»Heute waren es zwei. Ich hab schon angerufen; der Fahrer sagt, er hätte die übliche Lieferung zur üblichen Zeit vor die Tür gestellt, und es seien garantiert keine Ratten dringewesen. Dann hat er noch gesagt: ›Wir liefern unser Gemüse ohne Fleischbeilage, Herr Yü.‹ Fällt dir was ein?«

»Eins zwei drei vier fünf«, sagte Matzbach. »Wenn die Gemüsekiste da rumsteht, kann im Prinzip jeder Passant eine Ratte hineinlegen. Ich tippe auf Abgeordnete auf dem Heimweg von einer Plenarsitzung.«

Sie erörterten diverse Möglichkeiten, ohne zu einer überzeugenden Erklärung zu gelangen. Schließlich sagte Yü:

»Ach ja, lassen wir das erst mal. Es gibt noch eine Neuigkeit, nicht ganz so bedrohlich. Dany hat ihren Weinberg verscherbelt und nimmt ab heute abend ein paar Tage Resturlaub von der Gemeinde. Deshalb kommt sie nachher.«

Daniela Dingeldein, Yüs Freundin, arbeitete halbtags in der Gemeindeverwaltung eines Nests an der mittleren Ahr und hatte bisher nach Feierabend ererbte Weingefilde gehegt. Matzbach betrachtete Yüs ausdrucksloses Gesicht.

»Da ist doch noch was«, sagte er. »Du klingst so asiatisch. Entrunzle deine Stirn und sprich.«

»Sie überlegt, ob sie den Job drangibt und herkommt. Falls wir einen Job hier an Bord für sie haben.«

Matzbach schnaubte. »Da soll sie doch lieber mit der Kündigung noch ein paar Tage warten. Zwischen zerschlitztem Albo, unzerstückeltem Erler und verwesten Ratten erscheint mir der Kurs, den dieser Nachen steuert, im Moment allzu unsicher; sagt nicht schon dein Opa Konfuzius, daß ein wurmstichiger Flößer nur wasserdichte Passagiere aufnehmen soll?«

An diesem Abend gab es die üblichen Probleme mit schlechterzogenen Gästen. Jemand beschwerte sich darüber, daß die »zweifellos köstlichen« westafrikanischen Speisen – Tshatos Spezialität; sie machten kaum ein Sechstel des Angebots aus – erstens nicht ausreichend beschrieben seien und zweitens wie alle anderen ohne genaue Angaben über Nährwert, Salz- und Cholesteringehalt auf der Karte stünden. Von einem anderen Tisch kamen Klagen über ein nicht ausreichendes Angebot an Vollwertnahrung; überdies lasse das Fehlen des entsprechenden Hinweises darauf schließen, daß die Gemüse des Hauses keineswegs biodynamisch produziert seien. Drei Damen, vertieft in eine Erörterung der faschistoiden Grundzüge des pseudoliberalen Neopatriarchats, bestanden darauf, nicht von Lucy bedient zu werden, da es zutiefst unfeministisch sei, den mißbräuchlichen Einsatz von Frauen bei niedrigen Dienstleistungsrängen hinzunehmen. Als Matzbach, mit vollen Zähnen lächelnd, sich erkundigte, ob er den schwarzen, demnächst zum mosaischen Glauben übertretenden Sklaven aus dem Keller holen solle, verließen sie die *Spelunke.* Dann gab es da noch den eiligen Gast, der schnell etwas Gewöhnliches essen wollte, etwa ein »Sintiundromaschnitzel«, nicht diesen »exotischen Mischmasch«; er sei doch kein blöder Ausländer.

Es war heiß; die Klimaanlage des Boots focht wacker wider

die Luftschwaden, die vom nicht überdachten Bugdeck hereinzogen, so oft einer der im Freien speisenden Gäste durch Notdurft oder Bestellung ein Öffnen der Tür verursachte. Gegen neun erschien Daniela, unwiderstehlich verschwitzt in einem weißen Kleid, und verschwand gleich mit Yü in dessen Suite unterm Bugdeck. Der Betrieb litt nicht; Matzbach, Lucy und Red Horse waren manns-und-fraus genug, ihn zu bewältigen. Außerdem ging Zaches ihnen zur Hand; der Kleine trank an diesem Abend nur Tonic und wuselte auf Stelzen hinterm Tresen herum, wo er das Zapfen und Mixen mit verbissener Großherzigkeit betrieb.

Bei der Arbeit wälzte Matzbach verschiedene Gedanken hin und her. In einem ruhigen Moment nahm er Zaches beiseite.

»Kleiner, hast du deine Bazooka noch?«

Der Zwerg grinste. »Meinst du meinen Schwanz oder die Knalltüte? Hab ich alles noch, ja. Warum?«

»Ich würd' dich gern reaktivieren und ein paar Tage lang ausleihen. *Mit* Stelzen.«

Zaches fuhr sich durch das kragenlange schwarze Haar. »Echte Arbeit? Hm. Eigentlich wollte ich ja nicht mehr, aber andererseits … Worum geht's?«

Matzbach sagte es ihm, Zaches überlegte kurz und nickte dann.

»Wann?«

»Vielleicht noch diese Nacht. Ich müßte erst mal telefonieren, dann sehen wir weiter.«

»Okay. Ich hab ja alles an Bord.«

Matzbach führte ein kurzes Telefonat, nickte dann Zaches zu. »Klappt. Sobald Yü wieder auf Posten ist.«

Zwei Gäste, die eben bei Red Horse gezahlt hatten und gegangen waren, erschienen wieder. Etwas sei nicht so richtig angenehm am Anleger, sagten sie.

Matzbach ging mit ihnen hinaus. Die Treppe vom Ufer zum Anleger war gründlich vollgekotzt. Er bat die beiden, einen

Moment zu warten und auf Kosten des Hauses noch einen Verdauungsschnaps zu trinken. Während er mit einem Eimer – am Henkel ein langes Seil – und Schrubber zurück zur Treppe ging, überlegte er, daß seit Danielas Eintreffen niemand mehr gekommen und niemand gegangen war. Mit nicht besonders appetitlichem Rheinwasser machte er sich ans Schwappen und Schrubben.

Von irgendwo oberhalb, aus dem Baumgang am Ufer, hörte er ein herbes Kichern. Als er die Treppe so weit gesäubert hatte, daß er unbesudelt hochsteigen konnte, sah er sich um, entdeckte aber niemanden. Wohl jedoch Etwas, das ihn zu halblautem Fluchen animierte; er stellte den Eimer ab und ging hinüber zum breiten, beparkten Bürgersteig.

Jemand hatte einen Pinsel – ein paar schwarze Borsten klebten hier und da – mit dunkelroter, klebriger Farbe einmal knapp unterhalb der Türgriffe um die blaue DS gezogen. Soweit Matzbach sehen konnte, war kein anderer Wagen derart kunstlos verziert worden. Er addierte Farbe und Erbrochenes, teilte die Summe durch Skepsis und erhielt als Ergebnis *Absicht.*

Gegen viertel nach elf tauchte Yü aus den Untiefen seiner Erotik auf, frisch geduscht. Matzbach berichtete; der Chinese murmelte etwas von »Schutzgeld?«, hob dann die Schultern und übernahm Lokal und Verantwortung.

Zaches schleifte die Stelzen und einen Seesack hinter sich her, kaum kleiner als er selbst. Matzbach wollte helfen, aber der Zwerg lehnte ab, kicherte und hob das schwere Ding mühelos hoch.

»Muß aber nicht jeder sehn«, sagte er, »daß ich das kann.«

Neben der DS blieb er stehen, betrachtete den Farbstriemen, gluckste und fuhr mit einer Fingerspitze darüber. »Soll ich polieren, Chef? Is jetzt trocken. Aber schöne Scheiße.«

Sie fuhren zur Garage in der Kölnstraße, stiegen in den Rover um und brausten durchs warme Dunkel. Kurz vor Mitternacht hupte Matzbach vor dem verschlossenen Tor des Päffgen-Gehöfts.

Während Zaches die Gebäude inspizierte, setzte Matzbach den skeptischen Damen bei Wasser und Maracujasaft auf der Veranda seine Gründe auseinander.

»Zaches ist Profi – oder war es lange. Er muß so um die Vierzig sein, schätz ich. War Boxer und Catcher, zuletzt Rausschmeißer in einem Puff in Frankfurt. Zwischendurch auch Leibwache und Leib-wasweißich der Besitzerin. Wenn er nüchtern ist, schreibt er manchmal Gedichte; zum Glück ist er selten nüchtern.«

»Ziehen Sie Prosa vor?« sagte Hermine Päffgen; im Zwielicht der lediglich von Mond, Sternen und fernen Lichtern beschienenen Veranda sah Matzbach ihre Zähne blitzen.

»Richtig, Madame. Irgendwann, vor einem Jahr oder so, hat er den Job hingeschmissen und sich auf Wanderschaft begeben. Er sagt, er will nach Australien, aber vorher noch ein bißchen zu Fuß durch Europa. Er ist von Frankfurt nach München, Wien und Triest, dann rüber nach Basel und Straßburg und rheinabwärts nach Bonn. Jobbt immer mal zwischendurch. Im Moment ist er hauptberuflich Putzfrau auf der *Spelunke.*»

»Und du meinst«, sagte Rapunzel, »der kann auf uns aufpassen? Falls es nötig ist?«

»Vor allem auf Sie.« Lautlos war Zaches unter der Veranda aufgetaucht, und mühelos zog er sich mit den Händen am Geländer hoch.

»Probleme?« sagte Matzbach.

Der Zwerg breitete die Arme aus. »Die üblichen. Ein Jammer, daß man vom Hof zwischen den Gebäuden durch kann, sonst wär's ne feine Festung.« Er bewegte den schweren Teakstuhl, als wäre es ein Puppenmöbel, setzte sich neben Rapunzel und legte die linke Hand auf ihren Arm. »Aber keine Sorge; ich hab schon offenere Buden gehütet.«

Hermine Päffgen stand auf und blickte Matzbach an. »Kommen Sie mal eben mit? Ich wollte Ihnen was zeigen.«

»Aber *avec plaisir.*«

Er folgte ihr die seitlichen Stufen der Veranda hinab in den Garten, dann den schmalen, umwucherten Weg zur Kopfseite des Ateliergebäudes. Hinter sich im Dunkeln hörte er plötzlich Rapunzel kichern.

»Er ist ein todsicherer Ladykiller«, sagte er halblaut.

Hermine schloß die Tür zum Atelier auf. »Ich glaube nicht, daß Rapunzel viel dagegen hätte. Immerhin... was bleibt ihr denn noch?«

Sie schaltete das Licht ein, zog die Tür auf und ging an einen Tisch in der Mitte des riesigen Raums. Matzbach hielt ein wenig Abstand, um besser bewundern zu können, wie die große, kräftige Frau der Schwerkraft trotzend zu schweben schien. Sie war barfuß und trug ein kurzes leichtes Leinenkleid. Er seufzte.

»Wem bleibt schon was!« sagte er.

Sie blieb am Tisch stehen und warf ihm einen schrägen Blick zu. »Wie meinen Sie das?«

Er hob die Schultern. »Ich erinnere mich an eine fantastische Story, ich weiß nicht mehr von wem. Die Götter in der Geschichte, nicht allwissend, auch nicht allmächtig, waren immerhin unsterblich. Und sie haben sich gelegentlich gelangweilt. Einer von ihnen sagte irgendwas über Schnaps, Schach und Schmusen – alles andere würde mit der Zeit unerträglich schal.«

Sie nickte; ein flüchtiges Lächeln zuckte um die vollen Lippen. »Fühlen Sie gerade die Last der Unsterblichkeit, oder was?«

»Mitnichten. Ich glaube nur, daß Sterbliche sich da nicht sehr von dieser Sorte Götter unterscheiden. Und je näher das Ende rückt...«

»Schnitzen«, sagte sie leise. »Kommt jedenfalls bei mir

dazu.« Sie nahm eine Holzscheibe vom Tisch, etwa 50 cm im Durchmesser und 10 cm dick. »So was, etwa.«

Matzbach betrachtete das Objekt. »Entzückend«, sagte er. »Ich bin verblüfft und gerührt, Madame Hermeline. Die Schweinsäuglein sind trefflich gelungen, desgleichen der Knubbel, den als Nase auszugeben ich bisweilen Schwierigkeiten habe.«

Sie legte das Teak-Porträt beiseite und berührte Matzbachs Kinn mit spitzem Finger. »Ich brauchte noch den einen oder anderen längeren Blick aufs Original, um die Fälschung gut hinzukriegen. Das gekerbte Cäsarenkinn, zum Beispiel.«

Matzbach nahm ihre Hand und hauchte eine Art Kuß auf die Fingerspitze. »Nur ungern dränge ich Euch meine Physiognomie auf, verehrte Hermione. In vorteilhaftem Zwielicht bin ich zweifellos erträglicher.«

Sie lachte. »Meinen Sie, wenn Rapunzel hier unter Bewachung ist, dürfte ich sie mal einen Abend allein lassen? Ich würde gern mal diese schwimmende Kneipe sehen. Die ist doch angeblich zwielichtig genug.«

Vor der Tür seiner Wohnung stand ein kleiner Farbeimer, in dem der Pinsel steckte. Auf die Tür war mit klebrigem Rot etwas gemalt. Es las sich wie KEIN OBDACH, aber Matzbach war nicht sicher. Sicher genug allerdings, um zu fluchen.

Mit einem Nachhall des letzten halblauten Fluchs – eher einem Nachgeschmack, wie von fauligem Fisch in Anistunke – erwachte Baltasar gegen elf Uhr. Zähneputzen ergänzte den Geschmack um etwas Schmierseifiges, das die anderen Komponenten nicht überdeckte. Halbwach verließ Matzbach das Haus und wanderte zu einem Laden in Nähe des Stadthauses, der echte Milch anbot statt homogenisierter Plastiksuppe. In seiner Behausung (an diesem Morgen erschien sie ihm als Futteral) rührte er mit Sahne drei Eßlöffel Bensdorp-Kakao an, brachte einen Liter Rohmilch zum Kochen, tat vier Eßlöffel

Zucker in die dampfende Kanne, rührte abermals, füllte einen Halbliter-Humpen, trank gründlich, füllte nach und hockte sich mit Humpen und Havanna auf die Fensterbank, um heftig zu denken.

Thema der Übung war die Beschaffung von Informationen. Matzbach brauchte nicht sehr lange, um nahezu alle legalen oder halböffentlich gangbaren Wege zu diesem Ziel auszuschließen. Was er wissen wollte, stand auch in keinem Nachschlagewerk.

Irgendwann beendete er den Prozeß des Klärens, indem er unter die Dusche ging, sich anzog und das Haus verließ. Der kleine fette Rothaarige mit abgekauten Nägeln und Sommersprossen, der wässrige Augen hinter monströs dicken Gläsern verbarg, wohnte nicht allzuweit entfernt und war zu Hause. Matzbach bat ihn, sich hektischen Hackens zu befleißigen und legte zwei Tausender als Anzahlung auf die PC-Konsole. Danach wanderte er in großen Mäandern Richtung *Spelunke*, wobei er jedes einzelne bereits geöffnete Lokal aufsuchte und überall unter Kumpels (Kneipiers kennen einander) Fragen stellte. Einige ließen sich nicht sofort beantworten; hier mußte er auf den tuschelnden Geheimdienst der Zunft vertrauen. Immerhin wußte er, als er kurz nach fünf die *Spelunke* erreichte, daß kein anderes Lokal zur Zeit Ziel besonderer Aktivitäten von Schutzgeldmafiosi oder Rattenfreaks war. Es gab ihm zu denken.

8

Sag mir, mit wem du schläfst, und ich weiß nicht mehr, wer du bist.

BALTASAR MATZBACH

»Ungewöhnlich ruhig heute.« Yü warf einen Blick auf seine Armbanduhr. Halb sechs nachmittags; alles war für den Abend vorbereitet. Das Hauptmenu zu 75,– DM sollte vor allem aus Kokos, Hirse und Lamm bestehen: Kokossplitter in Schwarzbier mit Mangogelee; Couscous mit Lamm *kif-kif* (Bällchen aus Lammfleisch, Koriander und geriebenen Pecan-Nüssen); Assagai Tshato (entbeinte Lammkoteletts am Spießchen) auf Kokosrösti; Banana Split. Tshato rauchte eine Zigarette und trank Tonic; Matzbach und Yü hatten sich auf Jasmintee aus Emaillebechern geeinigt. Daniela Dingeldein trank Kaffee.

»Äußerst ungewöhnlich«, wiederholte der Chinese, als keiner etwas sagte.

»Was erwartest du?« Tshato legte den Kopf in den Nacken und blinzelte über die qualmende Zigarette im Mundwinkel hinweg. Es sah aus, als ob der Medizinerturban den Kopf des Ashanti rückwärts böge, um ihn abzubrechen.

»Ich weiß nicht. Bis jetzt keine verfaulte Ratte, niemand hat auf die Kaitreppe geschissen, Lucy und Don sind, soweit wir wissen, nicht auf der Intensivstation, und in Sichtweite meiner schwachen Augen montiert niemand Granatwerfer gegen uns. Ungewöhnlich, nach den letzten Tagen.«

Daniela gluckste. Sie fuhr sich durch das kurze, hellbraune Kraushaar; die grauen Augen blickten amüsiert. »Ich glaube, man muß besser auf euch aufpassen. Irgendwie scheint ihr allein nicht zurechtzukommen, oder?«

»Womit wir wieder beim Thema wären.« Matzbach spielte mit seinem Wegwerffeuerzeug. »Dem Thema, um das wir gepflegt herumgeredet haben. Du hast also wirklich deine Witwenwinzerei drangegeben? Und die sozial relevante Schreiberei in der Gemeindestube?«

»Beides, Dicker.« Sie hob die Hände und zählte an den kräftigen Winzerfingern auf. »Erstens hab ich den Weinberg verscherbelt. Zweitens hab ich die Stellung bei der Gemeinde gekündigt, nach Ablauf des Resturlaubs, den ich gerade nehme. Drittens hab ich zum ersten Elften die Wohnung verkauft. Viertens hab ich meine Erbteile in Sachen Pauly und Osiris* verflüssigt. Fehlt was? Ach ja, fünftens hab ich beschlossen, den Chinamann hier um langfristiges Asyl anzugehen. Sechstens, ihn und dich um einen Job mit oder ohne Beteiligung. Siebtens: Wenn er zu fünftens und ihr beide zu sechstens nein sagt, kauf ich mir ein Einwegticket nach Kapstadt oder Buenos Aires oder Wellington oder so. Alles klar?«

Tshato nahm den Stummel aus dem Mund und brach in Gelächter aus. Yü starrte scheinbar unbewegt in seinen Becher. Matzbach ließ den Lederslipper vom linken Fuß gleiten, legte das sockenlose Objekt samt Unterschenkel (in weißen Chinos) auf den Tisch und wackelte mit den Zehen.

»Aha«, sagte er. »Mehrfaches Aha meinerseits. O Pergola der Pietät, gnadenlos glückhafter älterer Herr Yü – mich dünkt, daß dies eine der seltenen Gelegenheiten ist, bei denen man den folgenden Satz von Meng-tse, ›Was der Mann sich in den Kopf setzt, den die Frau längst unterm Arm trägt, ist von prächtiger Nutzlosigkeit wie ein Jadefurz gegen den Drachenwind‹, unter Umständen *nicht* zitieren sollte.«

»Albo«, sagte Yü tonlos. »Rapunzel. Erler. Ein Samuraischwert. Verweste Ratten. Bemalte Autos. Bekotzte Treppen. Ein toter Philosophieprofessor. Ein erpreßter Abgeordneter.

* vgl. *Matzbachs Nabel*

All dies« – er streckte den rechten Arm aus, die offene Handfläche nach oben – »und gar noch mehr tragen wir, dulden und schweigen. Zetern allenfalls ein bißchen. Und nun auch noch du, Nachtigall meiner Brunst, Flaumfeder des himmlischen Phönix, holde Bürde?«

Matzbach räusperte sich; er grinste breit. »Wer solche Last mit List zu schultern weiß, für den ist die Lust nimmer *lost*, wie MacLaotse trefflich bemerkte. Ich kann mich natürlich nicht in eure erotischen Verästelungen einfädeln, fern sei es von mir, aber weißt du denn, Dany, worauf du dich hier geschäftlich einlassen würdest? Nicht zu reden von den Gefährdungen, die unser dräuen?«

»Jesses«, sagte Daniela. »Könnt ihr mal drei Takte gradeaus reden?«

»Das geht nur, wenn es unwichtig ist«, sagte Tshato. Er zwinkerte ihr zu. »Soviel hab ich in den paar Monaten mit den Jungs auch schon kapiert. Sobald wer oder was in die Nähe ihrer Seele kommt, lassen die eine Wörterjalousie runter.«

»Ashanti, nimm die Finger aus meinem Gemüt.« Yü verschränkte die Arme vor der Brust; sie bildeten eine Art Verhau. Er sah Daniela nicht an, als er weitersprach. »Wenn dir das da unter Deck nicht zu eng ist, bist du mir natürlich willkommen.«

»Hört, hört«, sagte Matzbach.

»Schnauze, Mann. Was die *Spelunke* angeht und einen Job – jein. Ja, grundsätzlich gern; eine, die anpacken kann, jederzeit mit Handkuß; und Beteiligung, darüber müßten wir nach längerem Rechnen noch mal reden. Nein, weil ich fürchte, Matzbach hat recht – irgendwas braut sich da zusammen, und wenn der Blitz einschlägt, möchte ich dich lieber in Sicherheit wissen.«

»Quatsch«, sagte Daniela.

»Just.« Matzbach deutete mit einer umwickelten Zigarre auf Yü. »Wenn der Blitz einschlägt, und Dany liegt gerade in deiner Koje, kriegt sie's auch ab, egal, ob sie hier jobbt oder nicht.«

Tshato stützte die Ellenbogen auf den Tisch und legte die Handflächen an die Wangen, als müsse er sein Gesicht festhalten, bevor ihm endgültig die Miene entgleiste. »Die Jägerin ist nicht zahnlos«, sagte er. »Gebt ihr einen Speer und laßt sie selbst entscheiden, wie nahe sie an den Löwen herangeht. Schon mal was von Emanzipation gehört, ihr Chauvis?«

»Man muß ja nicht gleich alles glauben, was man so hört«, sagte Daniela. »Also?«

Yü hob die Brauen und sah Matzbach an.

Baltasar hob die Brauen und sah Daniela an. »Im Prinzip dafür«, sagte er. »Mit einem Vorbehalt. Ich bin nicht sicher, ob wir das Bötchen in zwei, drei Wochen noch haben, oder ob es dann noch heil ist. Halt dein Geld bis dahin zusammen, Dany; wenn das ganze Durcheinander vorbei ist, reden wir weiter.« Er blinzelte und schob ihr mit dem bloßen Fuß die Speisekarte hin. »Sieh dir die Preise an, wenn du unbedingt arbeiten willst.«

»Wer sagt was von sofort? Ich hab erst mal Urlaub.«

Kurz vor halb sieben, als die ersten Gäste über ihren Bestellungen brüteten, klingelte am Ufer ein Radfahrer mehrmals laut und hektisch, ehe er abstieg und mit einem braunen Umschlag in der Hand an Bord kam.

»CityKurierService«, sagte er. »Für« – er blickte auf den Umschlag – »Matzbach und Yü?«

»Beide anwesend.« Matzbach betrachtete den Umschlag mißtrauisch. »Woher kommt das?«

Der junge Kurier hob die Schultern. »Keine Ahnung. Lag heut früh in nem andern dicken Umschlag bei uns im Kasten, mit nem Fünfziger und nem getippten Zettel *Punkt achtzehn dreißig zustellen.*«

Matzbach blickte auf die Uhr. »Sie sind unpünktlich, junger Mann. Es ist zwei *vor* halb.«

»Krieg ich jetzt ne Unterschrift?«

Matzbach unterschrieb; als der Kurier gegangen war, nahm Matzbach den Umschlag mit in den Kombüsendurchgang. Yü betastete das Kuvert, hielt es hoch, schüttelte es vorsichtig. Es war wattiert und schien einen länglichen, runden Gegenstand zu enthalten. Schließlich zuckte der Chinese mit den Schultern.

»Ich würde mal sagen, keine Plastikbombe.«

Red Horse, der hinterm Tresen Kaffee braute, blickte auf, als er das Wort hörte. »Laß mal sehen, Chief.« Er kam zu ihnen, nahm den Umschlag, prüfte ihn, schüttelte dann den Kopf. »Ich bin ja länger weg aus der Army, aber das ist, glaub ich, bloß ein Umschlag. Soll ich?« Er griff zu einem herumliegenden Messer.

»Man soll den Domestiken nichts zumuten, was man nicht auch selbst tun würde«, knurrte Matzbach. Mit dem Messer öffnete er den Umschlag an der unteren, unverklebten Seite.

Dann sagte er: »Scheiße.«

Der Umschlag enthielt ein mit Maschine beschriebenes Blatt und ein verstöpseltes Plastikröhrchen mit schwärzlich koagulierter Flüssigkeit. Auf dem Blatt stand:

Morgen um 18.30 Uhr wird jemand eine auffällige Summe Schutzgeld verlangen. Bargeld bereithalten unter 30000,– DM – und auf keinen Fall Polizei! Der Inhalt des Röhrchens ist HIV-infiziertes Blut, demnächst in Ihrer Küche. Oder auf Pfeilspitzen.

»Nun wird es ungemütlich«, sagte Yü. »Kulinarisch, erotisch, existentiell – egal, einfach ungemütlich.«

»Freibier?« sagte Matzbach.

»Da steht was von keine Polizei.«

»Meinst du, es könnte noch wesentlich ungemütlicher werden, wenn wir die Anweisung ignorieren?«

Yü bleckte die Zähne. »Ich kann mir einige extrem ungemütliche Verschärfungen ausdenken, ja. Trotzdem…«

Matzbach überlegte einen Moment; dann grinste er. »Wir brauchen einen unauffälligen Kurier – falls wir beobachtet werden. Dany?«

Yü seufzte. »Und schon ist sie mittendrin. Von mir aus; wenn sie will.«

Baltasar nahm Daniela mit ins hermetische Büro, zeigte ihr die Kurierpost und gab ihr den Zettel. Sie stimmte sofort zu, unverkennbar mit Eifer.

Hauptkommissar Freiberg machte wie üblich Überstunden. Er hörte sich an, was Matzbach in gepflegten Formulierungen dem Telefon anvertraute, knurrte leise und sagte am Ende:

»Frau wie bitte? Dingeldein? Ihr mit euren unmöglichen Bekannten. Ja, soll kommen; ich kümmere mich darum.«

Matzbach legte auf, zog eine Jutetasche mit dem Aufdruck BUCH MACHT KLUCH (Werbung einer Stadtbibliothek) aus der Schublade des Schreibtischs, stopfte alles hinein und sah zu, wie Daniela sich das Ding lässig über die rechte Schulter streifte.

»Gut so. Unser Leben hängt an deinem Gelenk. Fahr dahin.«

Gegen acht war die *Spelunke* gut besetzt; Red Horse, Lucy und Yü rotierten, hatten aber alles unter Kontrolle. Matzbach zählte die Köpfe der Speisenden – neunundzwanzig im Schankraum, zwölf im VIP-Teil, keiner auf dem offenen Vorderdeck. Dort ging zwar inzwischen ein leichter Flußwind, es war aber trotzdem noch immer heiß und stickig; im klimatisierten Innenraum ließ es sich besser essen und trinken.

Matzbach hatte eben die Bestellungen der letzten drei Neuzugänge entgegengenommen und war mit dem Getränketablett unterwegs, als ein weiterer Gast eintraf.

»O welche Entzückung – Sekunde bitte!«

Er servierte die Getränke, klemmte das leere Tablett unter

den Arm und ergriff mit der Rechten die Hand von Hermine Päffgen, beugte sich darüber und hauchte aus der vorschriftsmäßigen Distanz von eineinhalb Millimetern einen Kuß.

Die Schnitzerin trug weiße Bermudas, eine ärmellose weiße Bluse und Sandalen. Sie gluckste leise bei der förmlichen Operation; als Matzbach sich wieder aufrichtete, berührte sie seine linke Wange flüchtig mit den Lippen.

»Kommen Sie mit zum Tresen? Ich muß noch ein bißchen läßlich arbeiten. Nichts Ernstes, hört auch bald auf.«

Sie folgte ihm, glitt elegant auf den Barhocker, den er ihr zurechtrückte, und schüttelte die aschblonde Mähne.

»Puh«, sagte sie. »Typisch Bonner Sommer draußen, aber hier kann man's glatt aushalten. Ich nehme an, das ist für Sie. Hing draußen am Treppengeländer.« Sie reichte ihm ein Blatt, Format DIN A3, beklebt mit Buchstaben, die jemand aus diversen Zeitungen geschnitten hatte.

HÖRT AUF DAMIT GEMEUCHELTE ARTGENOSSEN ZU VERZEHREN MACHT SCHLUSS MIT DER VERGIFTUNG DER MENSCHEN DURCH TIERFLEISCH DIE WEGA WÄCHTER WERDEN EUER SCHIFFCHEN VERSENKEN STOP STOP STOP

Breite braune Tesastreifen, mit denen die Postille offenbar ans Geländer geklebt worden war, zierten den Rand.

Matzbach seufzte und winkte Yü herbei. »Irgendwie häuft es sich, und allmählich wird's lästig«, sagte er. »Darf ich vorstellen? Felix Yü – Hermeline Päffgen. Pardon, Hermione alias Heroine beziehungsweise Hermine.«

Yü grinste und verneigte sich. »Das klingt, als ob Sie von ihm noch einiges an Anreden zu befürchten hätten. Willkommen an Bord. Wo ist das Ding her?«

»Hing am Treppengeländer«, sagte Päffgen. »Ich dachte, es wäre wohl hier drin besser aufgehoben.«

»Wega-Wächter? Ist das eine neue terroristische Vereinigung?« sagte Yü.

»Vermutlich eine Abspaltung der Weganer.« Matzbach hob

die Schultern. »Die haben irgendwie eine Offenbarung erlitten, glaub ich, astrale Botschaften oder so, angeblich aus dem System der Sonne Wega, und seit dieser Offenbarung wissen sie, daß man bestimmte Dinge nicht essen darf. Aber von den Wächtern weiß ich nichts. Konspirative Körnerfresser, schätzungsweise.«

»Konspirative Körnerfresser?« Päffgen lächelte. »Also, das ist aber politisch gar nicht korrekt.«

»Wenn's politisch nicht korrekt ist, ist es wahrscheinlich gut. Ignorieren wir das?«

»Laß es uns vorläufig ignorieren.« Yü wies mit dem Kinn in den Schankraum. »Wir haben im Moment ernsthafte Arbeit. Wollt ihr euch zurückziehen? Wir kommen schon klar.«

»Wollen wir uns zurückziehen?« Matzbach hob die Brauen. »Zum Beispiel aufs Vorderdeck, mit einem Gläschen Crémant de Bourgogne?«

»Soll ich mich wehren?« Päffgen lachte.

Ganz vorn am Bug, wo ein Geländer die solide Bordwand ersetzte, stellte Matzbach den Eiskübel ab, drückte der Schnitzerin die Gläser in die Hand und holte zwei Klappstühle (Metall und Holz, kein Plastik) und einen kleinen Tisch herbei.

»Vorgestern abend«, sagte er, während er den Crémant geräuschlos öffnete und eingoß, »hat der Zwerg hier zwei zu Tränen gerührte Damen betanzt etcetera. Wie stehen die Dinge in Brenig?«

Päffgen ließ sich mit dem Rücken zum Ufer nieder und nahm das Glas an. »Danke. Ach, die Dinge stehen bestens, könnte man sagen. Sehr variabel, Zaches, von wegen hier zwei Damen zu Tränen rühren. Rapunzel giggelt pausenlos.«

Matzbach hob sein Glas. »Na fein. Möge sie jede Menge Gründe dafür haben. Prost.«

Hermine Päffgen trank, behielt das Glas in der Hand und sah ihm direkt in die Augen. »Ich habe die Absicht, Sie sexuell zu belästigen.«

Matzbach verschluckte sich und hustete. »Madame«, sagte er dann, mit einer halben Verneigung im Sitzen, »das wird Ihnen nicht gelingen, weil ich es nicht als Belästigung empfände.«

Sie schloß einen Moment die Lider; er betrachtete die langen Wimpern, die beinahe römische Nase und den vollen Mund; und staunte.

»Wissen Sie«, sagte sie, »warum Männer genau zwei Hirnzellen mehr haben als Hähnchen? Weil sie sonst auf den Hof kacken würden. Die meisten, jedenfalls.« Sie blickte ihn wieder an, mit einem leichten Kräusellächeln. »Und die drei oder vier brauchbaren Exemplare, die mit Messer, Gabel und Gemüt umgehen können, lassen sich so selten blicken.«

»Hatten Sie heute eine Verabredung mit Monsieur Nummer zwei?«

Sie stellte das Glas ab. »Scheiße, ja; sehr scharfsinnig.« Sie schüttelte den Kopf. »Fühlen Sie sich jetzt mißbraucht, therapiemäßig?«

Er hob die Schultern. »Es gibt unangenehme Formen des Mißbrauchtwerdens; angenehme; und überaus ersprießliche. Hier handelt es sich, finde ich, um letztere Sorte. Wollen wir nicht das Siezen lassen und zum intimeren ›Ihr‹ übergehen?«

Sie lachte und langte wieder nach dem Glas. »Ihr seid unmöglich, Herr.«

»Mit wachsendem Vergnügen. Übrigens, nur um kein Mißverständnis zu vermeiden: Als emanzipierter Chauvi finde ich keinerlei Fehl an Eurem Vorgehen.«

Sie starrte auf den Fluß hinaus, oder in die bleierne Unendlichkeit. »Nach diesem widerlichen Treffen mit dem Herrn Staatsanwalt, den ich gern wieder siezen würde, hab ich mich gefragt, wo die Zeit geblieben ist, die ich mit ihm vergeudet habe. Das Leben ist zu kurz, und von dem, was mir mit meinen fünfundvierzig noch bleibt, will ich nicht noch mehr sinnlos vergeuden.«

»Schnaps, Schach und Schmusen?« sagte Matzbach sanft. »Nicht zu vergessen Schnitzen?«

Sie lächelte. »Und Schwitzen, bei diesem Wetter.«

Matzbach nahm das Glas in die linke Hand und legte die rechte auf den Tisch, die Handfläche nach oben. »Klingt wie ein gutes Programm«, sagte er.

Sie legte ihre linke Hand auf seine Handfläche; es war eine kühle, behutsame Berührung. »Im Schach bin ich nicht sehr gut, aber das übrige sollte man mal ausprobieren.«

Der komplizierte Teil des Abends begann kurz vor Mitternacht. Hermine wollte ihren antiken Benz nicht am Rheinufer stehenlassen; Matzbach versicherte ihr, sie werde in der Nordstadt vermutlich nur einen Anwohnerparkplatz finden. Nach kurzer Debatte fuhr sie hinter seinem Rover her in die Kölnstraße. Vor dem Parkhaus ließ er seinen Wagen stehen und stieg bei ihr ein.

»Hinauf«, sagte er. »Ich regle das morgen mit dem Garagisten. Reicht mir das Ticket, Madame.«

Auf der langsamen Wendelfahrt zu jenem Deck, auf dem die besudelte DS stand, sagte er plötzlich halblaut: »Tina, wat kosten die Kondome?«

Hermine lachte. »Einer der wenigen Lichtblicke im Fernsehen. Was mich angeht, versichere ich Euch, Herr, daß ich frei bin von Viren und Kokken.«

Sie ließen den Benz neben der DS. »Die beiden sehen nett aus, nebeneinander«, sagte Matzbach. Er nahm Hermines Hand. »Sie mögen die Nacht über schmusen. Begleitet Ihr mich durch die finsteren Abstiege? Da auch mich keine Parasiten behaften, wären wir da aber ganz allein.«

»Reizende Aussicht.«

»Und was andere Gefahren betrifft«, sagte er, als sie im stinkenden Treppenschacht waren, »so will ich Euch gern meine Vasektomienarben zeigen.«

Sie kicherte. »Bei Lichtenberg heißt es irgendwo: ›Ohne mündliche Inspektion kann man sich hiervon kein Bild machen.‹ Oder so ähnlich.«

Mit dem Rover fuhren sie ins Kneipenviertel. Hermine hatte die linke Hand auf Matzbachs rechten Oberschenkel gelegt und nahm sie erst recht nicht weg, als er sich über Schrittverhärtung beklagte.

»Ihr sollt ja auch nicht schreiten, sondern fahren. Wann etwa wuscht Ihr Euch zuletzt an diesem heißen Tag?«

»Gegen Mittag.«

»Ich auch.«

»Vielleicht sollte man duschen.«

»Sollte man vielleicht. Andererseits« – sie schnalzte leise, als ob ihr etwas lange Vergessenes einfiele – »ist ein bißchen natürlicher *haut goût* gelegentlich anregend. Wißt Ihr, was Napoleon per Kurier an Joséphine meldete?«

Matzbach grinste. »Von wegen mündlicher Inspektion? ›Ne lavez plus, Madame, j'arrive.‹ Meint Ihr das?«

»Hätt' ich mir ja denken können. Der Besitzer eines zweifelhaften Gourmetrestaurants weiß so was natürlich.«

»Wieso zweifelhaft? Ihr habt doch nichts gegessen.«

»Eben.«

»Ach so.«

Vor der besudelten Wohnungstür blieb sie einen Moment stehen. »Irgendwer scheint Euch zu lieben, Herr.«

»Das wollen wir doch testen, Madame.«

Vierundzwanzig Minuten später sagte Matzbach: »Übrigens hatte Napoleon vor Waterloo bemerkenswert oft recht.« Dann fuhr er theatralisch auf, als an seinem Ohr wildes Grollen erscholl. »Mon Dieu, Ihr werdet mir doch nicht Hungers sterben?«

»Fast.« Hermine biß sanft in seinen Oberschenkel. »Ich weiß nicht, wieviel Kalorien so ein kleiner Mundvoll hat, aber... Wie wär's denn eigentlich mit einem gleitenden Übergang zum Du?«

»Du«, sagte Matzbach; er rutschte vom Bett. »Du, eh, also, ich find, wir müssen uns da voll einbringen, du. Über das Gleiten reden wir später; soll ich mal sehen, was ich noch für deinen Gaumen habe?«

»Hm.«

Er wanderte in die Küche, inspizierte die Vorräte, pfiff mißtönend und ging zurück zum Schlafzimmer. »Gebackene Bohnen, Spiegeleier, Brot?«

»Und ein bißchen Rotwein dazu?«

»Und ein bißchen Rotwein dazu. Sehr wohl, Madame. Wünscht Ihr im Bett zu speisen, oder willst du dich an den Tisch setzen?«

»Da wir inzwischen beim Du sind: Tisch.«

Nach dem Essen, mit dem ersten Schwall Zigarrenrauch, sagte Matzbach: »Wer ist eigentlich Päffgen? Nur so, reine Neugier.«

»Päffgen bin ich. Ah, du meinst, wegen der beiden legitimen Messieurs? Ich hatte schon 'nen Namen als Schnitzerin, den hab ich dann weiterverwendet. Geht eigentlich nicht, oder mit dem neuen Namensrecht demnächst wohl, aber als Künstlerpseudonym konnte ich das ja sogar legal eintragen lassen.«

»Abermals reine Neugier, und du mußt überhaupt nicht antworten: Was gibt's denn da noch für Probleme mit Nummer zwei, dem Juristen, der die große Elektrobahn nicht mit Goldfischen bestückt hat?«

Sie seufzte. »Geld; was sonst? Wir hatten von vornherein Gütertrennung vereinbart, getrennte Kasse bei größeren Dingen, all das. Dann wollte er, eben für seine Scheißbahn, den zweiten Stall umbauen, anders umbauen, hatte aber gerade nicht genug flüssig. Das hab ich bezahlt, damals sogar mit Vergnügen, und das schuldet er mir noch, und vorher kriegt er keine gütliche Scheidung.«

»Wieviel macht's denn?«

»Knappe sechzigtausend. Ach, laß uns damit aufhören. Ich weiß was Besseres.«

Matzbach legte die Zigarre weg, stand auf und streckte die Hand aus. »So etwa?«

»Zum Beispiel. Und diesmal schön langsam und gründlich.«

Es wurde schon hell, als sie erschöpft einschliefen. Sehr kurze Zeit später, um halb sieben, klingelte das Telefon. Murrend robbte Matzbach zum Nachttisch, nahm ab und knurrte: »Nur unter Protest. Was ist los?«

Er lauschte; dann sagte er, hellwach: »Sofort.«

Er legte den Hörer zurück, begegnete Hermines Blick, seufzte und sagte: «O heilige Zwirbelkacke.«

9

Was man nackt nicht schafft,
schafft einen angezogen.

FELIX YÜ

Yü war noch immer wütend; Daniela rieb sich die wunden Stellen an den Gelenken, nahm ansonsten jedoch alles eher fatalistisch.

»So was passiert halt. Hätt schlimmer werden können.«

»Ja ja ja.« Yü verdrehte die Augen. »Aber ich hätte wach werden müssen – früher.«

Gegen drei Uhr hatten mehrere Maskierte zunächst wohl geräuschlos die zweiflüglige Schiebetür zwischen Anleger und *Spelunke* aufgebrochen und sofort danach die Tür zu Yüs Schlafgemach gesprengt. Ein Maskierter hielt Dany und Yü mit einer Beretta in Schach, ein zweiter klebte ihnen dicke Streifen über den Mund und fesselte sie gründlich, kunstvoll und beinahe sanft. Der Maskierte mit Beretta blieb bei ihnen, der Fesselungsartist ging. Nach etwa einer halben Stunde pfiff jemand; der Bewaffnete stand auf und zog die Tür hinter sich zu, so gut das mit dem gesprengten Schloß ging.

»Und wir liegen hier nackt, gefesselt, mit verklebtem Maul«, sagte Yü. »Beschissene drei Stunden. Die Kleber haben wir schnell abgekriegt, Fingerspitzengefühl, aber dann hat's gedauert.«

»Habt ihr schon die grünen Jungs angerufen?«

»Nein. Erst beraten.«

Matzbach nickte. »Was fehlt?«

»Die Kasse von gestern«, knurrte Yü. »Fast viereinhalbtausend. War ein guter Abend. Und im Office ist der Safe leer.«

»Ei bah.«

»Ist das alles, was du sagen kannst – ei bah?«

»Was soll ich sonst sagen? O ihr olympischen Götter, wieso straft ihr uns derartig, oder was?«

»Was war denn im Safe?« sagte Hermine. Sie gähnte. «Gibt's Kaffee, oder haben die alle Vorräte geplündert?«

Yü hob die Augen von der lädierten Haut an seinem rechten Handgelenk. »Kaffee? Sehr wohl, Madame.«

»Im Safe war ein Aktenkoffer, den vor ein paar Tagen jemand dort deponieren wollte.« Matzbach rekelte sich, stöhnte, ließ den Barhocker einmal kreisen und zündete eine Panatela an.

»Was war in dem Aktenkoffer?«

»Knete«, sagte Yü hinterm Tresen. »Und zwar reichlich.«

»Und weil diese Knete in Zusammenhang mit gewissen illegalen Vorgängen steht, kann man unseren grünen Freunden sehr schlecht davon berichten.« Matzbach hob die Schultern. »Ein klassischer Fall von *c'est la vie*. Und du hast von keinem der Finsterlinge was gesehen, weißt auch nicht, wie viele es waren?«

»Mindestens zwei.« Yü rümpfte die Nase und goß kochendes Wasser in die Glaskanne. Er setzte das Drücksieb auf und machte mit der linken Hand eine umfassende Bewegung. »Zwei bei uns in der Kabine, und vielleicht ein Dutzend im Schiff. Vielleicht aber auch nur die zwei, und der Fesseler hat dann solo das Boot untersucht. Und zum Erkennen war es zu dunkel. Die waren beide sehr groß und hatten Strumpfmasken. Punkt.«

Daniela Dingeldein nickte. »Mehr hab ich auch nicht gesehen. Der, der uns gefesselt hat, hat auch nicht besonders auffällig gerochen – irgendein erkennbares Aftershave oder so. Rein null.«

»Tja.« Matzbach starrte an die Decke des Schankraums. »Was jetzt? Beschädigte Türen. Tageskasse. Safe. Fehlt sonst was? Habt ihr bei Zaches nachgesehen?«

Yü nahm das Drücksieb von der Kanne, rührte mit einem kleinen Löffel im oben treibenden Kaffee, setzte das Sieb wieder auf, wartete noch einen Moment und drückte es dann bis zum Kannenboden. Der Inhalt reichte gerade für vier Becher. »Chaos«, sagte er, während er eingoß. »Der Zwerg könnte mal wieder aufräumen. Sieht aber nicht wie Chaos nach wüster Durchsuchung aus.«

»Organisch-moldawisches Chaos, sozusagen?« Matzbach klopfte mit dem Fingernagel gegen die Aschenbecherkante. »Und sonst? Alles wohl an Bord?«

»Die Maschinen haben sie nicht ausgebaut«, knurrte Yü. »Wir können ablegen und uns vor der Loreley versenken, aus Gram, wenn uns danach ist.«

Matzbach nahm den Becher entgegen, nickte, wartete, bis die Damen Milch und Zucker genommen hatten, bediente sich dann und rührte lautstark. »Mißfällt mir, Junge. Extrem, sozusagen. Die kommen an Bord, packen euch zum Verschenken ein, räumen die Kasse und den Safe und verschwinden wieder.«

»Mißfällt mir auch, aber das ist kein Kunststück. Worauf willst du hinaus?«

»Hast du Lärm von anderen Türen gehört? Nein? Nur vom Büro, wie? Woher haben die gewußt, daß keiner außer euch beiden an Bord ist? Woher haben die gewußt, daß es im Büro einen Safe gibt? Woher haben die gewußt, daß außer Kasse und Safe nichts zu holen ist?«

»Andere Frage«, sagte Daniela. »Ihr habt doch hier Video-Überwachung.«

»Nur wenn geöffnet ist; weil wir ja nicht alle Räume gleichzeitig überblicken können. Wird nachts abgeschaltet.« Yü zögerte. »Kann man auch da fragen: Wer weiß das? Und noch mal, Matzbach – du nimmst die Sache mit dem Safe zu gelassen, bei all der Knete. Oder ist das Morgenverzweiflung?«

»Allmählich beginnt die Lage von ›lästig‹ in ›albern‹ umzukippen; wenn Lagen denn kippen könnten.« Matzbach fuchtelte mit der Zigarre und deutete auf Hermine. »Übrigens braucht ihr keine Klopapier- oder sonstigen Blätter vor den Mund zu nehmen. Hermione hat mir im Auto versichert, daß sie hart im Nehmen und von verbissener Schweigsamkeit ist.«

»Hermione?« sagte Dany. »Heißen Sie wirklich so?«

»Ich fürchte, nein.« Sie lächelte schief. »Aber wenn Matzbach es so beschlossen hat... Eigentlich Hermine.« Sie schaute von Daniela zu Yü und wieder zurück. »Ich nehme an, wir werden uns in der nächsten Zeit öfter sehen. Also, von mir aus können wir das Siezen lassen.«

Yü verbeugte sich knapp. »Asien dankt für unverdiente Zuwendung. Matzbach, was machen wir nun, von wegen Polizei und Versicherung und so weiter?«

Die Einbruch-Spezialisten gingen gegen halb zehn; ihnen wie dem Versicherungsvertreter gegenüber, der sich als hurtiger Frühaufsteher erwiesen hatte, behaupteten Matzbach und Yü, der Safe sei zwar erbrochen worden, aber leer gewesen.

»Zurück ins Bettchen, ihr zwei«, sagte Matzbach, als wieder Ruhe auf der *Spelunke* eingekehrt war. »Heute abend müssen wir doch alle fit sein, nicht wahr? Dann kommt das nette ruhige Wochenende, und bald ist wieder Weihnachten.«

»Wieso ruhiges Wochenende?« fragte Hermine, die sich noch immer nicht hatte losreißen können. »Da ist doch in den meisten Lokalen besonders viel los.«

»Eben. Deshalb schließen wir übers Wochenende. Anfangs haben wir offengehabt, aber dann wimmelte es von Leuten, die ein Eis oder eine Portion Streichhölzer haben wollten. Offenbar ißt man samstags und sonntags woanders.«

»Aha.« Hermine runzelte die Stirn. »Und was macht ihr alle am Wochenende?«

»Wir verteilen uns«, sagte Yü. Grimmig setzte er hinzu: »Verstreute Ziele sind nicht mit einer einzigen Salve zu treffen.«

»Soll ich euch alle einladen? Bei mir ist genug Platz, und ich nehme an, ihr seid da sicherer als hier.«

Matzbach und Yü wechselten Blicke; Daniela nickte langsam.

»Das ist ganz reizend, Hermeline«, sagte Matzbach. »Aber, um bei Yüs Bildhaftigkeit zu verweilen, wir wollen die feindlichen Geschützstellungen nicht auf dein Domizil aufmerksam machen.«

»Ihr könnt ja unauffällig versickern; so, daß euch keiner folgen kann.«

»Gevatter Yü, auf ein Wort!« sagte Matzbach. »Vergebt uns, holde Damen, wir müssen mal eben dies und jenes durchkalkulieren, unter anderem den Gefährdungsquotienten für Heroines Gehöft.«

Dany stöhnte, Hermine schüttelte leicht den Kopf. Matzbach und Yü gingen ins Büro, wo noch immer die Safetür offenstand.

»Was liegt an?« sagte Yü, als Matzbach sich auf die Schreibtischkante setzte; er selbst blieb stehen.

»Ich bin dafür, die Einladung anzunehmen; aber das ist nur ein kleiner Teil dessen, was anliegt.«

»Gut. Nehmen wir an. Und weiter?«

»Albo wird zerstückelt und uns vor die Tür gelegt«, sagte Matzbach. »Meine DS und meine Wohnungstür werden mit roter Farbe verschmiert. Man kotzt auf die Kaitreppe. Wir kriegen ein Drohpamphlet von irgendwelchen durchgeknallten Körnerfressern. Heute abend will jemand Bargeld kassieren, das wir noch besorgen müssen. Ihr werdet überfallen, Kasse und Safe leergemacht. Hab ich was vergessen?«

Yü hob die Brauen. »Ich hab nicht mitgezählt. Und?«

»Ich finde, es reicht. Ich bin stark versucht, nicht länger stillzuhalten, sondern in die Offensive zu gehen.«

»Ha!« Yüs Augen begannen, in der Tiefe zu glimmen. »Wie?«

Im Rover, auf dem Weg zur Nordstadt, sagte Matzbach: »Jetzt wird's ein bißchen hektisch.«

Hermine verzog das Gesicht. »Und das Burgfräulein soll in die Kemenate gehen, damit es dem fahrenden Ritter nicht im Weg steht?«

»Man könnte auch sagen: Hero steigt in ihren Benz, fährt heim, duscht und legt sich aufs Ohr, um Versäumtes nachzuholen.«

»Das ist die höfliche Fassung. Aber duschen ist eine gute Idee.«

Matzbach redete drei Worte mit dem Garagisten, der das Parkticket widerspruchslos abstempelte. Im Treppenschacht schwiegen sie. Oben angekommen sagte Hermine:

»Soll ich dich mit runternehmen?«

»Das wäre reizend, Madame.«

Unten hielt sie neben dem unmöglich abgestellten Rover; sie wandte sich ihrem Beifahrer zu.

»Raus, Unhold.«

Baltasar nickte, lächelte, beugte sich vor und küßte sie. »Es war ein vielfacher Genuß.«

Sie schob ihn von sich, lachte dann und tätschelte seine Wange. »Wann kommt ihr?«

»Rechne mal nicht vor zwei mit uns.«

Zur Vorbereitung der Hektik begab sich Matzbach in seine Wohnung, duschte und rasierte sich, um nicht im Stehen einzuschlafen, und begann dann mit einer üppigen Telefonierung. Er störte zahlreiche alte Bekannte an ihren jeweiligen Arbeitsplätzen, bekam einige brauchbare Auskünfte und Namen, traf mehrere Verabredungen und brach schließlich zur ersten von diesen auf.

Tobias Neumann war nach dem Telefonat losgezogen, um das Verlangte zu besorgen; als Matzbach die Kfz-Werkstatt erreichte, mußte er fast eine Viertelstunde warten, bis Neumann wieder zurückkam.

»Dä!« sagte er; mit dem Daumen deutete er auf die übervolle Rückbank des alten Peugeot. »Willst du's gleich in deinen umpacken?«

Matzbach nickte. »Reich es mir doch päckchenweise, mein Gutester, und dabei erzähl mir, um was es sich jeweils handelt.«

»Kondolenzpost«, sagte Neumann beim ersten Packen. »Onkel Carlos Korrespondenz der letzten Monate, soweit auffindbar. Notizen. Eine Art Arbeitsprogramm für die kommenden Monate. Die Liste der im Todesfall zu benachrichtigenden Personen und Institute. Zettelkram. Gemischtes Durcheinander. Reicht?«

Matzbach warf den Kofferraumdeckel des Rover zu. »Nun denn. Man wird sehen, ob was dabei rauskommt. Gibt's Kaffee?«

Neumann stöhnte übertrieben. »Eigentlich wollte ich arbeiten. Aber komm. Du siehst so frisch aus; was willst du mit Kaffee?«

»Optische Täuschung, die Frische. Es ist nicht die wilde Frische von Limonen, aber der Spot war vor deiner Zeit, oder?«

Neumann schnaubte und verschwand in seinem scheußlichen Büro, um die Kaffeemaschine anzuwerfen. Matzbach spazierte durch die Werkstatt, streichelte einen Jaguar, schmuste eine Weile mit dem alten Citroën D 11 (die Karre, fand er, sah so aus, als ob gleich Jean Gabin mit der Sore losfahren werde) und betrachtete den elegant arrangierten Haufen aus Schrott, rostigen Wagenteilen und abgefahrenen Reifen in der Ecke, der ihm ästhetisch befriedigend erschien.

Bei Koffein und Nikotin redeten sie über mögliche Fährnisse, die Neumann mit Vergnügen einzugehen bereit war; dann erkundigte sich Baltasar nach dem Ausmaß des Smalltalk, den Kunden in der Werkstatt absonderten.

»Unterschiedlich. Manche reden rein geschäftlich, andere

hocken sich wie du hin, saufen meinen Kaffee und labern mir die Ohren voll, statt mich arbeiten zu lassen.«

»Und Erler mit den MGs – redet der auch schon mal? Ah, und wo ist eigentlich der Bentley?«

Neumann versicherte, daß Erler durchaus gelegentlich rede; Matzbach stellte einige präzise Fragen, und Neumann erinnerte sich an einen Namen und sogar eine ungefähre Adresse. Der Bentley, sagte er schließlich, sei am vergangenen Abend abgeholt worden. »Erler hat angerufen; klang mürrisch. Ich sollte alles ein paar Leuten aushändigen, die die Kutsche holen kommen würden. Kölner Halbwelt, wenn du mich fragst.«

»Hat er denen den Bentley verkauft?«

Neumann hob die Schultern. »Frag mich nicht. Klang eher so, als wär's ihm nicht recht. Ich weiß, daß er das Ding geliebt hat. War sicher glatte fünfzigtausend wert.«

Befriedigt wiewohl rätselnd stieg Matzbach in den Rover und fuhr in die City. Er begab sich zu seiner Bankfiliale, wo er das telefonisch vorbestellte Bargeldpäckchen abholte. Ein wenig zerstreut schlenderte er durch die Fußgängerzone und umliegende Areale. In einem Antiquariat in der Rathausgasse fand er zwei Erstausgaben eines Autors, den er überhaupt nicht schätzte, und erwarb sie um teures Geld. Zwei Ecken weiter sah er im Fenster eines Kram- und Antiquitätenladens eine staubige Flasche mit havariertem Segelschiff darin. Er runzelte die Stirn, starrte eine Weile durchs Glas auf das gläserne Objekt, kicherte plötzlich so schrill, daß drei Passanten zusammenzuckten und die Straßenseite wechselten, und ging in den Laden, um das Buddelschiff zu kaufen.

Aus einer Telefonzelle mit intaktem Telefonbuch versuchte er, die tatsächlich aufgeführte Person, von der Neumann gesprochen hatte, zu erreichen, aber sie schien zur arbeitenden Bevölkerung zu gehören und war nicht zu Hause. Baltasar zog die Telefonkarte heraus, steckte sie ein, grunzte, schob sie wieder in den Apparat und wählte Erlers Büro.

Der Unternehmer war vorhanden. »Ah, Sie. Was verschafft mir das Vergnügen?«

Matzbach stieß einen leisen Seufzer aus. »Wir kapitulieren«, sagte er.

Erler schwieg einen Moment. »Wie darf ich das verstehen?« sagte er dann; die Stimme klang sehr distanziert.

»Es hat einige Behelligungen gegeben, die der *Spelunke* nicht gerade nützen. Ich weiß nicht, ob diese Behelligungen nachlassen, wenn Yü und ich von Bord gehen, aber das ließe sich ja feststellen.«

»Ich weiß nicht, was Sie meinen. Was für Behelligungen?«

Matzbach war nicht sicher, glaubte aber, so etwas wie höhnische Anteilnahme zu hören. »Diverse. Ich kann Ihnen ja mal eine Liste machen. Sind Sie immer noch daran interessiert, das Boot zu übernehmen?«

»Klar, Mann, wissen Sie doch. Ha. Das wird ja doch noch ein guter Tag. Haben Sie sich schon einen Preis überlegt?«

»Wir müssen noch ein bißchen vor- und zurückrechnen, Yü und ich. Kredite plus Eigenkapital plus Eigenleistungen und so weiter.«

»Ungefähr?«

»Irgendwo zwischen zweieinhalb und drei.«

»Puh.« Erler blies in die Muschel. »Zuviel, Matzbach. Mir ist schon klar, daß es um richtiges Geld geht, nicht um Peanuts, aber zweieinhalb plus ist zuviel.«

»Rabatt bei Barzahlung?«

Erler summte; schließlich knurrte er: »Machen Sie erst mal Ihre Hausaufgaben, und wenn Sie eine verläßliche Zahl haben, fangen wir mit dem Feilschen an, okay?«

»Hm. Ich melde mich Anfang der Woche.«

»Das ist jetzt aber kein Versuchsballon, oder?« Erlers Stimme wurde hart. »Definitiv ein Deal mit noch zu klärenden Einzelheiten.«

Matzbach gluckste. »Seh ich jedenfalls so. Warum?«

»Wenn Sie«, sagte Erler langsam und mit Nachdruck, »mich etwa an der Nase rumführen wollen, kann ich notfalls ziemlich unangenehm werden.«

Offenbar hatte Freiberg nach ihrem Telefonat ein gutes Wort beim Verwalter der Parkplätze eingelegt; als Matzbach seinen Namen nannte, hob der ältere Mann ohne Widerspruch die Schranke.

Freiberg erörterte eben mit seinem Assistenten irgendwelche Details, die Matzbach arg hermetisch fand. Als Lupus gegangen war, zog Freiberg einen beschmierten Zettel aus der Schublade. Matzbach kniff die Augen zusammen, suchte vergeblich nach einer Körperhaltung, die das Sitzen auf dem Gästestuhl erträglich machen würde, und sagte müde:

»Nu und was haben wir denn da Schönes, Freibier?«

»Eine definitive und eine vorläufige Schönheit.« Freiberg wedelte mit dem Papier. »Dieser Zettel, die Geldübergabe betreffend, ist auf einer IBM Kugelkopf getippt worden, wahrscheinlich hundertsechsundneunzig C. Keine besonderen Eigentümlichkeiten; der Kopf ist eine Zehner Courier sechsundneunzig. Die rätselhafte Einzahlung auf euer Konto dagegen wurde mit einer kleinen Olivetti Koffermaschine geschrieben. Auch keine besonderen Eigentümlichkeiten. Beide Maschinen sind vermutlich je etwa dreitausendmal in Bonn und Umgebung zu finden.«

»Hab ich mir fast gedacht. Also nix. Und die vorläufige Schönheit?«

»Das Blut«, sagte Freiberg. Er legte den Zettel weg, faltete die Hände auf dem Schreibtisch und starrte einen imaginären Punkt über Matzbachs linkem Ohr an. »Der genetische Fingerabdruck und die endgültig beweiskräftigen Tests dauern noch ein bißchen. Aber so, wie's aussieht, ist es kein Schweineblut, was ich eigentlich angenommen hatte.«

»Sondern?«

»Es ist tatsächlich infiziert und wurde wahrscheinlich dem betrauerten Alberich Schmidt während seines Hinscheidens abgezapft.«

Baltasar schwieg einen Moment. »Ah ja«, sagte er dann. »Nett. Ich hab noch was für dich – oder deine Kollegen.« Er stand auf und schüttete den Inhalt einer Plastiktüte auf Freibergs Schreibtisch: Päckchen mit gebrauchten Fünfzigern und Hundertern.

»Danke, aber ich bin unbestechlich. Was ist damit?«

»Ich dachte, vielleicht wollt ihr euch die Nummern notieren oder das Zeug mit Isotopen impfen oder vielleicht heute abend eine unauffällige Person mit scharfen Augen in die *Spelunke* schicken. Ah, und noch etwas. Habt ihr schon mal was von den ›Wega-Wächtern‹ gehört?«

Freiberg lehnte sich in seinem Sessel zurück. »Erzähl mal.«

Matzbach fuhr den Rover auf einen Parkplatz, der abends nicht hinter einer unpassierbaren Schranke liegen würde, stieg ins wartende Taxi und ließ sich zum Rheinufer bringen. Insgesamt war er mit dem bisherigen Tag ganz zufrieden.

Yü und Dany schienen noch zu schlafen; es war fünfzehn Uhr. Ohne Lärm begab sich Baltasar in den Schankraum, schrieb einen Zettel – *bitte halb sechs wecken* – und legte sich angezogen auf das Bett in seinem Raum hinterm Büro.

Nach dem Wecken, das Dany mit einem freundlichen Klaps und einem Becher Kaffee besorgte, bat Matzbach Yü zu einem Gespräch unter zwei Augen.

»Wieso zwei?«

»Wir werden jeder eins zudrücken müssen, mein Freund.«

Baltasar erstattete Bericht und äußerte einige Mutmaßungen; der Chinese lauschte schweigend, ohne Zwischenfragen oder auch nur mimische Kommentare. Schließlich hob er die Schultern.

»Ich finde keinen Fehl an Euren Ausführungen, alter Herr

Matzbach. Wiewohl mir scheint, daß in Eures Denkens labyrinthischen Kanälen die Wasserschlange Tücke mehrere Nistplätze angelegt hat, wo sie machtvoll schwelget.«

»Gut dahergesagt. Aber es hilft im Moment nur eines – abwarten.«

Sie verließen das Büro; Matzbach nahm die Flasche mit dem schlappen Segler mit und legte sie auf den Tresen.

»Ich finde«, sagte er, als Lucy, Tshato, Don, Dany und Yü das Objekt ausreichend belästert hatten, »für den Preis, den ich bezahlt habe, darf man nicht klagen. Wenigstens ist die Flasche heil. Und ich wollte immer schon so ein Ding haben.«

Dany klopfte ihm auf die Schulter. »So eins? Alle Masten flachgelegt? Wenn das dein Kindheitstraum ist, möcht ich nicht wissen, wie dein Kindheitstrauma war.«

Baltasar kicherte. »Wird sowieso nicht verraten; ich ziehe es vor, auch für meine engere Umgebung undurchschaubar zu bleiben. Wir werden diese Köstlichkeit auf dem Bord über der Musikanlage placieren.«

»Chief?« sagte Red Horse. Er trug ein breites Grinsen und sein Bajuwarenkostüm.

»*O noble savage* – was ist?«

»Wenn's wirklich nicht zu teuer war, laß mich doch mal was versuchen. Wenn's schiefgeht, ist es ja kein großer Verlust.«

Matzbach zögerte. »Willst du mir mein Spielzeug kaputtmachen? Ich sag's Custer.«

Der Cheyenne bleckte die Zähne. »Das hat schon mal jemand versucht. Gib her.«

Tshato hob die Hände über den Kopf, ließ sie fallen, murmelte etwas über kindische Nordmenschen und verschwand Richtung Kombüse. Red Horse entkorkte die Flasche und schielte hinein.

Ein erster Gast erschien, nickte zur Begrüßung und setzte sich ganz links an den Tresen. »Köstritzer«, sagte er. »Bitte.«

Lucy zapfte. Yü und Matzbach machten einen Rundgang,

zählten Gläser und ausgelegte Bestecke, blickten zum Ufer, wo Dons Pickup hinter Danys Golf stand, und wechselten ein paar halblaute Bemerkungen.

Als sie zum Tresen zurückkamen, nahm der Gast eben den ersten Schluck. Don erschien aus dem Kombüsendurchgang; in der Hand hielt er ein Garn und ein paar Nadeln, wie man sie zum Befestigen von Rouladen verwendet. Beinahe staunend sahen alle zu, mit welcher Fingerfertigkeit der Cheyenne nun das Schiff aus der Flasche holte, die umgelegten Masten prüfte, bewegte, dann sehr schnell überaus komplizierte Schlingen und Knoten ins Garn schlug und den Faden an den Mastspitzen befestigte.

Kaum fünf Minuten nach Beginn der Operation hatte er das Schiff wieder in die Flasche geschoben, blickte auf, lächelte und sagte: »Achtung!« Dann zog er sanft am Garnende; in der Flasche richteten sich die Masten auf.

Matzbach murmelte: *»Erection please.«*

Red Horse streckte ihm die Zunge heraus, zupfte noch einmal am Faden, schlang ihn mit einem weiteren namenlosen Spezialknötchen um den Korken und steckte diesen in die Flasche, wobei er ihn vorsichtig drehte.

»Da, Chief. Dein Kindheitstraum ist jetzt seetüchtig.«

Matzbach strahlte, nahm die Flasche entgegen und deponierte sie auf dem Bord. »Ausgezeichnete Arbeit«, sagte er. »Ich könnt dich knutschen, bis du schielst.«

»I bah, bitte nein.«

Yü blickte auffällig auf seine Armbanduhr. »Langsames Geschäft heute«, sagte er. »Schon fünf vor halb sieben und erst *ein* einsamer Trinker.«

Der Angesprochene zog den Inhalt seiner Nase hoch, trank als Chaser einen Schluck Schwarzbier und legte ein Fünfmarkstück neben das Glas.

Punkt halb sieben klingelte es am Ufer; der Fahrradkurier kam über den Anleger.

»Ich schon wieder«, sagte er. Aus der Umhängetasche zog er einen Jiffy und einen länglichen Briefumschlag. »Fragen Sie mich nicht, was das soll – ich führe nur Aufträge aus. Hier.«

Matzbach nahm den Umschlag und riß ihn auf. Darin lag ein getippter Zettel: *24690,– DM in den dicken Umschlag stecken.*

»Blöde Summe«, sagte Yü, der Baltasar über die Schulter geschaut hatte. »Idiotisch. Warum nicht noch dreiundzwanzig Pfennig extra?«

Matzbach nickte dem Kurier zu. »Moment bitte.« Er nahm den Jiffy und winkte Yü, ihm zu folgen.

Im Büro holte er die Geldpäckchen aus der Plastiktüte, die er im Papierkorb unterm Schreibtisch gelassen hatte. »Abgezählt«, sagte er. »Stimmt genau.« Er schob das Geld in den Jiffy. Dabei spürte er etwas Hartes und zog zwei Verschlußnieten aus dem Umschlag. »Toll, da hat jemand an alles gedacht.« Er schloß den Jiffy, steckte die Nieten durch und drückte sie vorschriftsmäßig auseinander.

Yü hatte die Arme verschränkt. »Erleuchte mich, weiser Westler«, sagte er mit deutlich mürrischer Stimme. »Wie kommt diese Scheißsumme zustande, und wieso konntest du das vorher wissen und abzählen?«

»Kurzes scharfes Denken, *mon vieux.* Eine auffällige Summe unter dreißigtausend. Da fiel mir diese ominöse Anzahlung ein, und zweimal eins zwei drei vier fünf ist vierundzwanzig sechshundertneunzig. Klar?«

»Nee. Was soll denn das Ganze?«

Matzbach schob die Unterlippe vor. »Ich fürchte, das reicht tief in die Metaphysik. Oder die Pataphysik, eher. Aber eine überzeugende Erklärung muß ich mir und dir im Moment schuldig bleiben.«

»Weißt du was?« sagte Yü, als sie das Büro wieder verließen. »Bleib mir die Erklärung am besten bis ans Ende meiner Tage schuldig. Ich wüßte nur gern, wie du die ganze Knete, die wir heute verloren haben, vom Safe bis zu dem da, verschmerzen willst.«

»Verschmerzen?« sagte Matzbach. »Ei, überhaupt nicht. Ich will sie mit Zins und Zinseszins zurück.«

Der Kurier nahm den unbeschrifteten, nur mit Nieten verschlossenen Jiffy entgegen und steckte ihn in seine Umhängetasche. Er nickte und wollte gehen; Matzbach hielt ihn fest.

»Was passiert jetzt damit?«

Der Radfahrer blähte die Wangen auf. »Mann, woher soll ich das wissen?«

»Was sollen Sie jetzt tun?«

»Ich soll in die Rheinaue fahren«, sagte der Mann. »Zu einem bestimmten Abfalleimer. Da soll ich den Umschlag reinstecken, zusammen mit« – er griff in die Umhängetasche und zog etwas heraus – »*dem.* Und verschwinden.«

Was er hochhielt, war eine Dose mit Kaminanzündern.

Matzbach nickte. Yü schüttelte den Kopf. Der Kurier hob die Hand und ging. Der Gast leerte sein Bier, nickte und ging ebenfalls.

»Was geht hier eigentlich vor, Chief?« sagte Red Horse, als sie unter sich waren.

»Hier?« sagte Matzbach. Er sah sich um. »Halb sieben durch und kein einziger Gast, das geht hier vor.«

»Komm, mal ernsthaft«, sagte Lucy.

»Hol Tshato, dann sag ich's euch.«

Als sich der Ashanti – murrend, wegen der Unterbrechung beim Vorbereiten des Menüs – auf einen Hocker gehievt hatte, sagte Matzbach:

»So, also. Albo Schmidt, den ihr ja gekannt habt, ist mit der gleichen Waffe umgebracht worden, die man dir an den Kopf geknallt und dann in dem Typen vergessen hat, dem du helfen wolltest, Nomey. Albo ist wahrscheinlich erpreßt worden; seine Schwester – Rapunzel, auch bekannt, ja? – weiß irgendwas und ist untergetaucht. Wobei mich ein bißchen wundert, daß offenbar bisher noch keiner versucht hat, ihre Wohnung zu durchsuchen. Aber egal. Rapunzel ist untergetaucht; von uns erpreßt man Schutzgeld, indem man uns aidsverseuchtes Blut und Briefchen schickt; ein paar Körnerfresser drohen mit Schiffchenversenken, falls wir weiterhin Fleisch anbieten; und weil Yü und ich vermutlich ein bißchen gefährdet sind, werden auch wir dieses Wochenende verschwinden – uns zerstreuen und unauffindbar sein. Euch kann ich nur raten, seid vorsichtig; ich glaube aber eigentlich nicht, daß ihr in Gefahr seid.«

»Wo steckt der Zwerg?« sagte Tshato.

»Der ist in einer Sondermission unterwegs.« Matzbach blickte zum Ufer; vier prospektive Gäste kamen gerade über den Anleger. »So, erst mal Schluß damit. Sobald wir mehr wissen, sagen wir euch mehr. Ich glaube, da kommt Kundschaft.«

Der Abend wurde bald lebhafter; gegen acht war die *Spelunke* fast voll. Abgesehen von Hektik und Umsatz ereignete sich nichts. Irgendwann rief Red Horse Matzbach, der mit ein paar Gästen plauderte, ans Telefon. Baltasar nahm den Hörer, lauschte, stellte ein paar Gegenfragen und legte schließlich auf. Er winkte Yü und ging mit ihm aufs momentan leere Bugdeck.

»Das war der unauffällige Schwarzbiertrinker«, sagte er. »Der Umschlag wurde in den Abfalleimer gesteckt. War einiges an Betrieb in der Rheinaue, dicke Spaziergängertrauben, und manchmal war der Eimer nicht genau zu sehen. Irgendwann stand eine Gruppe Männlein und Weiblein drum rum, später dann eine andere. Bei denen waren Raucher; einer oder eine von denen muß entweder eine Kippe oder ein brennendes Streichholz reingeschmissen haben, und pfft.«

Yü seufzte. »Schade um die schöne Knete. Und was soll das alles bloß?«

»Das weiß der Geier. Wir wissen aber noch was.« Matzbach

grinste schief. »Ein geistesgegenwärtiger Mensch hat, man höre und staune, das Feuer ausgepinkelt.«

Yü gluckste. »Und?«

»Die Freunde von der Polizei, ob mit oder ohne Handschuh, haben sich nicht gescheut, den versengten Jiffy rauszuholen. Und rat mal, was drin war?«

Yü hob die Schultern.

»Angekokeltes Zeitungspapier. Vermutlich hat jemand aus der ersten Spaziererttraube da was vertauscht. Wir sind also so schlau wie vorher.«

»Nee«, sagte Yü. »Noch dümmer.«

Um halb zwei schlossen sie die *Spelunke* ab. Yü, mit den Tageseinnahmen in der einen und Danys Hand in der anderen Pfote, wünschte allseits frohes Nichtstun und wandte sich in Richtung Golf. Tshato und Lucy verschwanden rheinabwärts; im Gehen wickelte der Ashanti den Turban ab und steckte die Binde, die er offenbar nicht mehr brauchen wollte, in einen Abfalleimer. Matzbach wartete auf ein bestelltes Taxi, das sich Zeit ließ. Red Horse, der angeboten hatte, ihn wohin auch immer zu chauffieren, sagte plötzlich:

«Ah, vielleicht müssen wir es sowieso anders machen. Die Kiste hat heut nachmittag komische Geräusche gemacht und wollte nicht so richtig. Mal sehen, ob sie überhaupt anspringt. Ich schau mal, ob ich irgendwas sehe. Nimmst du mich sonst in deinem Taxi mit?«

»Klar. Ich warte hier.«

Red Horse nickte und überquerte die Straße. Yü und Dany hatten die Golftüren geöffnet und waren halb eingestiegen. Red Horse öffnete die Fahrertür des Pickup, bückte sich, entriegelte die Motorhaube, steckte den Schlüssel ins Zündschloß und drehte.

Die Stichflamme erhellte die Uferstraße; erst dann hörte Matzbach die Detonation. Er sah den Cheyenne, der sehr schnell reagiert hatte, seitlich über die Straße rollen, hörte Glassplitter rieseln, sah Danys Golf einen Satz vorwärts machen. Ein Schwall heißer Luft schob Baltasar zurück zwischen die Bäume der Uferpromenade.

Der Golf stand, bewegte sich dann zehn Meter vor; Yü sprang heraus, mit einem Feuerlöscher in der Hand. Dany mußte eine sehr sorgsame, gesetzestreue Fahrerin sein, die derlei wichtige Dinge nicht im Kofferraum, sondern in der Kabine aufbewahrte. Der Chinese rannte die paar Meter und begann zu sprühen.

Matzbach kniete neben Red Horse, der immer noch auf der Straße lag. »Don, gibt's dich noch?«

Red Horse richtete sich auf. Eine Wange war aufgeschrammt, ebenso die Hände. Sein Gesicht wirkte blutleer. »Holy shit«, sagte er. »*Ist* der Chinamann schnell!«

10

»Es war einmal ein Steuerpächter.«

Räubergeschichte von VOLTAIRE

Tshato und Lucy waren beim Knall sofort umgekehrt; sie würden Red Horse so lange wie nötig unterstützen, Händchenhalten. Dany, Yü und Matzbach gaben zu Protokoll, was sie zu sagen hatten. Obwohl es ihnen nun überflüssig erschien, blieben sie beim verabredeten Versicker-Verfahren: Dany und Yü fuhren mit dem Golf Richtung Godesberg, bogen irgendwann gekonnt rechts ab und parkten in einer Friesdorfer Seitenstraße. Matzbach ging noch einmal an Bord, bestellte ein neues Taxi, ließ sich zum Polizeipräsidium bringen, ging vorn hinein, wechselte ein paar freundliche Worte mit dem von Freiberg vorgewarnten Nachtdienstmann, verließ das Gebäude hinten wieder und ging zu seinem Rover. Als er Dany und Yü in Friesdorf abholte, war es fast drei Uhr.

»Ziemlich überflüssig, nach dem Big Bang, glaub ich«, sagte er. »Aber man sollte einmal ausgeheckte Pläne vor allem dann beibehalten, wenn es keinen Grund mehr dafür gibt. Mir ist, schätze ich, keiner gefolgt.«

Kurz vor halb vier trafen sie in Brenig ein. Zaches hatte die Nachtwache übernommen, öffnete und schloß das große Tor und eskortierte sie zu Zimmern im Haupthaus. Matzbach bewunderte Hermines feine Voraussicht; halblaut und mit einem dröhnenden Grinsen sagte Zaches, die Herrin des Hauses nehme an, ob der Strapazen der vorigen Nacht und der späten Stunde wolle Monsieur wohl eher ruhen. Andernfalls – hier gluckste Zaches – sei er autorisiert, dem Besucher den Weg zur Kemenate des Burgfräuleins zu weisen. Matzbach sah sich im

Raum um, den Hermine für ihn vorgesehen hatte: zweite Etage, Blick nach Norden auf die nächtliche Illumination der Petrochemie von Wesseling und Godorf, ein breites Bett aus vermutlich in Worpswede zubereitetem Kirschbaum, passende Nachttischchen, ein Kleiderschrank aus Eiche, ein großer Bauerntisch mit zwei Stühlen aus gedrechseltem Nußbaum und Schilf oder Stroh.

»Nein«, sagte er. »Das hier ist fürs schiere Schlummern ganz ausgezeichnet. Man muß die Kraft, die später nutzlos vergeudet werden soll, zunächst einmal sinnvoll sammeln.«

Am Morgen regnete es. Von zunehmendem Gesprächslärm und Kaffeeschwaden geweckt, erschienen nach und nach alle Schläfer, von kurzen oder längeren Duschdurchläufen ermuntert, in der Küche. Dort standen Brot, Käse, Wurst, Butter und sämtliche weiteren Zutaten für ein Frühstück zur Selbstbedienung bereit. Auf der überdachten Veranda saßen bereits Rapunzel, Hermine, Dany und Zaches, als Matzbach eintraf. Yü, den er unter der Dusche wähnte, weilte tatsächlich in einer Badewanne.

Rapunzel sah fünf Jahre jünger und drei Punkte gesünder aus als vor ein paar Tagen. Der Ton zwischen ihr und Zaches war heilsam herzlos, unsentimental, spöttisch verspielt. Wahrscheinlich, dachte Matzbach, genau das Richtige: Azraels Rappe war gesattelt, die Frau hatte schon einen Fuß in den schwarzen Steigbügel gestellt, und ehe sie den Abschiedstrunk bis zur Neige würde leeren müssen, reichte ihr noch einmal jemand lächelnd einen helleren Kelch.

Niemand hatte besonders viel geschlafen; der leichte Regen auf dem Dach der Veranda trommelte nicht zum Reisen, nach kurzem Auflodern brannten die Gespräche nieder. Dany und Yü waren die ersten, die sich zu einer Vormittagssiesta zurückzogen, dann Rapunzel und Zaches. Hermine blinzelte in den Regen hinaus, schien die aufstrebenden Unkräuter im Garten zu zählen und gähnte. Matzbach sog an der Panatela, die kaum halb geraucht war.

»Ach ja«, sagte er. »Gewähr mir noch einige Züge an diesem symbolhaften Objekt. Und einen halben Becher Kaffee.«

»Bewilligt. Hast du irgendwas vor, dieses Wochenende?«

»Ich muß zwischendurch mal ein paar Stunden Hausaufgaben machen – Papiere wälzen, Gedanken denken, vielleicht dein Telefon mißbrauchen. Ansonsten gedachte ich mit deiner Billigung und Hilfe den schweren Stein der Muße bergauf zu schieben und im geeigneten Moment loszulassen.«

Sie kicherte. »Sisyphus Matzbach verrollt Metaphern. Ganz so müde kannst du eigentlich nicht sein.«

Er leerte den Becher, nahm einen letzten Mundvoll Rauch und legte die Zigarre weg. »Wolltest du mir deine Briefmarkensammlung zeigen?«

Sie stand auf. »Ikonen«, sagte sie. »Außerdem Nischen, Vorsprünge und Euphemismen.«

Nachmittags ließ der Regen nach. Als die anderen zu einem Spaziergang durch die nassen Äcker und Gebüsche aufbrechen wollten, bezeichnete Matzbach das als »Suchtverhalten«, verweigerte eine genauere Erklärung sowie seine Teilnahme und holte Neumanns Papierwust aus dem Kofferraum des Rover. Mit Kaffee, Zigarren und Notizpapier setzte er sich auf die Veranda und begann zu wühlen. Er fühlte sich wie ein Trüffelschwein, das nicht sicher sein kann, ob unter den Hasenkötteln und dem für hinterlistige Zwecke genutzten alten Notgeld im Boden lohnende Objekte schlummern.

Es wurde teilweise zu einer Zeitreise. Zwischen 1957 und 1961 hatte er Kernphysik und Philosophie studiert – einerseits auf der Suche nach dem nicht mehr zu unterteilenden Atom des Wissens, dem letzten Grund, andererseits fasziniert von der Spaltbarkeit des »Unteilbaren« im Kern der Materie. Er begriff sehr schnell, daß der Ansatz naiv war, daß ihn die

Kernphysik dem Herzen der Sonne nur unwesentlich näher brachte als das Studium der Philosophie dem Denken, nämlich fast gar nicht. Der Lotteriegewinn mittels eines aus der Tageszeitung entnommenen und spaßeshalber ausgefüllten Lottozettels enthob ihn der Notwendigkeit, sich um nutzlose Dinge zu kümmern, und brachte ihm die Freiheit, sinnvoll zu spielen. Aber die alten albernen Gespenster hockten nun hinter ihm auf dem Sims des Küchenfensters und kicherten: Namen vergessener Kommilitonen; Stichworte, die ganze Vorlesungsserien erschlossen; Notizen von Carlo über künftige Seminare, die Matzbach – wenn es dessen bedurft hätte – endgültig zur vor Jahrzehnten von einem Autor formulierten Meinung gebracht haben würden, daß Religion und Metaphysik Subgenres der fantastischen Literatur sind. Er ging die von Carlo erstellte Liste der im Todesfall zu Benachrichtigenden durch; neben einer Mehrzahl Unbekannter fand er dort einige alte Freunde, etliche alte Feinde und viele alte Laue. Die meisten Namen tauchten in den dicken Bündeln Kondolenzpost wieder auf. Ein Umschlag war dabei, der sein Mißfallen erregte, dann seine Skepsis und schließlich seine Heiterkeit. Er verglich noch einmal Carlos Projektnotizen und einige (der Genosse Professor war durchaus nicht uneitel gewesen) Titel der »für den Nachruf« angefertigten Liste der Veröffentlichungen.

»Kann das denn so simpel sein?« murmelte er schließlich. Er bedachte, was er vom Absender des seltsamen Kondolenzschreibens in dem seltsamen Umschlag wußte, blätterte abermals in den hinterlassenen Papieren, lachte laut und kratzte sich dann den Kopf. Vielleicht war es so einfach – aber wer, außer einem der Beteiligten, konnte das durchschauen? Es fehlten ein paar Steinchen; Matzbach sagte sich, daß jemand außerhalb der geschlossenen Anstalt namens Akademische Philosophie auch bei Kenntnis der fehlenden Steinchen nicht auf derart verquere Gedanken kommen konnte. Kein Kriminalist, wenn sich denn einer auf Tobias Neumanns diffusen Verdacht eingelassen hätte, wäre da fündig geworden.

Baltasar machte sich noch ein paar Notizen, kicherte dabei immer wieder über die simple Monstrosität, knabberte im Geist am Futterball, den die Alma Mater den zu Wanderzügen unfähigen schrägen Vögeln der Philosophie sommers wie winters an die kahlen Äste des Baums der Erkenntnis hängte, packte die Papiere wieder zusammen und ging in Hermines Wohnzimmer, um zu telefonieren. Der Samstagnachmittag erwies sich als gute Telefonzeit, da die meisten Leute, mit denen er sprechen wollte, offenbar zu Hause zwischen Gartenarbeit und Wagenwaschen den Beginn der Sportschau ersehnten.

Als er mit seiner Telefonorgie fertig war, begab er sich wieder auf die Veranda, wo er mit frischgebrühtem Kaffee und einer Montecristo über die anderen Dinge nachdachte. Keine Spur von den Spaziergängern. Keine besonderen Einfälle zu Albo, Wega-Wächtern, Erler, Schutzgelderpressern, der *Spelunke* und Safeknackern. Er versuchte noch einmal, die von Neumann erwähnte Person zu erreichen; diesmal hatte er Glück, und sie war bereit, sich am nächsten Abend mit ihm zu treffen.

Auf der Suche nach Inspirationen streifte er anschließend durchs Haus, bewunderte Hermines präzise Eklektik beim Zusammentragen ausgefallener Möbelstücke, legte sich in eine Badewanne, ließ sich von heißem Wasser durchtränken und widmete sich fruchtbarem Dösen. Als die Wandersleute das Haus mit heimeligem Lärm füllten, bastelte er gerade an zwei Ideen zur Lösung des Problems, das ihm der unerfreuliche Abgeordnete Auerberg an den Hals gehängt hatte. Eine Idee war einfach, die andere derart abstrus, daß er beim Abtrocknen zu johlen und zu quieken begann.

Hermine erschien in der Badezimmertür; Matzbach hatte nicht abgeschlossen. »Zu Hilfe«, sagte sie. »Ich dachte, hier würde eine Sau abgestochen.«

»Ich befleißige mich lediglich frischer Unterwäsche, edle Frowe, und unreinlicher Gedanken.«

»Nicht schon wieder. In deinem Alter sollte man ein bißchen enthaltsamer sein.«

»Ah. Du hast heute schon anders gesprochen. Meinst du wirklich, ich sollte die mir verbleibende Lebenssubstanz durch längere asketische Intervalle strecken?«

»Du liebe Zeit. Und deshalb quiekst du so? Wegen asketischer Intervalle?«

»Mitnichten. Mein Quieken bezog sich auf die möglichen Auswirkungen zweier Telefongespräche, die ich gleich mit deiner Erlaubnis zu führen gedachte. Ich habe übrigens eine Strichliste gemacht, was die bisherigen Gespräche angeht; ich schulde dir schon mindestens zwanzig Mark.«

Hermine nickte. »Sehr ordentlich. Ich glaube, ich lasse dich das in Naturalien abarbeiten, in den Pausen zwischen den besagten Intervallen.«

»Schweißtreibende Aussichten. Nun ja, warum nicht? Ich zieh mich eben zu Ende an, werde dann zweimal telefonieren und euch zustoßen, oder zu euch stoßen.«

»Wei.«

Das erste Gespräch galt einem alten Bekannten namens Morungen, den es nach langer Tätlichkeit als Lokaljournalist zu einem privaten Radiosender verschlagen hatte. Nach Austausch ritueller Boshaftigkeiten bat Matzbach ihn, sich in der Zunft umzutun und festzustellen, ob irgendwo jemand existierte, der möglicherweise vor etwa 25 Jahren über Vorfälle im ostlippeschen Reservat berichtet haben könnte. Der zweite Anruf ging nach New York an einen anderen alten Bekannten beziehungsweise dessen jüngere Frau, eine dunkelhäutige Schauspielerin. Sie waren beide nicht vorhanden; Matzbach sprach ungenaue Grüße und genaue Wünsche auf den Anrufbeantworter und hinterließ Hermines Nummer für einen baldigen Rückruf.

Der Sonntag war verhangen, blieb aber trocken; den größten Teil des Tages weihte man wesentlichen Dingen wie Plaudern und Kaffeetrinken. Matzbach bestand darauf, das einzige dauerhaft ansehbare Produkt des Fernsehens zu betrachten, die *Sendung mit der Maus.* Als Hermine ihn deshalb zu foppen versuchte, murmelte er etwas von »...wenn ihr nicht werdet wie die Kindlein...«

Morungen funktionierte erstaunlich gut; am frühen Nachmittag gab er den Namen, die Adresse und die Telefonnummer eines inzwischen 75jährigen Kollegen durch, der vor einem Vierteljahrhundert über Rattenfänger und andere Lokalgrößen im Grenzland zwischen Detmold und Hameln berichtet hatte. »Jetzt sitzt er in Paderborn, mit Blick auf den Dom«, sagte Morungen, »und weigert sich, Drewermann ernstzunehmen. Scheint seine Hauptbeschäftigung zu sein.«

»Kluger Mann. Danke, alter Freund. Gute Arbeit.«

»Freund?« sagte Morungen; es klang, als zöge er die Oberlippe hoch. »Arbeit? Hä.« Damit hängte er ein.

»Paderborn«, sagte Matzbach leise. »Oho.« Er starrte einen Moment das Telefon an, ging dann zurück auf die Veranda und hüstelte affektiert.

»Der minderwertige westliche Barbar bittet um die unverdiente Gunst des goldenen Gehörs, alter Herr Yü.«

»Geht's los?« sagte der Chinese. »Oder handelt es sich um etwas, zu dem ich meinen Kaffeebecher mitnehmen kann?«

»Gewißlich. Entschuldigt ihr uns bitte zwei Weilchen?«

In Hermines Wohnraum standen derart viele dunkle Eichenmöbel, daß sie fast wie eine ins Kraut geschossene Täfelung wirkten. Matzbach und Yü, beide mit Kaffee, setzten sich an den großen schwarzen Tisch, der zur Beköstigung einer fünfzehnköpfigen Sippe ausgereicht hätte.

»Wir müssen einen kleinen Wochenplan machen. Erst mal wir beide – später brauchen wir noch ein bißchen Zustimmung.«

Yü grinste. »Ein zustimmungspflichtiger Wochenplan? Drei Durchschläge?«

Baltasar langte nach der Zigarre, die er beim Telefonieren in den Aschenbecher gelegt hatte, zündete sie wieder an und starrte auf seine Notizen.

»Heute abend bin ich bei Pierre mit der geschiedenen vierten Frau Erler verabredet«, sagte er. »Ich weiß nicht, was ich mir davon verspreche. Vielleicht Auskünfte über sein Denken.«

»Man muß, sagt Konfuzius, die sexuellen Gewohnheiten des Feindes kennen, wenn man eklige Überraschungen nach der Niederlage vermeiden will.«

»Wahr gesprochen. Nun dachte ich, wir könnten folgendermaßen verfahren. Wir nehmen den Rover, fahren nach Röttgen, ich steig aus und berede die Dame. Du, Blüte der Sumpfkräuter des Liang-Schan-Moors, übernimmst das Steuer und besuchst Don, um als guter Chef seine Wunden zu verbinden.«

Yü hob die Brauen. »Ah. Und dann?«

»Und dann tust du dich ein bißchen in den Lokalen um, die Albo möglicherweise frequentiert hat – Schwule, Vegetarier und andere komplizierte Zeitgenossen. Wirst dich ein bißchen rumfragen müssen, aber …«

Yü nickte und seufzte leise. »Klar. Warum ich?«

»Wegen deiner Grazie, edler Felix. *Mir* nimmt man weder den Schwulen noch den Körnerfresser ab. Du dagegen, als Chinese, bist von vornherein so exotisch, daß jede andere verquere Eigenschaft nicht mehr auffällt.« Matzbach giggelte. »Wenn ich, sagen wir, mit einer Armbrust in eine Kneipe ginge, würde man mich rauswerfen oder die Polizei holen. Wenn du mit Armbrust oder Schwimmflossen in ein Lokal gehst, wird man lächeln und fragen: ›Sind Sie schon lange in Deutschland‹?«

»Aha.«

»So ist das eben. Wer als Ausländer einmal den Spott auf sich zieht, leidet keinen Schaden mehr.«

Yü verzog das Gesicht; die Mundwinkel hingen knapp unter der Kinnlinie. »Baltasars zweites Theorem zur Xenophobie? Ich halte mich da lieber an Meng-tse.«

»Du wirst es mir zweifellos nicht ersparen, mir mitzuteilen, was Meng-tse sagt, oder?«

»Ganz richtig. ›Wer nicht selbst einmal ein fremder Teufel war, hat keine Ahnung von der Unheiligkeit der Einheimischen.‹ Und wenn ich mich durch die diversen Lokale geprügelt hab, soll ich dich vermutlich irgendwo treffen und berichten, ja?«

»Hm. Wie heißt noch das Lokal in der Ermekeilstraße, wo es angenehm temperiertes Guinness gibt – Druck und laue Milde wie in Irland?«

»Ich weiß nicht, aber ich weiß, welches du meinst. Gut. Mitternacht oder so. Und der weitere Wochenplan?«

»Morgen fahr ich mit Rapunzel nach Luxemburg, Knete massieren. Abends bin ich wieder da.«

»Morgen hat Lucy frei; deine Arbeitskraft könnte willkommen sein, anders als deine Visage.«

»Eben. Dienstag werden dieser Autobastler, Sir Toby, und ich gen Paderborn reisen, woher wir, fürchte ich, erst am Mittwoch zurückkommen.«

»Paderborn!« Yü verlieh dem Namen etwas unsagbar Exotisches, als begönne gleich dahinter der Weg zum *Yak & Yeti* in Katmandu. »Darf man sich erdreisten, nach dem Reisegrund zu fragen?«

»Man darf.« Baltasar skizzierte das Problem und die mögliche Lösung; dann sagte er: »Weiter im Text. Donnerstag werden du und ich aufbrechen, um Licht in die erpreßliche Finsternis eines Abgeordneten zu bringen.«

Yü krempelte den linken Ärmel seines kragenlosen weißen Hemds herunter, dann wieder auf. Etwa zehn Sekunden dauerte die Operation, bei der er nebenbei die Haare auf seinem Unterarm zu zählen schien. Er blickte auf, mit sehr schmalen

Augen. »Ich wüßte vierzehn bis sechzehn Gründe, nicht mit dir aufzubrechen, und keinen einzigen dafür.«

Matzbach lächelte. »Es gibt einen Grund, Yü-Baby.«

»Und der wäre?«

»Ich brauche deine Hilfe.«

»Das überzeugt mich. Gut. Und der Anlaß? Die Finsternis des Abgeordneten Auerberg kümmert dich doch einen Dreck.«

»Geld.«

Yü nickte langsam. »Ein anständiger Anlaß; man könnte geradezu von einem ehrenwerten Motiv sprechen. Wohin geht's?«

»In dieselbe Ecke, in die ich mit Neumann am Dienstag will, nur ein bißchen weiter. Ich will die östliche Lippe riskieren.«

»Noch mal Paderborn und gar darüber hinaus? Gewaltig.«

»Wir werden also ins westliche Asien reisen, um dies und jenes zu tun. Wenn alles klappt, was ich heute per Telefon zu erfahren hoffe, wären wir dabei zu dritt…«

»Wer?«

»Kimberley, aus New York.«

Yü runzelte die Stirn. »Du fliegst aber Verstärkung von ganz schön weit her ein, Junge. Hat das bedeutende Gründe?«

Baltasar gluckste. »Ich werde dich davon in Kenntnis setzen, sofern es stattfindet. Aber weiter – Donnerstag hin, Freitag zurück. Freitagabend übernehmen wir das Steuer wieder; meinst du, wir könnten Dany bitten, am Donnerstag mit Don und Lucy den Laden zu schmeißen?«

»Ich werde ihr zuerst die Füße küssen, dann fragen. Und die große Abschiedsfete?«

Matzbach hob die Schultern. »Ich werde ihm Samstag vorschlagen.«

Yü blinzelte. »Der Tisch, über den wir ihn ziehen wollen, muß aber gut gedeckt und bestens gesichert sein, wie du weißt.«

»Ich bedenke diverse Formen der Verankerung.«

»Gut.«

»Ja, ich hab alles hier, was wir brauchen könnten.« Rapunzel betrachtete den Zettel, den Matzbach vor Tagen von Freiberg erhalten und vergessen hatte: die amtliche Bestätigung, daß Alberich Schmidt sich ins Jenseits hatte katapultieren lassen, und daß seine sterbliche Hülle Objekt langwieriger Untersuchungen sei. »Aber …« Sie zögerte und brach ab.

»Was aber?«

»Ein Anflug von Skrupel«, sagte sie mit einem schrägen Lächeln.

»Weshalb?«

»Mensch, Matzbach, ich weiß nicht, wieviel Knete es ist, aber es ist doch öffentliches Geld … gewesen.«

Zaches, von Nachtwachen und anderem ermüdet, hatte sich zu einem Nachmittagsschlaf zurückgezogen. Yü und Dany fehlten ebenfalls; Matzbach nahm an, daß der Chinese dabei war, seiner Exwinzerin die Füße zu küssen. Hermine saß in einem Teaksessel, hatte die Beine auf einen Hocker gelegt und blickte in den wüsten Garten hinunter, zu einem grellen Ginster, auf dem ein niedergelassener Buchfink grölte. Rapunzel stützte die Ellenbogen auf den Tisch und starrte Matzbach an.

»Puh.« Er griff nach der schwarzen Thermoskanne und goß seinen Kaffeebecher wieder voll. »Du auch?«

Rapunzel schüttelte den Kopf; sie steckte den Totenschein in den Ausschnitt ihrer Bluse.

»Also«, sagte Baltasar. Dann verstummte er und wickelte eine Zigarre aus.

»Was also?«

»Ungefähr die Hälfte aller Deals, die die Treuhand gemacht hat, dürfte schmierig gewesen sein, oder inkompetent, oder gegen das Interesse der Arbeiter im Osten und gegen das des Staats. Wenn die alles abgewickelt haben, werden sie an die vierhundert Milliarden Schulden hinterlassen. Dafür stehen aber nicht Frau Breuel und Herr Waigel gerade, sondern wir alle. Und wie mir ein Bekannter aus Brandenburg sagte, hätten sie die Treuhand nicht gebraucht – vierhundert Milliarden Schulden hätten sie auch allein machen können und wahrscheinlich viel mehr Spaß dabei gehabt. Vielleicht sogar einige Arbeitsplätze.«

»Was hat das mit meinen Skrupeln zu tun?«

»Der Apparat, in dessen Verdauungskanälen wir uns befinden, und das ist ein schlechtes Bild; jetzt müßte ich nämlich mit Zotten und Enzymen weitermachen. Also: Das ist ein Wegelagerer-System geworden, Rapunzella mia. Nach dem Krieg, heißt es, sind ehrenwerte Leute in die Politik gegangen, um das Land wieder aufzubauen und dafür zu sorgen, daß sich derlei Katastrophen nicht wiederholen. Solche Formen von romantischem Idealismus sind passé; man sollte sie als Erwachsener auch nicht erwarten. Daß die Jungs und Mädels heute in die Politik gehen, um Karriere und Knete zu machen, ist okay – oder wäre in Ordnung, wenn sie ihren Job erledigen würden. Das tun sie aber nicht. Mit der einen Hand erhöhen sie ihre Diäten, mit der anderen kürzen sie die Sozialhilfe, und mit beiden Augen hängen sie am nächsten Wahltermin. Es geht nur um die Posten, nicht um die mit den Posten verbundene Arbeit. Wenn Albo da ein paar Milliönchen abgezweigt hat, und du gibst sie Theo mit den Raupenbrauen – meinst du, der macht daraus einen einzigen Kindergartenplatz oder eine ABM-Stelle? Oder reduziert die Staatsverschuldung?«

»Du redest dich ja richtig in Rage!« Sie lachte matt. »Daß ich das noch erleben darf! Baltasar zetert.«

»Er zetert nicht, er versucht nur, dir klarzumachen, daß Helmut Baba und die vierzig Räuber die nächste Karawane auch dann plündern werden, wenn du ihnen Albos Sparschwein in die Sesamhöhle schleppst. Das geht von oben bis unten durch – wir hatten doch erst vor kurzem in Bonn den seligen Tag, an dem in der gleichen Ratssitzung zuerst fünfzigtausend für ein Landschulheim gestrichen und gleich danach achtzigtausend für einen neuen Dienstwagen des Stadtdirektors bewilligt wurden.«

Sie seufzte. »Ich weiß es doch. Trotzdem...«

Hermine nahm die Beine vom Hocker und setzte sich auf. »Das kann ja keine Sau aushalten«, sagte sie. »Müßt ihr hier politische Grundsatzdebatten führen? Und glaubst du wirklich an den Weihnachtsmann, den Klapperstorch und die Republik, Rapunzel? Wenn du noch Angst haben müßtest, daß man dich erwischt... Bis jemand dahinterkommt, bist du doch längst außer Reichweite!«

Das Telefon klingelte. Matzbach stand auf. »Das wird New York sein. Entschuldigt mich.«

Es war aber nicht New York, sondern ein Mann namens »HAUP-komsar LU-dewich«. Hauptkommissar Ludewig behauptete, es sei gut, daß er gleich Matzbach an den Apparat bekommen habe. Es sei erstens ein Stab gebildet worden, um die diversen Delikte wie Mord, Sachbeschädigung durch Sprengsätze und Erpressung koordiniert zu verfolgen; zweitens sei nun er dafür zuständig, denn drittens habe HK Freiberg in einer anderen, schon länger behandelten Angelegenheit, in der es neue Aspekte gebe, die Stadt verlassen und ihm viertens aufgetragen, notfalls höflich zu sein, was er fünftens zu befolgen gedenke, solange Matzbach sich zivilisiert und zurückhaltend aufführe, wozu sechstens gehöre, daß er sich umgehend mit Frau Ra-was?-punzel Schmidt zu deren Wohnung zu verfügen habe, von wo aus siebtens LU-dewich nun anrufe, weil man dort achtens eingebrochen habe. Und zwar neuntens sofort bitte.

Rapunzels Wohnung sah scheußlich aus. Angeblich hatte im Haus niemand etwas vom Aufbrechen der Tür gehört; vielleicht war es professionell leise geschehen. Alles war durchwühlt, die Bücher aus den Regalen geworfen, Schubladen aufgezogen und ausgekippt, der Inhalt aller Schränke herausgefegt und großzügig verteilt. Matzbach rauchte auf dem Balkon eine Zigarre und blickte hinab ins Melbtal, während Rapunzel mit dem untersetzten, glatzköpfigen Ludewig eine Begehung vornahm.

»Ich weiß nicht«, sagte sie schließlich müde. »Dinge wie Kontokarten, Schecks und Sparbücher hatte ich mitgenommen, als ich zu meiner Freundin geflüchtet bin. Soweit ich das überschaue, scheint nichts zu fehlen. Es ist bloß einiges kaputt.«

Sie mußte mehrere Zettel unterschreiben und abermals versichern, daß sie keine Ahnung habe, was wer auch immer bei ihr gesucht haben könnte. Matzbach war gerade dabei, feierlich zu versprechen, daß er am Montagnachmittag »zum Rapport« im Präsidium erscheinen werde, als der vorsorglich schon von Brenig aus alarmierte Mann vom Schlüsseldienst eintraf und ein provisorisches neues Schloß zu montieren begann. Kurz nach sechs konnten sie wieder fahren; Rapunzel weigerte sich, auch nur einen einzigen Handschlag zu tun.

»Aufräumen ... Igitt. Irgendwann, wenn ich mich seelisch darauf vorbereitet habe.«

Auf der Rückfahrt nach Brenig wechselten sie kaum ein Wort. Matzbach summte zwischendurch; Rapunzel schien zu brüten oder zu dösen. Irgendwann sagte sie:

»Du meinst also, das Geld behalten ist so was wie Notwehr?«

Baltasar nickte. »Notwehr, genau – wie Steuervermeidung, Grauarbeit und andere Nettigkeiten. Yü oder Konfuzius würden sagen: Die Krawatte der Fürsorglichkeit wurde zu eng um den Hals des Untertanen geschlungen; wenn nun der Gewürgte, unvernünftig dem freien Atmen und Denken verhaftet, mit frivolem Finger den Kragenknopf sprengt und die Seidenschnur lockert, ist das Gezeter der Mandarine ob unkorrekter Kleidung ebenso hohl wie der Regenwolke Verdrossenheit ob des Wanderers, der einen Schirm aufspannt.«

Sie stöhnte. »Mein Gott, das ist aber gnadenlos kompliziert.«

»Kompliziert? Ich fürchte, das Ganze ist gnadenlos einfach. Und einfach gnadenlos.«

11

> Wer sich durch Geld den Charakter verderben läßt, ist aus dem Gröbsten raus.
>
> BALTASAR MATZBACH

Matzbach ließ sich von Yü vor *La Marmite* absetzen; er kam ein wenig zu früh, so daß er noch ein paar Worte mit dem Besitzer wechseln konnte. Pierre, den es von Montpellier über Australien nach Bonn verschlagen hatte, begrüßte ihn mit einer der üblichen Verfumfeiungen unter alten Bekannten, beklagte die Perfidie des Wetters und machte ein paar spöttische Bemerkungen über die hermetischen Rituale deutscher Jäger – einer von ihnen hatte, als Pierre für die neue Saison Hirschhoden (Teil der Vorspeise *Salade Abélard*) bestellte, mit deutlich ausländerfeindlichem Unterton auf »Brunftkugeln« bestanden und wollte auch keineswegs Reh, Wildschwein etc. abgezogen liefern, sondern allenfalls »aus der Decke geschlagen« und mit »abgeschärftem Haupt«, und welch ein waidpolitisch korrekter Aufwand an Euphemismen! Matzbach nannte ihm noch ein paar besonders absurde Wendungen, nahm dann am reservierten Tisch Platz und lernte die Karte auswendig.

Punkt acht Uhr betrat eine Dame mittleren Alters das Lokal und sah sich um. Wie Matzbach amüsiert feststellte, kam er nicht in Betracht; sie musterte lediglich die Herren mit Schlips und Anzug, die aber alle nicht solo waren. Pierre geleitete sie zur richtigen Adresse; den Händedruck kalkulierte Matzbach auf maximal zehn Millibar. Fast unauffällig inspizierte sie sein offenes, über der hellen Cordhose hängendes Khakihemd mit Halbarm und ließ sich nieder. Sie trug ein Rohseidenkostüm,

Pagenfrisur in mattem Edelgrau, teure Ohrringe, sehr teure Steine an den Fingern, lange rote Krallen, dezentes Make-up und ein falsches Lächeln.

Dieses verflüchtigte sich bald; unter der Maske, sondiert von Matzbachs Fragen, erstreckten sich Flöze aus Verbitterung und Unverständnis. Sie hatte bisher darauf verzichtet, den Namen Erler wieder gegen ihren Geburtsnamen einzutauschen.

»Da ist nichts zu reparieren«, sagte sie. Es schien sie Mühe zu kosten, vom Salat, in dem sie stocherte, zu Matzbachs grauen Augen aufzublicken. »Ich weiß, ich bin abgeheftet und einsortiert, Nummer vier, was die legalisierten Verhältnisse angeht, und Nummer vierhundertvier insgesamt. Es hätte nur etwas... stilvoller sein können. Was haben Sie denn mit ihm zu tun, und was genau wollen Sie von mir?«

»Ich bin Mitbesitzer eines schwimmenden Lokals, und Erler will es unbedingt kaufen.«

»Ah!« Sie legte die kaum benutzte Gabel beiseite; nun schaute sie Matzbach direkt an. »Ein neues Spielzeug? Bei so etwas ist er wie ein Kind. Wenn er es will, muß er es haben, egal ob legal oder illegal, teuer oder erschwinglich.«

»Ich frage mich nur, warum er ausgerechnet *das* Lokal so dringend haben will. Es fing an mit einem Beteiligungsangebot, das er aufgestockt hat, als wir nicht annehmen wollten. Zuerst zehn, dann zwanzig, dann fünfundzwanzig, dann neunundvierzig, jetzt hundert Prozent.«

Sie lehnte sich auf ihrem Stuhl zurück und griff nach dem Weinglas, trank aber nicht. Ihre Finger spielten mit dem Stiel, ihre Augen suchten im Wein Bläschen oder Offenbarungen. »Das ist typisch«, sagte sie langsam, leise. »Typisch Rüdiger. Widerstand macht ihn rasend, wenn er etwas haben will.«

Matzbach wackelte mit dem Kopf. »Irgendwie... irgendwie suche ich nach einem weitergehenden Motiv. Ich kann mir nicht vorstellen, daß jemand, nur weil es ein schönes Spielzeug ist, zwei Millionen für so ein Objekt hinlegen will.«

Sie kniff die Augen zu Schlitzen. »Zwei Millionen? Die hat er nicht.«

»Sind Sie sicher?«

»Er will immer alles möglichst komplett kontrollieren. Vor der Scheidung – das ist ein halbes Jahr her – hat er sich mit einem offenbar unangenehmen Typen aus Köln arrangiert. Arrangieren müssen. Ich weiß nicht, wie er heißt oder was er tut; Rüdiger hat immer nur ›der fiese Möpp‹ gesagt. Und geflucht, daß er den beteiligen muß – Schulden? Ich weiß nicht. Ich nehme es aber an.« Sie lachte bitter. »Ich habe eigenes Geld; von meinem ersten Ex. Entschuldigen Sie die saloppe Ausdrucksweise. Davon hatte ich etwas in Rüdigers Geschäfte gesteckt, so um eine Viertelmillion. Laut Scheidungsvertrag muß er mir das innerhalb von zwei Jahren zurückzahlen. Bis jetzt habe ich keinen Pfennig davon gesehen.«

»Wie macht Erler denn seine Geschäfte, ohne Geld?«

»Ah, nicht *ganz* ohne Geld. Zuerst hatte er diesen Baumarkt, zusammen mit einem Kompagnon. Den hat er ausbezahlt, als die Sache zu laufen begann. Mit dem Baumarkt als Sicherheit hat er sich Geld geliehen und ein Restaurant gekapert – so hat er es ausgedrückt. Und so weiter: Ein halbgesundes Objekt finanziert das nächste, wenn man so will. Er hat so viele Schulden, daß ihn die Banken gar nicht absaufen lassen können.«

»Wissen Sie zufällig, ob er irgendwas in Sachen DDR versucht hat? Windige Deals an der ehemaligen Zonengrenze, zum Beispiel?«

Sie schüttelte nachdrücklich den Kopf. »Keine Ahnung.«

Am Tresen der *Laterne* hatte Matzbach eben die Hälfte seines zweiten kleinen Guinness erreicht, als Yü erschien. Er wirkte unruhig, weigerte sich zu trinken und wollte sehr schnell Richtung Brenig aufbrechen. Baltasar leerte sein Glas, zahlte und folgte dem Chinesen zum halb um eine Litfaßsäule gewickelten Rover.

»Mann, was treibt dich denn?« sagte er, als er auf dem Beifahrersitz Platz nahm.

Yü schnaubte. »Du wirst es verstehen, wenn ich berichtet habe. Ich muß jetzt etwas Unverzeihliches tun.«

»Ego te absolvo. Was hast du vor?«

Yü steuerte Richtung Stadtmitte. »Zusammengefaßt, Details später? Na schön.« Er holte tief Luft. »Ich habe den Abend mit Transvestiten, Schwulen, Lesben, Sadomasos und Nekrophilen verbracht, viele interessante Einzelheiten über die Verfahrensmöglichkeiten gehört; zwischendurch hatte ich reichlich vegetarischen Umgang. Erstaunlich, wie viele Angehörige all dieser Gruppen an missionarischem Eifern und Geifern leiden. Ich will jetzt nur noch zweierlei – einen unverzeihlichen Big Mac und ein bißchen ganz gewöhnlichen Sex.«

Matzbach kicherte. »Alles gegönnt. Ich nehme nur an, so gewöhnlich wird's nicht werden. Wie ich euch kenne, mußt du doch Dany eingehend und anregend berichten.«

Yü verfluchte halblaut den Herrn der Cityringe, nahm die Ampel vor der Viktoriabrücke bei Tieforange, bog üppig quietschend vom Kaiser-Karl-Ring in die Kölnstraße ein und sagte:

»Edler Besitzer eines brauchbaren Wagens, magst du die Selbstverleugnung so weit treiben ...?«

Baltasar ächzte theatralisch. »Ist gut, Junge. Ich kann nur hoffen, daß mich niemand erkennt. Halt gegenüber; ich besorg dir dein Pfund Fleisch.«

»Versuch mal, es ohne falsche venezianische Zitate zu kaufen; man verstünde dich dort nicht.«

Zu Matzbachs Erstaunen schaffte Yü es, beim Fahren zu essen, ohne sich zu bekleckern. Er hielt die dubiose Speise in der rechten Hand, lenkte mit links, und Matzbach übernahm wortlos das Schalten. Zwischendurch sagte Yü, vollmundig:

»Willst du dir nicht endlich mal einen Wagen mit Automatik anschaffen?«

»Nein.« Es klang herb und unwiderruflich. »Auch keine Kaffeemaschine und keine Hoden-Elektroden samt Virtualmasturbator. Ein paar Dinge verlieren wirklich jedes Aroma, wenn ...«

Yü schluckte. »Geschenkt. Also ...« Er leckte sich die Finger, betrachtete die Hand im Licht eines entgegenkommenden Wagens und begann mit der Langfassung seines Berichts.

Er hatte Don Red Horse besucht, der – wenn er nicht gerade seinem Chef die Tür öffnen mußte – in Shorts auf dem Bett lag und in die Glotze schaute. Die Schürfwunden waren fast verheilt, und der Cheyenne dankte leicht verwundert für die Anteilnahme. Danach war Yü in Kneipen, Kellern, Hinterzimmern und Schuppen versackt.

»Substantielles ist also kaum herausgekommen«, sagte Yü schließlich, als sie schon fast Hermines Gehöft erreicht hatten. »Bis auf diese zwei Dinge – Albos abgelegter Gespiele und die Gewaltverzichtserklärung der beiden Weganer.«

»Ich mißtraue heiligen Eiden.« Matzbach trommelte mit den Fingernägeln gegen die Scheibe der Beifahrertür. »Immerhin, wenn du sagst, sie klingen völlig überzeugend ... Na schön, also keine echten Weganer, die uns da versenken wollen. Sieht jedenfalls so aus. Und der Gespiele ... Aber gesehen hat er den geheimnisvollen neuen Liebhaber von Albo auch nicht, oder?«

»Einmal nachts, von weitem. Groß, schlank, kraftvoller Gang, so etwas. Und eben Albos Auskunft über sensationelles Mundwerk und sensationellen Umgang mit Schnüren und Knoten und Leder.«

»Irgendwas Besonderes?«

Yü dachte einen Moment nach. »Irgendwas mit besonders schicken Gleitknoten, oder wie immer man das nennt. Hände, Füße, Gemächt und Hals so verbunden, daß ohne direkten Würgeschmerz Erstickungsgefühle den Abgang noch abgängiger machen.«

»Ja ba da ba du«, sagte Baltasar.

Am Montag, kurz vor dem Aufbruch gen Luxemburg, erwischte Matzbach endlich Tobias Neumann, dem er telefonisch eine Reihe von Telefonaten aufbrummte. Hermine und Zaches würden die Stellung in Brenig halten; der Zwerg wollte ausschlafen, und Hermine wollte einen »ephemeren Euphemismus« schnitzen, wie sie sagte. Dabei blickte sie flüchtig auf Baltasars Leibesmitte. Yü und Dany verschwanden mit Rapunzels Golf, um Danys Golf einzusammeln und später beide Gölfe am Rheinufer abzustellen.

Matzbach steuerte den Rover zur Eifelautobahn nach Blankenheim; die Landstraße Richtung Bitburg-Prüm-Luxemburg nahm er vorsichtig in Angriff, weil Rapunzel plötzlich die Lehne des Beifahrersitzes zurückkippte und »versäumten Schlaf nachholen« wollte.

Die Geschäfte in Luxemburg gingen glatt und verblüffend. Alberich Schmidt hatte bei vier Banken (die Mutterhäuser standen in Andorra, San Marino, Vaduz und Nassau) Konten unterhalten. Die Summe der Einlagen einschließlich aufgelaufener Zinsen belief sich auf etwas mehr als 2,7 Millionen DM. Die betäubte Rapunzel, von Baltasar immer wieder liebevoll angeschubst, hatte dank ihrer Zeichnungsberechtigung und des Totenscheins keine Probleme, über das Geld zu verfügen. Bei allen vier Banken eröffnete sie neue Konten, ließ Albos Guthaben auf diese übertragen und die alten Konten löschen. Von jedem Konto hob sie dabei 30000,– DM »in kleinen gebrauchten Tausendern« ab, benannte Hermine Päffgen, Matzbach und ihre Kinder als verfügungsberechtigt, ließ Baltasar alles mit unterschreiben, lud ihn – noch immer fassungslos – zu einem Essen ein, von dem sie kaum etwas zu sich nahm, und verbrachte die Heimfahrt in stummem Grübeln. Matzbach hütete sich, sie dabei zu stören; zwar hätte er gern gewußt, was sie mit den 120000,– DM anzufangen plante, die ihre Handtasche blähten, aber seine Gedanken irrten immer wieder zu anderen Fragen ab, schweiften eher durch Bonn, Paderborn und das

Hinterland von Detmold als durch Luxemburg. Als Rapunzel sich irgendwann für ihr Schweigen entschuldigen zu müssen glaubte, tätschelte er ihr sanft das linke Knie.

»Keine Sorge, Herzchen. Wie Yü behauptet, hat Mencius alias Meng-tse mal gesagt, Glücksfälle wie den Untergang einer Dynastie, die Überschwemmung, die die Sippe deines Feindes dahinrafft, oder sich einstellenden unverhofften Reichtum solle man schweigend genießen.«

»Ich genieße gar nicht«, sagte sie; es klang beinahe verdrossen. »Ich frage mich, was Albo angestellt hat, für diesen Haufen Knete.«

»Auch dazu sagt Mencius etwas. ›Den Haufen, der beim formlosen Abschied des Diebes auf deinem Seidenteppich verbleibt, solltest du dankbar hegen; die Bewirtung des Jadekaisers und seines Hofstaats, deren Besuch dir erspart blieb, wäre teurer gewesen‹.«

»Hach!« sagte Rapunzel.

Für die Rückfahrt via Autobahn Trier-Koblenz brauchten sie eineinhalb Stunden. Kurz vor vier setzte Baltasar Rapunzel in Brenig ab. Hermine übergab ihm zu treuen Händen einen Kuß und die Information, daß Kimberley aus New York am Donnerstag früh in Düsseldorf landen würde.

12

Mancher glaubt, er könne über Metaphysik reden; aber er würde sie nicht erkennen, wenn er sie in seiner Suppe fände.

IDRIES SHAH

Die vollkommen sinnlose, nur als Schikane und Verwarnung zu wertende Einvernahme durch HK Ludewig verdrängte Matzbach ebenso wie die Anweisung, »keinen Furz zu lassen, ohne daß Sie uns zuerst Bescheid sagen«, und die freundliche Aufforderung, sich »wie der Scheißzivilist zu benehmen, der Sie ja sind, und das Wühlen in der Kacke den Profis zu überlassen, klar?« Baltasar nickte lediglich höflich und bat um Auskünfte über die im Präsidium verwendete Klopapiersorte. Auf der Fahrt zur *Spelunke* dachte er zahlreiche liebevolle Gedanken in Richtung Freiberg, dessen Qualitäten erst in Abwesenheit der Person wahrhaft unübersehbar wurden. Ludewig war kein Freiberg, und im Moment gab es, wie Baltasar mit leisem Keckern vor sich hin murmelte, »kein Freibier für Matzbach«. Andererseits war er beinahe froh darüber; ohne Rücksicht auf Walter Freiberg würden sich etliche Gesetze leichter brechen lassen.

In der *Spelunke* war Flaute, noch oder schon. »Montagsmäßig«, sagte Yü; Matzbach schnaubte und deutete auf das Büro. Sie nahmen Kaffeebecher mit; Yü schloß die Tür sehr sorgfältig.

»Ich werde«, sagte Baltasar, »gleich versuchen, meinen Freund den Hacker zu erreichen, und ein paar andere. Laß uns aber zuerst...«

Yü unterbrach. »Nein, zweitens. Ich nehme an, was Hugo Hacker sagt, sollte bedacht und beredet werden. Also nicht zuerst reden.«

»Die Weisheit des Ostens«, knurrte Matzbach.

Der Hacker meldete sich beim vierten Klingeln. »Ah du«, sagte er. »Mittelmäßige Beute. Soll ich losschießen?«

»Aber bitte doch.« Matzbach hielt den Hörer ein wenig vom Ohr weg, so daß Yü, der auf der Schreibtischkante hockte und sich vorbeugte, mithören konnte.

»Der Kandidat«, sagte der Hacker, »kostet dich noch mal zwei Riesen.«

»Okay.«

»Gut. Willst du alle Einzelheiten?«

»Hilfe, nein; Überblick.«

»Ah ja. Na schön. Also: Es gibt an die zwei Dutzend Konten, einige schwer mit ihm zu verbinden. Zum Beispiel, abstrakt gesagt, gehört Konto elf einer Firma für Gastronomiebedarf, die Firma wiederum gehört Konto siebzehn, Konto siebzehn gehört einer GmbH mit Minimalkapital, die keine Gehälter zahlt und nichts tut. Der Geschäftsführer heißt Erler. So ungefähr. Klar?«

»So weit, so unklar.«

Der Hacker kicherte. »Der Mann ist pleite, und zwar gründlich. Allerdings spielen die Banken wohl bisher mit. In den letzten Monaten hat es einige große Überweisungen auf ein Konto bei einer Commerzbank-Filiale in Köln gegeben, alle mit dem Vermerk ›Laut Rechnung vom ersten April‹. Da mußte ich« – er räusperte sich – »einen Kollegen bemühen, richtiges *whiz kid*, weil ich nicht über eine Sperre weggekommen bin. Oder rumgekommen, egal. Wir haben ein paar Stunden gebraucht, um da weiterzukommen.«

Er brach ab; Matzbach seufzte lautlos und sagte: »Toll gemacht, Junge; ich bin dir wirklich dankbar.«

»Hm. Also – Empfänger ist eine Firma namens KKK –«

»Wie Kölner Klüngel Kumpels? Ku Klux Klan?«

»Genau. Die versorgt Teile der Kölner Kneipenwelt mit Spielautomaten, gehört wieder einer anderen Firma, die an etlichen Kneipen und Striplokalen beteiligt ist. Das geht so weiter; die nächste Kette. Am Ende steht ein Typ namens Müller, wie Wanderlust.« Lange Pause. »Und von dem, heißt es, sollte man die Finger lassen.«

Matzbach sonderte höfliche und geziemend dankbare Geräusche ab und versprach, in den nächsten Tagen den Rest bar vorbeizubringen. Der Hacker erkundigte sich, ob es in der *Spelunke* auch Cola gäbe; als Matzbach ungern bejahte, sagte er, er werde in etwa zwei Stunden vorbeikommen, falls Bargeld verfügbar sei.

»Ist verfügbar. Noch mal danke, und bis alsdann.«

Yü betrachtete den aufgelegten Hörer, grunzte leise und ging zu den Sesseln vor dem Schreibtisch. Er ließ sich nieder, trank aus dem Becher, stellte ihn auf die Tischplatte; erst dann sah er Matzbach an.

»Unverhoffter Reichtum an Fährnissen hat sich eingestellt«, sagte er. »Wir sollten uns anschnallen, das Rauchen einstellen und die Kotztüten bereithalten.«

Baltasar bleckte die Zähne, lehnte sich zurück, legte ein Bein auf den Schreibtisch und zündete eine Panatela an. »Gebt mir Eure Deutung, Herr.«

»Albo«, sagte Yü langsam. »Durch ein Mißgeschick verliert er Lust und Leben. Der unabsichtlich Schuldige läßt die Leiche nicht einfach liegen, sondern beschließt sie zu nutzen.«

»Motiv?« knurrte Baltasar.

»Knete?« Yü hob die Schultern. »Oder rätselhafte Formen des Zorns? Wer weiß schon, was da alles vorgeht. Bei der von ihm gewählten Form der Leichennutzung – bleiben wir mal so abstrakt, ja? – wird er beobachtet. Sagen wir, er hat zwei Ziele: Leiche beseitigen und Geld eintreiben. Erler erfährt von der Beobachtung, schaltet sich ein, beteiligt sich an der Nutzung der Leiche, ebenfalls mit mindestens zwei Zielen: Er will die *Spelunke*, und er will – reine Mutmaßung, klar – aus den Klauen des edlen Herrn Müller oder KKK in Köln heraus, dem er offenbar Geld schuldet. Bietet dir, also uns, steigende Beträge für das Boot und setzt uns unter Druck, indem er Anschläge inszeniert.«

»Die vermutlich weitergehen werden.« Baltasar paffte und ließ eine Art wabernden Rettungsring aufsteigen. »Es wäre arg auffällig, damit aufzuhören, nachdem wir kapituliert haben.«

»Just. Um dich vom Denken abzuhalten und dir den Ausstieg zu erleichtern, schickt er dir Kunden mit komplizierten Fällen.«

»Nicht sehr kompliziert; aber es stimmt schon, das ist Zuckerbrot und Peitsche. Ich nehme an, vor allem soll ich so beschäftigt werden, daß ich nicht dazu komme, mir Gedanken über die Affäre *Spelunke* zu machen. Du hast dich ja immer diskret zurückgehalten, um den Service gekümmert; Erler geht offenbar davon aus, daß ich alles andere mache, rechnet deshalb nicht mit dir. Böser Fehler.« Er grinste. »Man sollte niemals den Chinesen im Spiel übersehen.«

Yü reagierte nicht; er starrte in die Luft über Matzbachs Kopf.

»Überweisung?« sagte Baltasar. »Scheck? Bar?«

Yü schüttelte den Kopf. »Das ist der zweite Schritt. Bleib noch einen Moment bei Erler. Uns kann es gleich sein, ob er wirklich selber dringend die *Spelunke* haben will, aber andererseits sollten wir die Anzahl der Tischgäste bedenken. Und – habe ich das schon gesagt? – der Tisch, über den wir Erler ziehen wollen, muß gut gedeckt und fest verankert sein.«

Baltasar schloß die Augen. »Gründlich pleite heißt nicht, daß er kein Geld mehr von den Banken kriegt, wenn er was nett Papierenes vorlegt. Er hatte aber einen feinen Bentley, an dem sein vermeintliches Herz hing, und den haben Leute, möglicherweise aus Köln, ihm weggenommen. Vielleicht konnte er doch nicht so schnell irgendwas flüssig machen, ja?«

»Konfuzius sagt, wenn dich einer würgt, sieh nach, wer *ihn* würgt; es mag nicht helfen, aber du stürbest dann im Zustand des vermehrten Wissens.« Yü gluckste. »Unser Wissen ist gering, alter Herr Matzbach. Nur eine Hypothese: Erler schuldet Herrn KKK aus Köln etwas, oder hat was Böses getan und wird nun von KKK gewürgt. Um sich aus dem Griff zu winden, bietet er ihm ein Restaurantboot an, das man zu Puffcasino und Opiumhöhle ausbauen könnte. KKK schießt ein bißchen zu, und Erler und KKK betreiben es dann zusammen. Welche Sorte Geld – oder welche Farbe des Geldes? Schwarz?«

»Sagen wir dunkelgrau.« Baltasar seufzte. »Eher bar als unbar, denke ich. Man muß sich wappnen.«

»Der Verkäufer«, sagte Yü gedehnt, »muß nicht unbedingt weiterleben, damit der Kontrakt rechtsgültig wird.«

»So daß sich die Frage stellt, ob wir eine sichere Überweisung haben wollen, einen möglicherweise ungedeckten und nach dem Ableben der Verkäufer zerreißbaren Scheck, oder riskantes Bargeld. Klartext, gelber Gefährte: Sollen wir, mit den nötigen Vorsichtsmaßnahmen, das Spiel namens Über-den-Tisch-Ziehen betreiben, oder wollen wir wahrlich aufgeben?«

Yü leerte seinen Kaffeebecher und stand auf. »Das bürgerliche Leben, sagt Meng-tse, verbindet relative Sicherheit mit absoluter Langeweile. Ich bin für Entertainment.«

Als Yü das Office verlassen hatte, rauchte Matzbach die Zigarre zu Ende, grübelte dabei und stieß hin und wieder seltsame Geräusche aus. Dann griff er zum Telefon. Erlers Nummer war besetzt. Zwei andere Nummern dagegen nicht: Der mit Blick auf Paderborns Dom gestrafte Exjournalist war bereit, Besuch zu empfangen, wußte gleich, wovon Matzbach redete, und versprach, seine Gedanken aus der Ablage zu holen.

Und ein außerhalb von Paderborn wohnhafter Professor der Philosophie war im Moment verhindert (Matzbach interpretierte dies als Klo oder Badewanne), die Haushälterin sagte jedoch, er werde am folgenden Abend zweifellos zu Hause sein und bereit, einen ehemaligen Kommilitonen zu empfangen, und wie denn bitte dessen Name sei? Baltasar sagte, es solle eine Überraschung werden; dann hängte er ein.

Beim vierten Versuch erwischte er endlich Rüdiger Erler. Dauer und Herzlichkeit der Begrüßung hielten sich in Grenzen; Erler kam gleich zur Sache.

»Sie beide haben eins Komma acht reingesteckt, nicht wahr? Ich biete eins Komma neun – letztes Angebot, nicht verhandelbar und nicht durch Feilschen zu erhöhen.«

Matzbach schwieg fast eine halbe Minute lang. Erler hatte gute Nerven, schwieg ebenfalls, räusperte sich nicht einmal.

»Na schön«, sagte Baltasar schließlich. »Wann und wie?«

»Wie hätten Sie's denn gern?«

»Notartermin, Überweisung; Übergabe, sobald das Geld da ist.«

Erler klackte mit der Zunge. »Wollen Sie unbedingt den Staat beteiligen?«

»Den Staat«, sagte Matzbach, »der in Börsen und Betten hineinregiert und von Wegelagerern übernommen wurde, will ich nicht beteiligen. Er bietet aber eine gewisse Sicherheit. Zwei Sicherheiten, genauer. Erstens die des überwachten Bezahlens, zweitens die des gnadenlosen Schröpfens. Ich weiß nicht, ob erstere Sicherheit mir nicht zweitere wert sein sollte.«

»Hm.«

»Haben Sie eine bessere Idee?«

»Ja. Passen Sie auf.« Erler holte Luft. »Ich habe gerade eine kleine Portion Geld herumliegen, das nicht unbedingt durch einsehbare Bücher gehen sollte. Läßt sich also schlecht überweisen. Andererseits« – er zögerte einen Moment – »ist überweisbares Geld ein bißchen, uh, knapp.«

»Wie hatten Sie sich das denn vorgestellt? Kleine Bootsfahrt mit Übergabe von Bargeld und Festmahl?«

»Erbsensuppe reicht. Ja, so ungefähr. Wie wär's mit dem Wochenende?«

Matzbach machte eine Pause, als ob er fürchterlich überlegen müßte. »Njaaa... Hm. Samstag? Gegen sechs? Fahrt nach, sagen wir, Linz, bis dahin Mampfen und Geldzählen, dann, falls wir uns geeinigt haben, Übergabe des Boots, und Sie steuern zurück nach Bonn? So in der Art, nett dramatisch?«

»Bleiben Sie ernst, Mann. Aber eigentlich keine schlechte Idee.«

»Also alles dunkelgrau bis schwarz, ja? Und wie rechtfertigen wir das alles? Ich nehme an, irgendwann in den nächsten Jahren wird doch jemand wissen wollen, wieso eigentlich das Boot den Besitzer gewechselt hat, und wozu beziehungsweise wofür.«

Erler lachte trocken und kurz. »Wir machen einen sauberen Vertrag, legal und dem Finanzamt eingängig.«

»Über das Aushändigen illegaler Gelder? Sie scherzen.«

»Keineswegs. Passen Sie auf. Sie kriegen Knete, bringen meinetwegen ein Prüfgerät mit; es sind keine notierten Scheine, niemand sucht sie, sie können nur nicht auf *meinem* Konto auftauchen, klar? Sobald *Sie* das Geld haben, ist es sauber. Und wir machen einen Vertrag. Sie händigen mir darin das Boot aus, im Austausch gegen neunundvierzig Prozent Beteiligung an meiner Architekturberatung. Die Ende nächsten Jahres mit abschreibbaren Verlusten in Konkurs geht.«

Baltasar bedachte dies eine Weile, dachte nebenher noch drei andere Gedanken zu Ende. »Na gut«, murmelte er schließlich. »Und wie ist es mit der unmittelbaren persönlichen Sicherheit? Wie viele Bodyguards bringen Sie mit?«

Erler kicherte. »Bodyguards? Hab ich das an Bord Ihres Äppelkahns nötig? Wie viele werden Sie sein?«

»Bah – fünf? Vielleicht sechs.«

»Dann komm ich auch zu sechst. Ich bring einen mit, der den Kahn lenken kann, legal. Für die Rückfahrt von Linz.«

»Ah, übrigens.« Matzbach sagte es betont beiläufig. »Die nächsten drei Tage bin ich unterwegs, wegen der Klienten, die Sie geschickt haben. Danke auch.«

»Ach, hat's geklappt? Freut mich.«

»Klaut mir nur im Moment Zeit, aber … na ja. Wenn noch was ist, halten Sie sich an Yü, okay?«

Später, kurz vor dem Schließen, nahm Baltasar noch einmal Don Red Horse beiseite und fragte, ob ihm etwas eingefallen sei hinsichtlich alter oder neuer Feinde, aber der Cheyenne schüttelte den Kopf.

»Nix da, Boß. Die alten Feinde, die ich hab, würden mir bei lebendigem Leib das Fell abziehen oder mich skalpieren oder so, aber von denen bastelt keiner Autobomben. Ich weiß auch nicht weiter. Außer es ging gegen den ganzen Laden hier, und mein oller Pickup war zufällig das einzige, was die identifizieren konnten. Wer auch immer *die* sind.«

Auf die widerliche rote Schmiererei an seiner Wohnungstür (die zu beseitigen der Hausbesitzer offenbar ihm überließ) hatte jemand einen Zettel geklebt, mit Maschine beschrieben:

> IN DER SPELUNKE
> ZUR ALTEN UNKE
> DA IST DEMNÄCHST SENSE, DU ARSCH!
> IN DER SPELUNKE
> ZUR ALTEN UNKE
> DA GIBTS NUR EINS: VERPIß DICH, MARSCH!

Daß dort zwischen Großbuchstaben das kleine *ß* statt zweier großer *s* stand, irritierte ihn, obwohl er diese Barbarei in letzter Zeit oft genug auf Plakaten gesehen hatte. Er verdrängte die Irritation jedoch; es gab Wichtigeres zu bedenken als Rechtschreibung und Ästhetik. Matzbach begrübelte die Reihenfolge der Vorfälle, bis er einschlief. Besonders bedachte er jene Happenings, die nicht zu den übrigen paßten.

Am Dienstag traf er, wie verabredet, kurz nach neun Uhr morgens Tobias Neumann vor der Behausung des verblichenen Professors Carlo.

»Wie bist du bloß *darauf* gekommen?« sagte Neumann, während er die Tür aufschloß.

»Dir auch einen recht angenehmen Morgen.« Matzbach schob den Autobastler vor sich her ins weiträumige Studierzimmer.

»Heidegger«, sagte er dann. »Und ein böser Schnitzer. Mir fehlt aber noch was. Play it again, Sam.« Er ließ sich in den nächststehenden Ledersessel fallen und wies auf die Musikanlage.

Tobias hob die Schultern, schob die Kassette ein und regulierte die Lautstärke. Wieder lauschten sie dem unerträglich näselnden Schwaben, der mit Beinahe-Falsett einen hermetischen Text vortrug. Nachdem er sich das ein paar Sekunden angehört hatte, nickte Matzbach.

»Gut«, brüllte er, um die Deklamation zu übertönen. »Das reicht.«

Neumann drückte die Stopptaste. »Mir reicht's schon lange, aber darf ich jetzt mal irgendwas wissen?«

»Langsam. Sag mir zuerst, ob du was erreicht hast, telefonmäßig, in Sachen Auto?«

»Hab ich. Ein Schrottplatz bei Hilden.«

»Sehr fein. Und können wir ran?«

»Kein Problem. Von wegen Kollege aus der Branche und so. Also?«

Matzbach wickelte langsam, umständlich, eine Davidoff aus, zündete sie zeremoniell an und paffte. Erst danach räusperte er sich und begann zu reden.

»Ich habe immer gesagt, die unwahrscheinlichen Zufälle sind auf meiner Seite, arbeiten *für* mich, aber so unwahrscheinlich zufällig wie bei dieser Sache war es noch nie.« Er rümpfte die Nase und blies Rauch in Richtung Schreibtisch. »Deshalb macht es fast keinen Spaß, ehrlich gesagt.«

Neumann ging aus den Rauchschwaden zur Fensterbank, lehnte sich gegen die Kante und stöhnte. »Nun bin ich schon sehr viel klüger. Mann, komm doch endlich zur Sache!«

»Heidegger«, sagte Matzbach; es klang nun fast wie ein Mantra. Er zog gefaltete Blätter aus der Innentasche seiner hellen Leinenjacke. »Dein seliger Onkel mochte Heidegger nicht, hat ihn schon damals, als wir alle so taten, als ob wir studieren wollten, ziemlich gründlich gehaßt. Trotzdem hat er fürs Wintersemester eine Vorlesung über Heidegger angesetzt und vorbereitet.« Er klopfte auf die Papiere. »Das hier lag auf dem Schreibtisch, wie du dich erinnern wirst.« Er suchte ein Blatt aus dem Wust und las laut, energisch, mit ironischem Unterton: »›Allgemeines Geschwätz erspart einem das Denken, dessen mutmaßliche Ergebnisse es bereits voraussetzt. Sprache, wesentliches Kennzeichen der menschlichen Existenz und Mittel der Welterkenntnis, kann zu Geschwätz verfallen, Welt und Existenz vernebeln statt zu erhellen. Das geschieht ohne Absicht des Schwätzenden, geschieht gewissermaßen automatisch…, und wenn wir zugunsten einer Zusammenfassung auf die weitere Übersetzung verzichten, finden wir in diesem Passus die Kernaussage: *Wer schwätzt, denkt nicht.* Fürwahr eine tiefe Erkenntnis‹.«

Tobias Neumann stöhnte abermals und nickte. »Ich erinnere mich, leider. Und, was ist damit?«

Matzbach grinste, steckte die Zigarre in den rechten Mundwinkel und reichte Tobias ein Blatt. Es war eine Fotokopie. »Lies das mal, laut.«

Neumann nahm den Wisch und hielt ihn mit langen Armen und spitzen Fingern, als ob er sein Gesicht in Sicherheit bringen wollte für den Fall, daß die Buchstaben vom Papier aufstünden und kleckernd in der Gegend herumflögen.

»›Das Gerede, das jeder aufraffen kann, entbindet nicht nur von der Aufgabe echten Verstehens, sondern bildet eine indifferente Verständlichkeit aus, der nichts mehr verschlossen ist. Die Rede, die zur wesenhaften Seinsverfassung des Daseins gehört und dessen Erschlossenheit mit ausmacht, hat die Möglichkeit, zum Gerede zu werden und als dieses das In-der-Welt-sein nicht so sehr in einem gegliederten Verständnis offenzuhalten, sondern zu verschließen und das innerweltlich Seiende zu verdecken. Hierzu bedarf es nicht einer Absicht auf Täuschung. Das Gerede hat nicht die Seinsart des *bewußten Ausgebens* von etwas als etwas. Das bodenlose Gesagtsein und Weitergesagtwerden reicht hin, daß sich das Erschließen verkehrt zu einem Verschließen. Denn Gesagtes wird zunächst immer verstanden als »sagendes«, das ist entdeckendes. Das Gerede ist sonach von Hause aus, gemäß der ihm eigenen *Unterlassung* des Rückgangs auf den Boden des Beredeten, ein Verschließen. Dieses wird erneut dadurch gesteigert, daß das Gerede, darin vermeintlich das Verständnis des Beredeten erreicht ist, auf Grund dieser Vermeintlichkeit jedes neue Fragen und alle Auseinandersetzung hintanhält und in eigentümlicher Weise niederhält und retardiert.‹ – Ich sehe eine gewisse Ähnlichkeit«, sagte er zögernd. »Aber ich verstehe nichts. Was ist das hier?«

»Das Original.«

»Und das, was du eben gelesen hast? Was Onkel Carlo geschrieben hat? Eine Zusammenfassung, oder was?«

Matzbach blinzelte. »Könnte man fast sagen. Oder nicht? Nein, eigentlich nicht. Es ist keine Zusammenfassung, es ist mehr. Und schlimmer, je nachdem, wie man es nimmt. Es ist so etwas wie eine Übersetzung von Heidegger ins Deutsche.«

Neumann ließ den Bogen sinken und starrte Matzbach an. »Übersetzung? Ins Deutsche? Was hat Heidegger denn geschrieben?«

»Tja tja tja. Das ist es ja. Nach Meinung deines ehrwürdigen

Onkels – nett formuliert in den Vorlesungsentwürfen – war Heidegger unfähig, sich der deutschen Sprache angemessen zu bedienen. Nicht als einziger, übrigens. Es gibt da in den Vorlesungsentwürfen ein paar hübsche Passagen über Hegel und Kant, bleistiftsweise. Kant, schreibt Carlo, hat auf Latein gedacht, wie die meisten Wissenschaftler seiner Zeit, und als er es dann aufschreiben wollte, war er nicht imstande, es richtig aufs Papier zu bringen. Er hat gewissermaßen im Kopf aus dem Latein ins Deutsche übersetzt und dabei den lateinischen Satzbau und lateinische Redewendungen übernommen. Das macht den Text im Deutschen sehr sperrig. Wenn man, schreibt Carlo, etwa eine gute englische Übersetzung der *Kritik der reinen Vernunft* nimmt, bei der dieser ganze lateinische Krimskrams anständig wegübersetzt wurde, kann man Kant beinahe wie Prosa lesen.«

»Aha.« Neumann runzelte die Stirn. »Wahnsinnig aufregend. Und was hat das mit Heidegger zu tun?«

»Heidegger hat, Carlo zufolge, überhaupt kein Deutsch gekonnt und sich deswegen mit Gedanken herumgeschlagen, die, anständig formuliert, des Formulierens kaum wert sind, die er aber für weltbewegend gehalten hat, weil sie in seinen Formulierungen so unzugänglich waren, daß sie allein *wegen* ihrer schieren Unverständlichkeit bedeutend sein mußten. Das ist wie mit des Kaisers neuen Kleidern – nichts zu sehen, aber alle sagen ›toll‹, damit man sie nicht für die Trottel hält, die sie sind.« Matzbach kicherte plötzlich. »Ich glaube, diese Formel stammt von meinem alten Lateinlehrer, der irgendwann, als jemand einen lateinischen Satz völlig unverständlich übersetzt hatte, mit Heidegger ankam. ›Das, was Sie da gerade verbrochen haben, Dingsbums, könnte von Heidegger sein. Der sagt solche Dinge wie ›Die partielle Negation im dermato-bovinen Fundament der Mobilitätsaccessoires, nein, Mobilitätsakzessorien des noch nicht der Mäeutik gewärtigen Gefäßes der Filial-Emanation des Absoluten Seins‹.«

»Häh?«

»Genau, häh. ›Womit‹, sagte mein Lateinlehrer weiterhin, ›Heidegger nichts anderes hat sagen wollen als ›Das Loch in der rindsledernen Schuhsohle der schwangeren Muttergottes‹. Und dann fügte er mit einem bissigen Lächeln hinzu: ›Wer von Ihnen, meine Herren, etwa meint, in dieser Form Sallust übersetzen zu dürfen, der kriegt von mir die Sechs, die Heidegger in Deutsch verdient hätte‹. Den Vorlesungsnotizen zufolge ist auch dein verblichener Onkel ziemlich genau dieser Meinung gewesen. Und um nachzuweisen, daß diese Sperrigkeit nicht etwa hochgeistig und wertvoll und weiß der Geier was noch ist, sondern einfach Impotenz, sprachliche und gedankliche Impotenz, hat dein nie ausreichend zu preisender Onkel begonnen, Heidegger ins Deutsche zu übersetzen. Damit man sieht, daß hinter dem Stacheldraht der Wörter nichts steckt als verblasener Kokolores.«

Neumann hob die Schultern. »Na und? Interessiert das irgendwen?«

»Nur die Fachleute, aber die sehr.« Matzbach kniff die Augen zu Schlitzen. »Sagen wir mal... Nee, andersrum. Wenn du morgen etwas gegen Karies entdeckst, sind übermorgen alle Zahnärzte pleite, klar?«

Neumann nickte; er schaute nun schon viel interessierter drein.

»Die Profs haben fast alle irgendein Spezialgebiet. Nun stell dir mal vor, du wärst Philosophieprofessor und berühmt für deine bedeutenden Heidegger-Kenntnisse. Und dann kommt ein Carlo Neumann und weist nach, daß das alles Unfug ist.«

Tobias grinste plötzlich. »Klar. Dann bin ich in den Arsch gekniffen. Der gute Carlo macht mich lächerlich, weil ich den Unfug so lange ernstgenommen hab, ja?«

»Und damit ruiniert er deinen Ruf. Du bist dann zwar nicht pleite, weil du ja Beamter auf Lebenszeit bist, aber die Kollegen werden kichern, wenn sie dich sehen, und du mußt dir ganz schnell was anderes ausdenken.«

»Aber wie bist du darauf gekommen?«

Matzbach zuckte mit den Schultern. »Ein ganzer Haufen Dinge. Erstens mal zuviel Heidegger für einen, der weiß, daß Carlo Heidegger nicht mochte. Zweitens – Carlo ist in Reutlingen aufgewachsen und geflohen, so bald es ging. Unter anderem, weil er den Dialekt nicht ertragen konnte. Auch das weiß man nur, wenn man's zufällig weiß. Ich sag ja, die unwahrscheinlichen Zufälle... Und Carlo soll sich ausgerechnet ein Stück Heidegger ausgerechnet auf Schwäbisch anhören? Nimmer. Auch noch mit Störsender im Recorder...«

Neumann schwieg einen Moment. »Was machen wir eigentlich hier?« sagt er dann. »Das hättest du mir doch alles unterwegs erklären können.«

»Ich wollte die entzückende Schwäbelei noch mal hören. Etwas nachsehen. Und die einzelnen Punkte beziehungsweise Funde durchgehen, einfach so, um sicher zu sein, daß wir nichts übersehen haben.«

»Was willst du nachsehen?«

Matzbach stemmte sich aus dem Sessel und ging zu einem der Regale. »Nachsehen, ob Carlo ein paar Publikationen von Professor Huber besitzt.« Er wanderte zum nächsten Regal, grunzte, zog einen Band heraus, blätterte und kicherte. »*Dä*, wie die alte Dame sagte, als ihre uneheliche Tochter einen Bastard gebar. Kuck mal.«

Neumann löste sich widerstrebend von der Fensterbank und kam herüber. Er nahm den Band und betrachtete die Titelseite. »Nette Widmung. ›Da, du altes Arschloch, damit du es endlich kapierst.‹ Ist das der übliche Umgangston unter Profs?«

»Frag mich nicht, ich war nie einer.« Matzbach klappte das Buch zu und stellte es zurück.

»Partielle Negation«, murmelte Neumann; er schien in sich hineinzulauschen.

»Was ficht dich an?«

Neumann zog den Inhalt seiner Nase hoch. »Ich hab da doch ein bißchen Probleme, je länger ich drüber nachdenke. Ich mein, das interessiert doch nun wirklich keine Sau und hat nix mit dem Leben zu tun, oder? Irgendwie kann ich mir nicht vorstellen, daß man deswegen einen umbringt.«

Matzbach nickte, mit einem sehr freundlichen Lächeln. »Du legst den Finger auf einen vereiterten Pickel, Junge. Es hat wirklich nur Bedeutung für Zunftgenossen, nicht für die Welt allgemein. Aber für die Zunft dafür um so mehr.«

»Trotzdem.« Neumann stampfte auf. »Ist denn dieser Kram, von wegen ›partielle Negation‹ und so weiter, wirklich so viel unverständlicher als die Übersetzung von Onkel Carlo? Die Leute, für die so was bestimmt ist, verstehen es doch, oder?«

»Hmf.« Baltasar verschränkte die Arme vor der Brust und schob den Unterkiefer vor. »Jein. Sagen wir mal so: Es ist möglich, sich für die Dauer eines Gesprächs oder Vortrags darauf zu einigen, daß bestimmte Wörter anders benutzt werden sollten, weil die gewöhnliche Bedeutung für den vorgesehenen Zweck nicht ausreicht. Sagen wir, zum Beispiel, ›Loch‹. Wir wollen betonen, daß da nicht etwa ein Loch ist, sondern daß an dieser Stelle das, was ringsum ist, aufhört, ja? Also sagen wir zum Bleistift partielle Negation des Gesäßes statt Arschloch, weil es uns nicht um das Ende des Darms geht, sondern um die verwunderliche Tatsache, daß die zur Seßhaftigkeit notwendige Wölbung hier eine Unterbrechung erfährt.«

Neumann grinste. »Ist das Philosophie? Wenn ja, dann versteh ich es. Wenn nein, versteh ich es auch.«

»Gut, gut, mein Sohn. Welch linder Fortschritt durch die gnadenlose Güte der Götter. Aber weiter. So etwas kann man mit zwei oder drei Begriffen machen, auf die man sich geeinigt hat. Wenn diese Begriffe dann genannt werden, erinnert man sich an die neue Definition, die vorher erarbeitet wurde, und alles paletti. Wenn aber der ganze Text aus solchen Ungetümen besteht, kann man sie nicht *so* aufnehmen, sondern muß sie erst im Kopf zurückübersetzen. Das heißt, der ganze Vorgang ist sinnlos.

Also: Jemand, der wie alle mit Wörtern denkt, stellt fest, daß die Sprache nicht ausreicht, um die Welt eindeutig zu erfassen. Die gewöhnliche Sprache, das *Gerede*. Deshalb erfindet er eine neue, die außer ihm keiner versteht und die auch nicht aus Weltteilen, sondern aus Wörtern besteht. Angeblich drücken diese neuen Wörter viel mehr viel genauer aus, bloß muß jeder, der das hört oder liest, alles im Kopf zuerst mal in gewöhnliche Sprache rückübersetzen, klar? Irgendwann kommt man zu dem Punkt, wo man vereinbart, *Abrakadabra* heißt, ›ab sofort bestehe die Welt aus Käse‹. Wenn man dann *Abrakadabra* sagt und die Welt nicht zu Käse wird, wundert man sich. Statt sich zu wundern, könnte man aber doch gleich versuchen, sich vernünftig und verständlich auszudrücken, oder?«

»Tu das«, knurrte Tobias.

Matzbach blähte die Wangen, sagte »bah« und ging zum Schreibtisch. »Laß uns zusammenfassen: Ein schwäbelnder Heidegger, den Carlo haßt. Ein Recorder mit Störsender, der Carlos Herzschrittmacher hemmt. Draußen Fußabdrücke im Beet, hier drinnen Lehm an der Terrassentür. Das Telefon ausgestöpselt. Aber …« Er kratzte sich den Kopf.

Neumann musterte ihn von der Seite. »Was aber?«

»Wieso hat Carlo sich mit dem Rollstuhl nicht mehr bewegt? Leere Batterien sind kein Argument, er hatte ja noch die Hände. Wie kann man einen Rollstuhl blockieren, ohne Spuren zu hinterlassen? Oder gab's welche?«

Neumann machte ein leises Würgegeräusch. »Wie man's nimmt. Gestank – Darm und Blase hatten sich entleert. Der Teppichboden war unterm Rollstuhl ein bißchen gewellt. Sonst nix.«

Matzbach seufzte. »Nun ja. Na denn. Einpacken und aufbrechen?«

Beim Wegfahren (inzwischen war es fast elf) sahen sie ein paar Kinder in der Stichstraße spielen, neben der Mauer, die der Hinterlasser des Fußabdrucks bestiegen haben mußte.

»Ent- oder weder«, sagte Matzbach.

»Inwiefern?«

»Schwänzen sie die Schule, noch haben sie einen Kindergartenplatz. Zement.« Er bremste, stieg aus und rief den Kindern etwas zu. Ein paar kamen näher, schüttelten nacheinander die Köpfe und gingen wieder.

»Sie haben nichts gesehen«, sagte Baltasar. Er ließ den Rover wieder an. »Aber das macht nichts.«

»Wieso macht es nichts?«

»Na ja, es macht nur dann was, wenn du ein gesetzestreuer Bürger bist und gern den Damen und Herren von der Staatsanwaltschaft neben Steuern, Gebühren und Bestechungsgeldern auch noch ein feines, hieb- und stichfestes Dossier schenken möchtest.«

»Möchte ich absolut überhaupt keineswegs. Warum?«

»Reden wir doch mal über deine und meine Wünsche. Und über deine Telefonate.«

Die Erörterung der Wünsche nahm nicht allzuviel Zeit in Anspruch. Nachdem sie sich ohne Probleme geeinigt hatten, berichtete Neumann von seinen Telefonaten. Es sei, sagte er, nicht sehr schwierig gewesen. Nachdem das Datum und der ungefähre Ort des Unfalls feststanden, habe er sich bei der Autobahnmeisterei erkundigt, wohin zum fraglichen Zeitpunkt wohl ein Schrottwagen verbracht worden sein könnte; der Rest war dann ein Klönen unter Brüdern, Kollegen in Sachen Karosserie sozusagen.

»Du wolltest mir aber immer noch sagen, wie du auf diesen Professor Huber gekommen bist«, sagte Tobias schließlich.

Matzbach gab ein paar ärgerlich klingende Grunz- und Knurrlaute von sich. »Immer wünsch ich mir ein richtig schönes Puzzle«, sagte er dann, fast weinerlich, »und was ich kriege, als Hobbydetektiv, sind entweder chaotische Ramba-Zamba-Sachen oder unwahrscheinliche Zufälle, bei denen ich meine kleinen grauen Zellen nicht besonders anstrengen muß.«

Neumann lachte. »Wie sagt unser Oberbonze? Es kommt auf das an, was hinten rauskommt. Wenn alles klappt, kommt hinten genug raus; dann solltest du dich nicht über zu wenig Denksport beklagen.«

»Schon recht. Trotzdem. Na ja. Obwohl. Wogegen andererseits. Bah. Also. Ich bin die Papiere deines verehrungswürdigen Oheims durchgegangen und kam immer wieder bei Heidegger aus. Nicht zu vergessen die Kassette mit diesem ekelerregenden Schwaben. Plus der Störsender, der Fußabdruck und der Lehm. Dann habe ich die Liste der im Todesfall zu Benachrichtigenden betrachtet und erwogen. Und die Trauerpost gesichtet. Und, o mon dieu, es sind gewaltige Absonderungen dabei!« Er schüttelte den Kopf und starrte geradeaus, wo der Hinweis auf die Raststätte Hilden näher kam.

»Jajaja«, murmelte Tobias. »Tränen, Lügen und Videos, oder so. Da gab's doch mal nen Film.«

»*Ein* Kondolenzschreiben hat's mir richtig angetan, das von Professor Doktor Otto Huber. Erinnerst du dich?«

Neumann hob die Schultern. »Ich hab das ganze Zeug nur überflogen und weggelegt. Kucken, ob Bargeld für Kränze dabei ist, derlei. Richtig gelesen hab ich das nicht. Was willst du denn hier?«

Matzbach steuerte den Rastplatz Hilden an und bremste vor dem Teil, den er als »Freßtaurant« bezeichnete. »Kleine Stärkung«, sagte er. »Frühstück. Außerdem ist es stickig und trocken. Und wir haben noch einiges vor uns.«

Neumann nahm Kaffee und Gulaschsuppe, Matzbach ein Bauernfrühstück, Kaffee und Mineralwasser mit Eis. Kauend und schluckend ergänzte er seinen Bericht.

»Huber ist ein alter Kommilitone. Nix Besonderes; von der Sorte stehen noch mehr auf der Liste. Merkwürdig; wenn ich den Löffel abgebe, will ich nicht, daß man einen von denen benachrichtigt. Aber egal; hat wohl was mit dem Job und der Lebensgestaltung zu tun. – Huber ist Heideggerspezialist; er lehrt in Paderborn und Bielefeld, als Pendler. Die Beziehungen zwischen ihm und Carlo scheinen eng und herzlos gewesen zu sein; denk an die Widmung. Huber schreibt also an dich als Haupt-Hinterbliebenen, und er sondert ein unglaubliches Geseires ab. Wenn man den Brief auswringt, kriegt man bestimmt einen Eimer voll Krokodilstränen. Wie sehr er den Toten geschätzt hat, und gute Zusammenarbeit über Jahrzehnte, und bei allen professionellen Meinungsverschiedenheiten herzlichstes Einvernehmen, und der ganze Stuß. Und wie leid es ihm tut, daß er nicht zur Beisetzung kommen kann, weil er nämlich mit ein paar angeknacksten Rippen im Krankenhaus liegt.«

»Geschieht ihm recht; was hat er denn auch als Philosoph einen Körper!« sagte Neumann.

»Nebbich. Es ist simples, billiges Trauerpapier, schwarzer Rand und alles, und die Postille steckte im zugehörigen Trauerumschlag. Der war aber nicht normal frankiert, sondern mit einem Freistempler behandelt – dem Freistempler des Krankenhauses in Hilden. Kein Problem, was die Nachrichtenübermittlung angeht; ich nehme an, er hat mit seiner Haushälterin telefoniert, die hat die Post aufgemacht – erbrochen, ja? – und ihm vorgelesen. Da hab ich dann auch ein bißchen telefoniert. Und festgestellt, daß Huber an dem Samstag, an dem dein edler Onkel verschied, abends einen Vortrag in Wesel zu halten hatte, bei einer Gesellschaft von Hobbyphilosophen.«

»Wie kriegt man so was raus?«

»Da gibt's Zeitschriften, in denen philosophisch hochrelevante Termine bekanntgemacht werden, wie zum Beischlaf der Vortrag eines Profs Huber über Hopsen, Humbug, Heidegger. Und Leute, die derlei Gazetten lesen und sich so was merken. Unfaßbar, aber wahr. Und da frug ich mich, wie kömmt es denn wohl, ei, daß Prof Huber von Paderborn oder Bielefeld Richtung Wesel unterwegs, weit südlich seiner Route, nämlich in Hilden, im Krankenhaus liegt – zum Beispiel, als ob er über Bonn gefahren wäre. Und wie ich mich dieses frug, da fielen mir allerlei Dinge ein.«

Neumann stöhnte.

»Und zwar, daß er gut basteln konnte; hat sich damals einen Teil des Studiums damit finanziert, daß er nebenbei Radios repariert hat. Er würde also einen Störsender einbauen können. *Und* er hat riesengroße Füße. Ob er Dialekte nachmachen kann, weiß ich nicht, aber vielleicht hat er ja spaßeshalber einen aus Schwaben stammenden Studenten gebeten, längere Passagen aus *Sein und Zeit* laut zu verlesen.«

»Aha. Ist aber alles nur geraten und wahrscheinlich und so, nichts Faßbares, oder?«

Matzbach zuckte mit den Schultern. »Wen inseriert das? Uns etwa? Mitnichten. Dann hab ich noch einen mechanisch interessierten Kardiologen angerufen. Herzdokter, ja? Und gefragt, wie das mit Schrittmacher und Störsender ist.«

Neumann leerte seinen Kaffee. »Und?«

»Verschieden. Hängt vom Sender und vom Schrittmacher ab. Wahrscheinlich, sagt er, hat das Gerät relativ schnell angefangen, unregelmäßige Impulse zu geben. Höchstwahrscheinlich hat der Patient das festgestellt, ist in Panik geraten, was dem Herzen auch nicht guttut, und dann ex und hopp.«

Neumann kaute auf der Unterlippe. »Ziemlich fieses Ende, oder? Vor allem, wenn man weiß, was läuft, und man kann nichts dagegen tun.«

»Womit wir wieder bei der Frage wären: Wie wurde der

Rollstuhl blockiert?« Matzbach trank seinen Kaffee aus, nahm das Glas mit dem Rest Mineralwasser, in dem ein Restchen Eis schwamm, setzte es an den Mund, setzte es wieder ab, starrte hinein und sagte: »Heureka!«

Verloren zwischen Schrottbergen stand auf dem Hof der großen Autoverwertung ein BÜRAU genannter Wellblechschuppen. Der Hagere, der die Gefilde möglicherweise besaß, aber jedenfalls hütete, trug einen bleigrauen Trainingsanzug und eine Pudelmütze; Matzbach schätzte die Außentemperatur auf 25° im Schatten und nahm an, daß der Verwerter vor kurzem vom Äquator heim an den Rhein gekommen und noch nicht recht akklimatisiert sei.

»Nee, nee, der Waaren is noch da. Da drüben. Wat is denn bloß so toll an der Karre? Dauernd die Anrufe ...«

»Was für Anrufe?« sagte Neumann.

»Also, seit die Kiste hier is, hat der Pesitzer mindichstens zwanzichmal angerufen, ich soll dat Ding sofocht platt machen, von weejen schlechte Erinnerung. Un jetz du, ne? Von weejen auf jeden Fall stehnlassen. Wat is dann loß?«

Neumann warf Matzbach einen fragenden Blick zu; Baltasar räusperte sich.

»Wir sind Freunde des ... vom Besitzer. Der hatte ja den Unfall und kann nicht selber kommen. Jetzt ist ihm eingefallen, daß er was Wichtiges drin hat liegenlassen, und das will er eben doch haben.«

Der Hagere zuckte mit den Schultern. »Bedient euch.«

Neumann und Matzbach gingen zu dem arg ramponierten blauen Sierra. Front und Fahrertür waren beim Versuch, sich zum Akkordeon zu falten, bei einem mißlichen Halbton hängengeblieben. Im Kofferraum fanden sie, was Matzbach gesucht und erhofft hatte: zwei Batterien und zwei meterlange Styroporkisten.

»Aber *wie* hat er das gemacht?« sagte Tobias, als sie wieder auf der Autobahn waren und Richtung Wuppertal donnerten. »Onkel Carlo konnte sich doch da noch wehren.«

»Ich weiß auch nicht, denk mir aber was.«

»Und zwar?«

»Huber und Carlo kennen und verabscheuen einander. Vielleicht übertrieben, aber jedenfalls keine innige Liebe. Carlo war oft genug mit Rollstuhl und Zubehör auf irgendwelchen Kongressen; kein Problem für Huber, die genauen Maße und Feinheiten rauszukriegen. Also, er klopft ans Terrassenfenster, Carlo rollt hin und macht auf. Huber sagt, ich hatte grad hier zu tun, wollte Tach sagen, aber du reagierst ja nicht auf Klingel, oder ist die abgestellt? Ich hab dir auch was mitgebracht – nagelneue japanesische Spezialbatterien für Philosophenrollstühle. Oder so ähnlich. Mal sehen, ob die passen. Dann baut er die Batterien aus und setzt die mitgebrachten ein, die leer sind. Und zu dem Zeitpunkt hat Carlo das bestimmt noch amüsant gefunden und sich nicht gewehrt. Wahrscheinlich hat er irgendwas Unpassendes von Heidegger oder Wittgenstein zitiert.«

»Ja, und dann? Wie hat er den Rollstuhl blockiert?«

Matzbach grinste. »Ich glaube, ich weiß es, aber ich muß das noch ein bißchen bedenken. Reden wir über die äußeren Details, sozusagen. Huber hat seinen Vortrag in Wesel zu halten, fährt nach Bonn, klettert über die Mauer, besucht Carlo. Er beginnt sein finsteres Werk, läßt die Terrassentür offen und will dann zu seinem Vortrag. Nachts, nach dem Vortrag, wäre er wahrscheinlich wieder zurück zu Carlo – eine Stunde mehr oder weniger Autobahn, was macht das schon? Dann hätte er den Recorder mitgenommen und das Telefon wieder eingestöpselt. Wahrscheinlich auch den Dreck beseitigt, die echten Batterien wieder eingesetzt, die Terrassentür zugemacht, und dann wäre er durch die Haustür entschwunden.«

Neumann schüttelte lange und heftig den Kopf. »Hätte könnte wäre. Und?«

»So ein Mordanschlag ist aber ein bißchen aufregend, sogar für einen Philosophieprofessor, dem nichts Unmenschliches fremd sein sollte. Er fährt ein bißchen aufgeregt und baut einen Unfall. Knackst sich ein paar Rippen an, muß ein paar Tage im Krankenhaus bleiben, kann seinen Vortrag nicht halten und auch nicht zurück nach Bonn, um Spuren zu verwischen. Deshalb legt er so viel Wert darauf, daß der Wagen samt Inhalt endgültig verschwindet.«

Neumann hatte noch etliche Fragen zum Verfahren, aber Matzbach wiegelte ab. Kurz bevor sie Paderborn erreichten, sagte er lediglich, wenn Huber nicht den idiotischen Brief geschrieben hätte, freigestempelt in Hilden, wäre wohl für ihn alles glattgegangen.

Gegen halb fünf erreichten sie Paderborn. Neumann beschloß, ein paar Dinge zu besorgen und sich den frivolen Reizen der Bischofsstadt zu weihen, während Matzbach den ins Trockendock der Rente geratenen Journalisten heimsuchte.

»Matzbach mein Name«, sagte er, als der alte Mann ihm die Tür öffnete. »Sind Sie der Gentleman, der nichts von Drewermanns Versuch hält, katholischen Schamanismus und die Scharlatanerie der Psychoanalyse zu einer besonders okkulten Form von höherem Blödsinn zu verschmelzen?«

»Ha«, sagte der Alte. Er packte Matzbachs Hand und drückte sie, als ob er sie auswringen wollte. »Endlich ein vernünftiger Mensch, mit dem man reden kann! Kommen Sie rein, Bruderherz.«

Tobias saß wie vereinbart in einem kleinen Lokal, dessen einziger Vorzug ein Parkplatz für den Rover war. Matzbach roch Jägerschnitzel und andere Widerwärtigkeiten, setzte sich schicksalergeben, wurde, ehe er ein Wort hätte sagen können, von der sphärischen Kellnerin überrumpelt, bestellte verzweifelt ein Pils und Bratkartoffeln mit Spiegelei und atmete auf, als die Dame ging.

»Mann«, sagte er. »O Mann. Dies ist, für den Fall, daß du heute deinen empfindsamen Tag hast und mich einen Sexisten heißt, ein geschlechtsunabhängiger Ausruf des Sich-Überwältigt-Fühlens. Hast du alles besorgt?«

Tobias wischte sich mit dem Unterarm das Grinsen aus dem Gesicht und nickte. »Alles wie besprochen. Karte, Fahranweisungen und zwei Flaschen Rotwein.«

»Was Gutes?«

Neumann hielt ihm die Plastiktüte hin; Matzbach schielte hinein und jaulte leise.

»Rotspon! Hoffentlich legt Ottolein den in den Keller, statt ihn uns anzubieten.«

»Was ist damit? Nicht gut?«

»Früher mal.« Baltasar zündete einen dünnen schwarzen Zigarillo an. »Da haben die zuständigen Handwerker in den Hansestädten des Nordens Fässer gebaut. Wie heißen die Jungs gleich? Küfer, Böttcher? In die Fäßlein wurden Salzheringe gepackt und nach Bordeaux verschifft, allwo man die Fässer leerte, einmal durchspülte und mit Landwein füllte. Das eigenartige Aroma, das nach der Rückfahrt den Wein durchdrungen – ach, was sag ich, penetriert hatte, trug zu seiner Popularität bei, vor allem bei Groschenautoren des neunzehnten Jahrhunderts. Heute ist es normalerweise nichts als für Hanseaten gesüßter Landwein aus Bordeaux. Bah.«

Neumann musterte sein »Jägerschnitzel« – Sohle, Gumminippel und Kinderschiß. »Gibt es eigentlich irgend einen Unfug, den du nicht weißt?« sagte er.

»Ich sammle Bildungslücken«, knurrte Matzbach.

Punkt acht hielten sie vor dem Haus des Professors. Neumann trug den Plastikwein und eine Reisetasche, Matzbach ein längliches Deckenbündel und eine weitere Plastiktüte.

Die Haushälterin, die nach dem Klingeln öffnete, musterte sie mit spitzen Blicken. »Die Herren Kommilitonen?

»Ich«, sagte Baltasar. »Jener ist der Forstadjunkt.«

»Kommen Sie. Der Herr Professor erwartet Sie.«

Der Herr Professor, dessen steife Haltung die Restbandagen unterm Hemd ahnen ließ, stand in der Bibliothek neben einem schweren roten Ledersessel; er hielt ein zerlesenes Taschenbuch in der Hand. Matzbach sah noch den halben Titel, *Mörder &*, ehe Huber das Buch weglegte und ihn anstarrte.

»Das ist doch …« Er hustete und hielt sich die Rippen; das Lächeln, das er produzieren wollte, ähnelte eher der Nachgeburt einer Grimasse. »Matzbach? Ich glaub's nicht!«

»Doch, doch, glaub's ruhig. Einunddreißig Jahre her, was?«

Huber war fast kahl; die graue Tonsur hatte für Matzbach etwas Parodistisch-Philosophisches: Der Haarkranz wies struppig abwärts, eine Art Stacheldraht, der dafür zu sorgen hatte, daß dem Philosophen nicht etwa sein Körper zu Kopf steige.

Ehe Huber auf den Gedanken kommen konnte, man müsse Händeschütteln oder Namenstausch betreiben, sagte Matzbach: »Wir haben dir auch was mitgebracht.« Er hielt ihm die erste Plastiktüte hin.

»Ein Glas Wein?« sagte Huber. Als beide nickten, rief er: »Frau Heidenreich! Bringen Sie uns bitte den Rotspon und drei Gläser!« Dann, immer noch stehend, nahm er die Tüte entgegen, musterte Neumann, der ihm nicht vorgestellt worden war, wurde von Neugier übermannt und langte in die Tüte.

»Setzt euch … eh, setzen Sie sich doch«, sagte er dabei. Er hielt zwei Päckchen hoch: braunes Packpapier. Der Inhalt schien jeweils Buchformat zu haben. Huber spitzte die Lippen und zerriß das Papier.

»Oh«, sagte er dann, mit einem nur noch halb mühseligen Lächeln. »Wie aufmerksam, Alter. Eine Erstausgabe von *Sein und Zeit*, sehr gut erhalten. Und das ist? Ah, *Vom Wesen des*

Grundes. Du wirst dir denken können, daß ich sie bereits besitze...«

»Schlag mal das Vorsatzblatt auf«, sagte Matzbach.

Huber blätterte. Dann pfiff er. »Signiert!« Er strahlte. »Mensch, das muß dich doch ein Vermögen gekostet haben!«

»War es mir wert. Einem alten Kumpel ein Vergnügen machen zu können«, sagte Matzbach. »Ich hab aber noch was.«

»Also, das ist doch wirklich nicht nötig!« Huber schien tatsächlich verlegen und gerührt. Während Frau Heidenreich mit spitzen Fingern eine Flasche Rotspon (Matzbach ächzte innerlich) und drei Gläser brachte, nahm Baltasar das größere Paket aus der von Neumann hingehaltenen Reisetasche. Lächelnd wartete er, bis die Dame wieder gegangen war; dann reichte er es Huber.

»Und das dürfte dich ganz besonders freuen, lieber Otto«, sagte er dabei.

Huber nahm das Paket, zerriß das Packpapier; und glotzte. In der Hand hielt er den Recorder, der auf Carlo Neumanns Fensterbank gestanden hatte. Seine Knöchel zeichneten sich weiß ab.

Matzbach nahm ihm mit sanfter Gewalt das Gerät ab und stellte es auf den Boden, neben das längliche Deckenbündel. »Darf ich dich mit Tobias Neumann bekannt machen?« sagte er.

Hubers Gesichtszüge entgleisten einen Moment lang; dann blickte er traurig wie ein Dackel, der den Oberschenkelknochen des Herrchens nicht mehr finden kann. »Der Neffe des armen Carlo?«

»Genau, Herr Professor.«

Huber winkte ab. »Setzen.« Er erinnerte sich wieder an den Recorder, starrte das Gerät an, dann Matzbach, dann Neumann. Vorsichtig ließ er sich in den roten Sessel sinken. »Was soll das nun alles?« sagte er rauh.

Neumann setzte sich, Matzbach blieb stehen. »Wir haben

ein ethisches Problem, bei dessen Lösung du als Philosoph uns vielleicht helfen kannst. Was ist *sub specie aeternitatis* besser: Sühne, zum Beispiel Entschädigung, oder Bestrafung?«

Huber schwieg.

Neumann sagte trocken: »Ich bin für Sühne; sie bringt mehr ein.«

Huber kniff die Brauen zusammen. »Was soll das?«

»Ich ging«, sagte Matzbach, mit einem angewiderten Blick auf den Rotspon, »ah, zwei Flaschen von dem da haben wir dir auch noch mitgebracht. Plus dies und das, aber davon später desto mehr. Ich also ging gestern so für mich hin. Fürbaß, könnte man sagen. Also, ich ging fürbaß, und nichts zu finden war mein Spaß. Da traf ich in der kleinen Straße neben dem Bungalow, in dem unser alter Freund Carlo den Löffel abgegeben hat, ein paar spielende Kinder. Streunend, gewissermaßen.«

»Belebte Gegend.« Neumann verbiß sich ein Grinsen.

Huber schlug mit der flachen Hand auf die Sessellehne. »Noch mal: Was soll das?«

»Gemach. Nette Bibliothek. Nettes Haus. Wann ist deine Frau gestorben? Zehn, elf Jahre her? Aber bleiben wir bei der Sache. Mit den spielenden Infanten habe ich so über dies und das geredet. Du weißt schon – das Wetter, die Bundesliga, die Edelmetallkurse; und Autos. Automarken, genauer. In dieser Gegend fährt kaum jemand Ford – eine ausgesprochene Opel- und Benzgegend, könnte man sagen. Die Kindlein nun waren baß – nicht etwa fürbaß – erstaunt darüber, daß sie vor ein paar Wochen an einem Samstag einen blauen Sierra in dieser Stichstraße gesehen haben. Sie sagen, der Besitzer des Wagens hatte eine graue, ah nein, greuliche, haben sie gesagt, greuliche Tonsur und ist echt geil jugendmäßig über eine Mauer geklettert.«

Hubert atmete scharf durch die Zähne ein. »Scheiße, was …«

Matzbach hob dozierend einen Finger. »Jeder Popel fährt

nen Opel, wie man so sagt; jeder Stenz hat nen Benz. Und auf Ford reimt sich – Mord?«

Huber schloß die Augen. »Humbug«, sagte er leise. »Hirnrissiger hanebüchener Humbug.«

»Hojotoho. Aber lausch mir doch weiter, Ottolein, ja? Bittebitte. Das Männlein klomm also über die Zinnen, hüpfte, vielmehr hopf, innen hinab und hinterließ in einem weichen Beet ein paar Fußabdrücke. Zum Beispiel diesen.«

Matzbach bückte sich und holte aus der Reisetasche den Gipsabdruck. Er kniete nieder und hielt ihn neben Hubers Hausschuh, zog ihn dann schnell weg, bevor der Professor treten konnte.

»Paßt«, sagte er. »Achtundvierzig? Achtundvierzigeinhalb? Du hast keine Hausschuhe getragen, aber das ließe sich zweifellos genauer überprüfen.« Er legte den Gipsabdruck außerhalb von Hubers Reichweite quer über zwei Weingläser. Huber stierte.

»Weiter. Dieser Mann wollte einen alten Bekannten besuchen, einen Gelähmten, einen Herzkranken, um ihn von einem gewissen Vorhaben abzubringen. Er hat an die Terrassentür geklopft und wurde eingelassen, oder bei dem guten Wetter stand die Tür ohnehin auf. Leider hatte er sich die Schuhe nicht geputzt, deshalb ist Lehm aus dem Beet auf dem Teppichboden verblieben.«

»Blödsinn«, sagte Huber schwach.

»Er hatte dem armen Kranken neue Batterien für den Spezialrollstuhl mitgebracht. Er hat die anderen aus- und die neuen eingebaut. Die waren aber leer. Die vollen hat er später mitgenommen. Damit er sie nicht länger missen muß, haben wir sie mitgebracht.« Aus der Reisetasche holte er die Batterien, die sie in Hubers Auto gefunden hatten, und stellte sie auf den Tisch, neben die gipsbeladenen Gläser.

Huber schwieg; er begann sichtlich zu schwitzen.

»Er hatte aber noch mehr dabei«, sagte Matzbach. »Einen

Recorder mit Auto-Reverse und einer Kassette, auf der jemand mit grauenhaftem schwäbischen Akzent Passagen aus *Sein und Zeit* verliest – eines der Werke, die der gute Carlo ins Deutsche übersetzen wollte, um nachzuweisen, daß es sich um bloße heiße Luft und Nonsense handelt. Aber bevor er den Recorder installierte, hat unser Besucher, wie gesagt, die Batterien eingebaut. Dazu mußte er hinter dem Rollstuhl knien, und dabei hat er den Rollstuhl samt Passagier so hart an die Schreibtischkante gedrückt, daß Carlo sich nicht mehr bewegen konnte. Hat Carlo da eigentlich angefangen zu protestieren? Ah, egal.«

Huber reagierte nicht; er saß starr auf dem Sessel, ohne sich zurückzulehnen, und hielt die Augen geschlossen. Die Hände krampften sich eher in als um die Armlehnen.

Matzbach bückte sich wieder und wickelte das Deckenbündel auf; die zwei langen Styroporkisten kamen zum Vorschein. Neumann, der bis jetzt relativ gelassen in einem der anderen Sessel gelehnt hatte, richtete sich auf.

»Die Kistchen hatte der Besucher auch dabei«, sagte Matzbach. »Und darin waren Eisbarren – zwei in jeder?«

Neumann öffnete den Mund, sagte halblaut: »Hah!« und sackte in den Sessel zurück.

»Wie kriegt man ausreichend lange und dicke Eisbarren hin?« Matzbach zupfte am linken Ohrläppchen. »Egal. Ich nehme an, der Besucher verfügt über eine Kühltruhe und hat sich entsprechende Förmchen gebastelt. Die Eisbarren hat er dann durch die Hinterräder des Rollstuhls geschoben. Die sind *so* weit hinten, daß Carlo nicht einmal mit Affenarmen das Eis hätte rausziehen können. Er kann erst von der Schreibtischkante weg, wenn das Eis geschmolzen ist, wenn sich der Teppichboden dank des Schmelzwassers zu wellen beginnt. Mit funktionierenden Batterien hätte er die Barren vielleicht durch Vor- und Zurückschaukeln loswerden können, oder zerbrechen. Aber die Batterien waren ja leer.«

Matzbach ließ die Styroporkisten fallen und deutete auf den Recorder.

»Es ist aber Sommer; irgendwann werden die Eisbarren schmelzen. Deshalb muß man nachhelfen. Der nette Besucher, der in seiner Studienzeit an Radios herumgebastelt hat, weiß, daß Carlo ein schwaches Herz und einen Schrittmacher hat und sich nicht aufregen darf. Und: daß er alles haßt, was mit Schwaben und mit Heidegger zu tun hat. Der kleine Störsender im Recorder wird den Schrittmacher aus dem Takt bringen, das Band mit Heidegger auf Schwäbisch wird das Herzchen terminal? final? jedenfalls endgültig aufregen. Der Besucher zieht noch das Telefon aus der Wand, und dann fährt er nach Wesel, um einen gutbezahlten Vortrag zu halten. Nachts wollte er zurückkommen und Spuren beseitigen. Aber dann hatte er leider auf der Hinfahrt einen Unfall, und wenn er nicht so sagenhaft blöd gewesen wäre, aus dem Krankenhaus in Hilden, wo er von Paderborn nach Wesel unterwegs gar nicht vorbeikommt, einen triefenden Brief zu schreiben, hätte ihm niemand etwas anhaben können. Und« – Matzbach trommelte sich wie King Kong auf die Brust – »wenn nicht zufällig der Neffe des guten Carlo, mißtrauisch, ausgerechnet mich konsultiert hätte.«

Huber sagte heiser, noch immer mit geschlossenen Augen: »Ich habe ihm ja noch goldene Brücken gebaut, aber das dumme Schwein wollte unbedingt diese... Übersetzungen veröffentlichen.«

Matzbach setzte sich endlich in den dritten Sessel, wickelte eine Zigarre aus und zündete sie an.

»Hier wird nicht geraucht«, sagte Huber schwach.

»Ah ja?« Matzbach gluckste. »Trifft mich tief. Weißt du, wenn du uns noch etwas Anständiges zu trinken angeboten hättest, Bordeaux oder Burgunder oder Rioja, hättest du vielleicht mein Herz erweicht. Aber Rotspon...«

»Und jetzt?« sagte Huber kaum hörbar.

»Wir haben die Aussage der Kinder. Wir haben die Batterien und die Styroporkisten aus deinem demolierten Wagen. Wir haben den Recorder, auf dem spätestens seit dem Auspacken vorhin deine Fingerabdrücke sind...«

»Arsch!«

»Und den Gipsabdruck, der bestimmt zu einem deiner Schuhe paßt. Du bist ganz wild darauf, mit uns noch einen angenehmen Abend zu erleben. Deshalb wirst du gleich deine charmante Haushälterin bitten, die Gästebetten zu beziehen. Wir werden sehen, ob du auch trinkbaren Wein im Keller hast, und uns über dies und das unterhalten.«

»Und dann?«

»Morgen früh mußt du dich entscheiden. Ob du mit uns zur nächsten Polizeidienststelle gehst, wo wir die Objekte deponieren und du ein Geständnis ablegst. Oder ob du die Objekte kaufen willst.«

Huber holte tief Luft, sagte »aua«, als er seine lädierten Rippen spürte, und blickte von Matzbach zu Neumann und zurück. Etwas wie Hoffnung lag in seinen Augen. »Kaufen? Wieviel?«

»Du bist ein ordentlicher Prof – was ist das, A sechzehn oder B eins oder drei? Ich hab' keine Ahnung. Das Haus hier kann man sicher mühelos beleihen, ja? Sagen wir, ein zu deinen Gunsten abgerundetes Jahresgehalt – platte hunderttausend? Bar?«

»Und dafür« – Huber hustete – »und dafür kriege ich alles?«

»Alles.«

Der Professor richtete sich auf. »Vielleicht sollten wir ein bißchen über Seneca reden«, sagte er mit einem bemühten Lächeln. »Die Bank öffnet um acht. Je eher ich euch los bin... Frau Heidenreich!«

Die Haushälterin erschien nach höchstens einer halben Minute. »Ja bitte?«

»Die beiden Herren machen mir das Vergnügen, hier zu

übernachten. Wären Sie so nett, zwei Gästebetten zu beziehen? Ah, und ob Sie wohl vorher ein paar Flaschen von dem Barbera heraufholen könnten?«

13

> Gründliche Vorbeugung ist die beste
> Garantie für ein verblüffendes
> Fiasko.
>
> FELIX YÜ

Bis sie Beuel erreichten, war es schon wieder Tagesschau-Zeit, da Huber plötzlich morgens ein mittleres Gezeter angestimmt hatte, das es zu beschwichtigen galt, und anschließend brauchte die zuständige Bank eine Weile, um ausreichende Mengen Bargeld zu beschaffen.

Neumann hatte auf dem Beifahrersitz alles nachgezählt und zwei Häufchen gemacht: 75000,– für Matzbach (die Hälfte der Beute plus zehn Prozent der Lebensversicherungssumme), 25000,– für sich. Matzbach bat ihn, das größere Häufchen noch ein paar Tage zu verstecken, da er nicht wisse, wohin damit.

»Windiger Deal, überhaupt«, sagte er, als sie auf Neumanns Bastelhof fuhren.

»Wieso? Die Ungerechtigkeit hat doch gesiegt.« Tobias klopfte auf die Plastiktüten.

»Mein ich ja.« Matzbach schnalzte leise; er stellte den Motor ab. »Unser Glück, daß er nicht zur Polizei gehen wollte. Das wäre nie was geworden.«

»Zu dünn, meinst du?«

»Mehr als ... nee, weniger als dünn. Die erfundenen Kinder, die ihn angeblich gesehen haben. Der Gipsabdruck irgendeines Schuhs – wenn er clever ist, hat er den jetzt weggeworfen. Der Recorder? ›Also, Herr Kommissar, die beiden haben so getan, als ob sie ihn mir schenken wollten, deshalb hab' ich ihn natürlich angefaßt. Aber ich hatte ihn nie vorher gesehen.‹ Und die Styroporkisten und Batterien? Na ja …«

»Warum hast du dich eigentlich derart in Unkosten gestürzt mit den Büchern? Die müssen doch teuer gewesen sein.«

»Damit er, freudig überrascht, um so lieber und ohne Argwohn das dritte Päckchen aufmacht und den Recorder anfaßt.«

Neumann tätschelte die Plastiktüten mit dem Geld. »Irgendwie«, sagte er gedehnt, »sind wir ja zu was anderem erzogen, oder? Anständige Bürger liefern Mörder der Justiz aus … Ich hab da noch ein paar Probleme.«

Baltasar lächelte schräg. »Ich nehme an, du wirst sie überwinden. Außerdem: Sieh das Ganze doch mal so. Wenn Huber den Rest seiner überflüssigen Erdentage im Knast verbringt, macht das Carlo nicht lebendig, und du, nächster Blutsverwandter, hast nichts davon.«

»Stimmt schon. Trotzdem …«

Matzbach gluckste plötzlich. »Und bei allem dürfen wir eins nicht vergessen. Wir hätten ihn nie festnageln können, wenn er nicht, tja, wie soll man sagen – betriebsblind wäre? Kein vernünftiger Mensch, schon gar nicht ein Sheriff oder Staatsanwalt, wird diese Heidegger-Übersetzung als hinlängliches Mordmotiv akzeptieren. So verrückt ist bloß ein Philosophie-Dozent. Was machst du eigentlich mit dem Haus?«

Neumann hob die Schultern. »Amtlich auf mich eintragen lassen; dann muß ich als Neffe einiges an Erbschaftssteuer zahlen, auf den Verkehrswert, der so bei hundertvierzig liegt. Danach verkaufen; ein Makler, den ich gefragt hab, meint, man müßte sechshundert Kilo rausholen können. Aber schnell, bevor die Wegelagerer nach Berlin gehen und hier der Markt zusammenbricht.«

»Ich wünsche gedeihliches Dasein und guten Umsatz.«

Einen Parkplatz fand Baltasar erst hinter der Kurve beim Arndt-Haus, kurz vor der Ampel. Während er zur *Spelunke* wanderte, wunderte er sich darüber, daß in einem geparkten Wagen zwei Männer saßen und ostentativ nichts taten; und er erwog Neumanns Angebot, die gewaltige Bibliothek des Onkels zu übernehmen – »gratis, als Zugabe«. Er war noch nicht zu einem Entschluß gelangt, was vor allem am Platzmangel lag, als ihn ein Schild aus seinen Bedenkungen riß:

RESTAURANT VORÜBERGEHEND GESCHLOSSEN WEGEN REPARATUREN.

Es war Yüs Schrift, und der Chinese hatte einen dicken schwarzen Edding-Stift benutzt. Die helle Pappe hing am Geländertor, das nur angelehnt war. Matzbach seufzte leise, stieg die Kaitreppe hinab und betrachtete die *Spelunke.*

Die Tür am Ende des Anlegers war aufgebrochen; zwei Fenster des Kneipendecks wiesen insgesamt vier Einschußlöcher auf: vielzackige Sterne mit einem kleinen Nichts in der Mitte.

Lucy, Dany, Tshato und Yü hatten etwa ein Drittel der Katastrophe beseitigt. Ein paar zerbrochene Stühle und Tische lagen nahe der Treppe; alles stank nach Alkohol, der aus zerschlagenen oder zerschossenen Flaschen ausgelaufen war. Der Scherbenhaufen konnte als dekonstruktivistische Improvisation zum Thema Mount Everest durchgehen. Etwa die Hälfte aller Gläser war dahin; die Musikanlage fehlte, und die Videokamera überm Tresen schien mit einem Beil halbiert.

»Gemütlich habt ihr's hier«, sagte Matzbach. »Wie und wann ist das passiert, und wo steckt Don?«

Tshato richtete sich hinterm Tresen auf, wo er offenbar etwas zusammengekehrt oder gewischt hatte. Er griff nach einem hohen Glas mit brauner Flüssigkeit, Cuba Libre oder derlei, hob es wie zum Gruß und sagte: »Willkommen daheim, Sahib; nee, Bwana; ach was – Massa.«

Daniela lehnte den langstieligen Schrubber an die Kante des unversehrten Billardtischs, stemmte die Hände in die Hüften und sagte: »Scheiße, was?«

Lucy, auf den Knien, legte den Schraubenzieher weg, mit dem sie an den Verstrebungen eines Barhockers gewerkelt hatte, blickte auf und sagte: »Ach, Chef, kannst du uns vielleicht erklären, was hier eigentlich abläuft? Der Chinese schweigt verbissen.«

Yü stand im Durchgang zum VIP-Teil, die Reste der Genscher-Figur in den Armen. »Beharrlichkeit bringt Heil«, sagte er. »Es ist, denke ich mir, förderlich, eine Reise anzutreten. Zur Zeit mag das Sanfte gar nicht nach oben dringen.«

Baltasar zündete sich eine Zigarre an, streichelte Lucys Wuschelkopf und lehnte sich an den Tresen. »Wie, wann? Und wo Don?«

Yü betrachtete den zerfetzten Genschman, warf ihn widerwillig auf den Haufen der Möbeltrümmer und kam zum Tresen. »Gleich. Ich geb eine Runde Bier aus, Freunde.« Er suchte Gläser zusammen.

»Nh-nh. Kein Freibier für Matzbach«, sagte Baltasar. »Matzbach trinkt Wein.«

»Elitärer Arsch.« Yü schob ihm eine halbleere Flasche Hautes Côtes de Beaune und ein Glas hin. »Da. Schwarzbier, die anderen? Gut.« Er blickte auf die Uhr, sagte leise »zwanzig vor neun« und begann zu zapfen.

»Deine Zeitmessung in allen Unehren, aber bitte, bitte!«

»Die Happenings in der Reihenfolge, Metzelbach? Eh voilà. Gestern abend, als du dich in Paderborn amüsiert hast, wie ich hoffe, hing draußen wieder so ein Zettel aus Zeitungsbuchstaben. ›Letzte Warnung‹, stand darauf. Der Happenings zweites war ein hektischer Anruf des ehrenlosen Abgeordneten Auerberg, -bach, -tal oder -hahn, wie auch immer; er hätte gehört, jemand habe den Safe geknackt, und was du zu tun gedächtest. Ich habe ihm gesagt, du westest nicht an, würdest aber zweifellos deine Pflicht tun.«

Lucy, inzwischen aufgestanden, starrte auf das sich füllende Glas unterm Zapfhahn und giggelte. »Ich hab zufällig gehört, was er gesagt hat, von wegen Pflicht. ›Der sehr ehrenwerte Skipper dieser Barke gleicht dem sorgenden Pelikan, der sich den Busen zerfleischt, um jene zu befriedigen, deren Aussicht auf Heil von ihm abhanget.‹ So?«

»Titten«, sagte Yü. »Ich habe nicht Busen gesagt, sondern Titten.«

»Wider mich?«

»Exakt.«

»So. Und, was sagt Monsieur EmDeBe dazu?«

»Wann du wieder hier bist, und dann, daß er um neun herkommt. In einigen Minuten, sozusagen.«

»Woher weiß er das mit dem Safe?« sagte Baltasar. »Stand was in der Zeitung?«

»Manche Leute haben lange Ohren. Aber weiter. Heute früh hatte ich einen Termin, du weißt, bei unserem Steuerbüro. Dany hat ein bißchen eingekauft. Der Happenings drittes trug sich beim Steuerberater zu, als ich erwähnte, daß ja vor einigen Tagen einer der ehrbaren Mitarbeiter des irdischen Überdrusses ledig wurde.«

»›Ward‹«, sagte Matzbach. »Wenn schon, dann ›ward‹.«

»Von mich aus. Und ich erwähnte auch, daß der nunmehr Selige vorher mit Herrn Erler bei uns gegessen hat. Worauf ich hörte, daß Erler ein Stammklient des Büros ist und in letzter Zeit alles von dem gemeuchelten Knaben hat bearbeiten lassen.«

»Hmf.«

»Der Happenings viertes.« Yü händigte endlich die gefüllten Gläser aus. »Als Dany und ich wieder hier angekommen sind, war die Tür unten aufgebrochen. Jemand hat sich in der Kombüse zu schaffen gemacht, die Fleischvorräte aus dem Kühler genommen, auf den Boden geworfen, darauf herumgetrampelt und gepißt und mit einem klebrigblauen Spray VEGA an die Wand gespritzt, zur Abwechslung mit *v* statt *w*.«

Matzbach seufzte. »Gibt's also doch durchgeknallte Körnerfresser?«

Yü blickte wieder auf die Uhr. »Wir haben noch Zeit, darum weiter. Dany und ich haben den Mist beseitigt, uns kurz beraten und beschlossen, die Oberlippe *stiff* zu halten. Also zuerst die Bullen, dann wieder in Danys Auto und ab zur Metro, Fleisch beschaffen. Wie wir zurückkommen, stellen wir fest, es ist schon wieder jemand dagewesen. Das hier oben, das war neu. Alles durchwühlt, zerdeppert, kaputtgeschlagen.«

»Worauf ihr abermals die grünen Jungs herbitten mußtet?«

»Worauf wir dieses taten, ja. Der charmante Genosse Ludewig hat daraufhin beschlossen, daß wir besser zumachen sollten. Soweit waren wir aber auch schon. Und er hat einen unauffälligen Wagen mit zwei Leuten in Zivil draußen parken lassen. Die parken immer noch, haben aber nicht verhindern können, daß kurz nach sechs, im satten Feierabendverkehr, aus einem fahrenden Auto auf das Boot geschossen wurde. Don stand gerade am Tresen und hat geräumt; ein Geschoß hat ihn fast noch gestreift. Im Moment ist er mit Danys Wagen unterwegs, bringt den Kram von Zaches zu sich nach Dransdorf, ins Zwischenlager. Dany und ich überlegen noch, was wir in Sachen Bettlägrigkeit unternehmen. Lucy und Tshato haben uns schon Asyl angeboten.«

»Was ihr nicht annehmen werdet«, sagte Matzbach. »Wir wollen doch nicht noch mehr Gefahr verursachen, nicht wahr?«

»Wo versteckt ihr euch eigentlich?« sagte Lucy. »Wo ist Zaches, und was läuft hier wirklich ab?«

»Zaches spielt standhafter Zinnsoldat und Leibwächter. Wir verstecken uns hier, da und dort. Und zur Frage, was hier tatsächlich läuft, kann ich euch nicht mehr sagen als bisher. Erler will das Boot kaufen, Körnerfresser wollen uns ans Fleisch, Schutzgelderpresser tummeln sich auch noch, und irgendwer hat was gegen uns.«

»Dons Auto«, sagte Tshato. »Wenn's ihn beziehungsweise seinen Wagen erwischt, wieso geht ihr dann davon aus, uns passiert nix? Oder uns beiden passiert nur was, wenn wir mit euch zusammen sind?«

Matzbach blickte zu Yü. Der Chinese leerte sein Glas und rülpste unterdrückt. »Solly. Wir gehen davon aus, daß Dons Pickup zufällig an dem Abend das einzige Auto war, das irgendwas mit der *Spelunke* zu tun hatte. Ihr seid zu Fuß, ich hab kein Auto, und Baltasars Rover stand woanders.«

Auerberg kam ein wenig zu früh, was die Debatte beendete. Matzbach ging mit ihm aufs offene Vorderdeck.

»Wollen Sie was trinken?«

»Nein, danke. Sieht ja schlimm aus bei Ihnen.« Auerberg preßte die Lippen zu einem Strich. »So, kein langes Reden um den heißen Brei. Was ist mit meinem Geld im Safe?«

»Der Brei ist lau«, sagte Matzbach. »Morgen besuche ich Ihre Freunde in der fernen Heimat. Ich hoffe, übermorgen abend zu Ihrer Zufriedenheit berichten zu können.«

»Sehr schön.« Auerberg musterte ihn mit schmalen Augen. »Trotzdem – was ist mit dem Geld?«

»Braucht Sie doch nicht zu interessieren. Hauptsache, der Job wird erledigt. Woher wissen Sie überhaupt davon?«

Auerberg schüttelte den Kopf. »Ein Bekannter ... Und mein eigenes Geld wird mich ja wohl noch interessieren dürfen, nicht wahr?«

Baltasar bleckte einen Moment die Zähne. »Ist nicht Ihr Geld, Junge«, sagte er dann. »Der Teil, den Sie als Ihr Geld bezeichnen würden, stammt aus Zwangseintreibungen bei uns Steuerzahlern. Der andere Teil kommt von Ihrer Frau, die ja wohl in Knete baden kann. Also regen Sie sich nicht künstlich auf. Erzählen Sie mir lieber, was Sie von dieser Affäre mit dem Mädchen wissen.«

Auerberg lehnte sich an die Bordwand. »Scheiße, wozu das denn?«

»Sie werden erpreßt, richtig? Mit irgendeiner Sauerei, die Sie beim Bund inszeniert haben. Außerdem ist in Ihrer hübschen

Heimat ein Mädchen ertrunken, damals; eine junge Dame, mit der Sie dem Vernehmen nach befreundet waren.«

»Wer weiß denn das noch? Nach all der Zeit?«

»Es gibt Archive. Presse. Und Leute, die sich an Dinge erinnern, die nicht in der Zeitung gestanden haben, weil niemand sie belegen konnte.«

»Was wissen Sie genau?«

»Anno einundsiebzig ist ein Mädchen ins Wasser gegangen. Sie war schwanger. Und sie war mit Ihnen liiert? Weiß ich nicht, aber jedenfalls befreundet. Angeblich hat man Sie mit der jungen Dame an dem See gesehen, aus dem sie später gefischt wurde.«

Auerberg seufzte, stieß sich von der Bordwand ab, ging zur anderen Seite, machte kehrt und blieb etwa in der Deckmitte stehen. Matzbach sah, daß der Abgeordnete wieder oder immer noch hinkte.

»Alles Zufälle«, sagte Auerberg; er klang müde. »Martha war auch mit Dengler befreundet – dem Genossen, der mich ausbooten will und dem ich mit dem Geld meiner Frau die Kampagne gegen mich finanziere. An dem See sind wir oft gewesen – schwimmen, klönen und ... na ja, anderes. Das war damals, ist wohl noch immer, ein nettes Ausflugsziel. Ich nehme an, Dengler ist auch mit ihr dagewesen.« Er zuckte mit den Schultern. »Daß sie schwanger war, hab' ich erst erfahren, als man sie rausgefischt und obduziert hatte.«

»Kann Dengler das gegen Sie verwenden?«

»Juristisch nicht.«

Matzbach nickte langsam. »Das heißt, er kann. Oder könnte. Sie wissen von nichts, haben sie nicht etwa, beispielsweise, unter Wasser gedrückt, weil sie von Ihnen schwanger war und Ihnen das nicht ins Konzept paßte?«

Auerberg schüttelte stumm den Kopf.

»Aber Dengler weiß etwas anderes, diese Bundeswehrsache. Was war das genau? Mißhandlung Untergebener?«

»Ja. Müssen Sie's ganz genau wissen?«

»Wenn ich Dengler das, was er gegen Sie in der Hand hat, aus eben jener schlagen soll...«

Auerberg ging wieder ein paar Schritte; er zog den rechten Fuß nach. Links neben Baltasar lehnte er sich mit dem Gesäß an die Bordwand. »Ich habe die Jungs bei einer Überlebensübung, damit es echt wirkt, Notproviant essen lassen. Regenwürmer, Käfer, so was. Roh. Reicht das?«

»Ziemlich eklig. Aber dienstliche Konsequenzen gab es nicht?«

»Alle sind getrennt und versetzt worden; das Ganze wurde unter den Tisch gekehrt. Mit ein bißchen... finanzieller Nachhilfe.«

»Woher hatten Sie das Geld?«

Auerberg lachte gepreßt. »Gepumpt.«

»Also, juristisch kann Dengler Ihnen nichts tun. Aber die Bundeswehrsache ruiniert Sie, was den Ruf und die Stellung in der Partei angeht, und in Ihrer Lage reicht zum endgültigen Aus ja die bloße Behauptung, Sie hätten das Mädel geschwängert und untergetaucht. Das muß er nicht beweisen, da stürzen sich auch so alle drauf, von der Presse bis zu Ihren Genoss-/Innen. Die wahrscheinlich besonders.«

»Was haben Sie vor? Und was ist mit dem Geld?«

»Ich berichte Ihnen am Freitag, vielleicht erst gegen Mitternacht, je nachdem wann ich zurückkomme. Um das Geld machen Sie sich keine Sorgen. Seit wann hinken Sie?«

Auerberg starrte auf seinen rechten Fuß. »Ein Reitunfall«, knurrte er. »Achtundsechzig, kurz nachdem ich den Bund verlassen hatte.«

Als Auerberg gegangen war, packte Matzbach beim Aufräumen mit an. Don Red Horse, inzwischen wieder an Bord, begrüßte ihn mit einem »Hail, oh Chief! Nette Sache hier, was?

Haben wir alles arrangiert, damit du dich bei deiner Wiederkehr freuen kannst.«

»Find ich ganz reizend, Mann. Wär aber doch nicht nötig gewesen.«

Mit erstaunlicher Eleganz band Don einen Müllsack zu und schleppte ihn zu den Möbeltrümmern. »Wie lange spielen wir das hier noch?«

Yü blickte auf die Uhr. »Gleich zehn. Viel Lust hab ich nicht mehr. Matzbach und ich müssen morgen furchtbar früh raus.«

»Vor sechs«, sagte Baltasar. »Ungefrühstückt ins Auto und ab.«

»Was habt ihr vor?« sagte Tshato, der nach Reinigung des Bodens hinterm Tresen die wenigen heilen Gläser und Flaschen sortierte.

»Kleiner Ausflug; hat was mit dem netten Herrn zu tun, der eben gegangen ist. Wir sind Freitag irgendwann gegen Abend wieder zurück. Die *Spelunke*, liebe Freunde, bleibt zu.«

Lucy setzte sich auf einen der reparierten Hocker. »Wie geht's überhaupt weiter? Der Trümmerhaufen hier, und am Samstag wollt ihr den Laden verscherbeln?«

Matzbach blickte Yü an. »Hast du's ihnen gesagt?«

»War doch nötig, Junge.«

»Ja, klar; hast du auch gesagt, daß Erler am liebsten das ganze Personal übernehmen würde?«

»Hat er«, sagte Red Horse. »Ich weiß nicht ... Was mich angeht, ich hab' so meine Zweifel. Das war sehr angenehmes Arbeiten hier mit euch allen, einschließlich der hochmögenden Chefs. Ob das unter anderen Umständen auch so angenehm bleibt?« Er wiegte den Kopf.

Lucy sagte: »Also, ich steig dann aus und such mir was anderes. Hier ist mir in der letzten Zeit entschieden zuviel los, und ob das endet, wenn die Besitzer wechseln ... Was ist mit dir, Nomey?«

»Mal sehen.« Tshato verzog das Gesicht. »Schaschlik und

Schnitzel mach ich nicht, egal für wen. Ich muß mir erst mal die Nase von diesem Erler ankucken.«

»Stellt sich die Frage«, sagte Baltasar, »wer macht am Samstag mit?« Er sah sie nacheinander an.

»Was ist geplant?« sagte Tshato.

»Wir werden gegen sechs vollzählig sein – nachmittags, nicht morgens. Dann legen wir ab und feiern ein bißchen den Verkauf. Erler bringt fünf Freunde mit, falls er welche hat, aber Enid Blyton ist nicht dabei. Dafür einer, der den Pott steuern kann, damit Zaches nicht allein auf der Brücke ist.«

»Macht der Zwerg mit?« Lucy klang überrascht.

»Hat er gesagt, ja.« Matzbach zögerte, wechselte einen Blick mit Yü. »Paßt mal auf, Kinder, das kann notfalls ein bißchen gefährlich werden. Sagen wir mal so: Wir werden keine Kirschen servieren, weil mit Erler und Co nicht gut Kirschen essen ist. Ich habe keine Ahnung, womit wir rechnen müssen. Wenn alles glattgeht, kriegen die, die mitmachen, einen satten Bonus. Wenn's nicht glattgeht, bitten wir alle, die nicht mitgemacht haben, für eine würdige Beerdigung zu sorgen.«

Lucy holte tief Luft. »Ihr seid bescheuert! Also, ich mach da auf keinen Fall mit. Und du …« Sie blickte Tshato an.

Der Ashanti grinste. Sehr breit. »Der zum Schiffskoch verkommene Fürstensohn eines alten Kriegervolks kann sich schlecht drücken, fürchte ich. Und du, Bruder Rothaut?«

Red Horse verschränkte die Arme. »Also … Ich wüßte schon gern, wie die ganze Sache ausgeht. Reine Neugier, dazu der Bonus … Tomahawk oder Donnerbüchse, Chief?«

In diesem Moment donnerte es. Rheinaufwärts, hinter der Kurve hoch zur Adenauerallee, waberte etwas rötlich auf.

»Was ist das?« sagte Yü.

»Vermutlich qualmende Scheiße«, schrie Matzbach. »Es reicht! Gestrichen voll!« Dann beruhigte er sich, seufzte schwer und murmelte: »Aber vielleicht irre ich mich ja.«

Die beiden nahe der *Spelunke* postierten Beamten in Zivil hatten schnell reagiert, einen Blick auf den Brand geworfen und die Kollegen von der Technik alarmiert. Matzbach betrachtete fast versonnen die stinkenden, ausgebrannten Reste des Rover. Immerhin, sagte er sich, blieb ihm an diesem Abend Ludewig erspart, der mit anderen Dingen beschäftigt war oder Feierabend spielte.

»Sieht aus wie n geschmolzener Zünder. Zeitzünder, wahrscheinlich«, sagte einer der Experten; mit der Fußspitze wies er auf Metalltrümmer.

»Ich will nicht mehr.« Matzbach rammte die Fäuste in die Taschen. »Nein, ich mag nicht mehr. HaKa Ludewig weiß Bescheid über die Zusammenhänge; fragen Sie ihn, wenn's Fragen gibt. Ich will nach Hause. Ins Bett. Auf den Arm. Unters Klo. Bäh.«

»Wo können wir Sie erreichen?«

»Ludewig weiß Bescheid«, wiederholte Baltasar. Er sah sich suchend um. »Yü, sagt Konfuzius irgendwas dazu?«

»Ich kann mich darum kümmern«, sagte Tshato, »wenn du willst, Boß. Ich muß ja morgen nicht früh raus.«

»Ich helf dir.« Red Horse grinste. »Hau ab, Chief.«

Yü schwieg; er schien angestrengt nachzudenken. Dany legte den Arm um seine Schulter.

»Hören Sie?« sagte Matzbach. »Der nette Kollege hier kümmert sich um die Sache. Er gibt Ihnen bestimmt seine Adresse, und wenn Sie Sorgen haben oder Rat brauchen – nicht verzagen, Tshato fragen. Ich bin, schöne Grüße an Ludewig, bis Freitag nachmittag nicht vorhanden.«

Er hauchte Lucy einen Kuß auf die Wange, klopfte Don und Tshato auf die Rücken und wandte sich zum Gehen. Dany und Yü folgten.

»Wir müssen noch ein paar Sachen aus der Kajüte holen«, sagte Dany. »Nicht viel; das meiste ist eh noch drüben. Nur die wichtigen Reste. Wo willst du hin, Dicker?«

Matzbach schnaubte. »Wenn nach dem Beladen noch Platz in deinem Gefährt ist, zur Kölnstraße. Ich kann mir aber auch ein Taxi schießen.«

»Dich kriegen wir auch noch rein.« Dany ließ Yüs Hand los und ging zur Kaitreppe; in der *Spelunke* brannten nach dem überstürzten Aufbruch noch Lichter. »Was ist, Felix?«

Yü stand neben einem Promenadenbaum. »Meister Kung«, sagte er, »hat sich dazu geäußert, und zwar so: Wenn die Kröte der Unbill ihren Kopf aus dem Lehm der Fährnisse reckt, in den du bis über die Knie gesunken bist, zerschlage sie erst dann mit der Schaufel deines Zorns, wenn du sicher bist, daß sie nicht eigentlich dein großer Zeh ist.«

Matzbach parkte die verschmierte DS auf Hermines Hof neben ihrem Benz und Danys Golf; der von Rapunzel war nicht zu sehen, befand sich vermutlich in der Scheune. Ehe er ausstieg, klopfte er noch einmal seine Jackentaschen ab. Die Papiere aus Paderborn; die Brieftasche; die Smith & Wesson. »Nichts vergessen außer deinem Kopf, du Trottel«, murmelte er.

Die anderen saßen alle in der guten Stube. Hermine blickte grimmig, Zaches grinste, Rapunzel schien Schmerzen zu haben, Dany biß eben Nagelhaut von einem Finger; und Yü sah gequält drein und atmete lautstark auf, als Matzbach eintrat.

»Wird eine längere Nacht«, sagte er kläglich. »Den Mädels ist es egal, ob wir früh raus müssen oder nicht; sie wollen uns den Kopf zurechtrücken, und zwar in verschiedene Richtungen gleichzeitig.«

Baltasar zog die Jacke aus, hängte sie über eine Stuhllehne, beugte sich zu Hermine, die den Kopf wegdrehte und seinen Lippen eine kalte Wange übrigließ, und setzte sich.

»Darf ich raten?« sagte er. »Zaches macht mit. Dany will, nachdem sie schon an der Ahr alles verpaßt hat, diesmal richtige *action* sehen und weigert sich, am Samstag an Land zu bleiben. Hermine findet, daß wir alle nen Sprung in der Schüssel haben. Und Rapunzel« – er sah sie lange und eindringlich an – »will eine Hosenrolle im letzten Akt.«

»Scheiße.« Hermine setzte ihr Weinglas so heftig ab, daß einiges herausschwappte. »O Mann, Scheiße, Matzbach. Ihr seid doch alle komplett wahnsinnig.«

»Fünf gegen eine, Liebste.« Baltasar legte sein Gesicht in traurige Falten. »Du dauerst mich.«

»Und was versprecht ihr euch von diesem Blödsinn?«

Matzbach hob die Brauen. Ehe er sprechen konnte, sage Yü halblaut: »Ungefähr zwei Millionen.«

Zaches keckerte. »Klingt gut. Gibt's nen Bonus, Chef?«

»Für die Überlebenden, ja. Die anderen kriegen eine Luxusbestattung.«

Hermine leerte ihr Glas, stand auf und sagte: »Ihr könnt mich alle mal. Leider kann ich euch nicht rauswerfen; oder?« Sie verschwand.

Yü seufzte und blickte Baltasar an. »Schwere Arbeit liegt vor Euch, alter Herr Matzbach. Ich kann ja morgen früh das Steuer nehmen.« Er bückte sich und hob die Aktenmappe hoch. »Eine kleine Amtshandlung bliebe noch, ehe du ans Werk gehen kannst. Darfst. Mußt.«

Matzbach betrachtete wehmütig den feinen Briefkopf der demnächst weiland *Spelunke* auf dem Papier, das Yü aus der Mappe zog. »Danybaby«, sagte er. »Wir werden jetzt drei Wörter schreiben. Damit du dich nicht allzu sehr langweilst, während Yü und ich unterwegs sind. Gib her.«

Yü reichte ihm das Blatt; Baltasar zog einen Pelikan-Füller aus der Jacke, schraubte ihn auf, glättete das Papier auf dem Tisch und schrieb, wobei er leise las:

»Frau Daniela Dingeldein ist ab sofort Dritteleignerin der *Spelunke.* Wir bitten darum, ihr Einblick in alle relevanten Unterlagen zu gewähren Gezeichnet Be Matzbach und …«

Yü nahm den Füller und unterschrieb.

»Und damit«, sagte Dany, »soll ich morgen in euer Steuerbüro gehen und versuchen, eine der Frauen da auszuquetschen?«

»Yü hat dich also schon informiert. Bravo. So ist es.«

»Das mit der Dritteleignerin ist natürlich nur heiße Luft, oder soll ich mich an eurem Untergang auch noch finanziell beteiligen?«

»Wie Meng-tse treffend bemerkte«, sagte Yü glucksend, »soll man mitten auf einem sinkenden Schiff nicht mehr die Ratten wechseln.«

Zaches hockte sich auf die Lehne von Rapunzels Sessel und nahm die Hand, die sie auf den Bauch preßte. »Die Dinge beschleunigen sich«, sagte er sanft. »Können wir in den nächsten Tagen etwas tun? Dir helfen, Dany?«

Sie hielt das Blatt hoch, bis die Tinte getrocknet war; dann faltete sie es zusammen, steckte es aber nicht ein. »Ich weiß nicht... Vielleicht denk ich mir noch was aus. Jungs, paßt auf: Ich mach das hier nur unter einer Bedingung.«

Yü und Matzbach wechselten einen langen Blick; der Chinese schüttelte den Kopf, Baltasar nickte.

»Aha«, sagte Rapunzel; ihre Stimme war belegt. »Ein deutliches Jein, wie?«

»Yü meint: Wieso eigentlich nicht? Und mein Nicken lautet: Aber keinesfalls mitnichten. Was willst du, holde Winzerin?«

»Rapunzel und ich sind an Bord. Samstag. Wenn's losgeht.«

Yü sagte leise: »Ei ja. Die Wildgans zieht allmählich der Hochebene zu. Der Mann zieht aus und kehrt nicht wieder. Die Frau trägt ein Kind, aber bringt es nicht zur Welt. Unheil. Fördernd ist es, Räuber abzuwehren.«

»Dsiën«, sagte Matzbach. »Auch ›Allmählicher Fortschritt‹ genannt. Tja. Wenn das aber so ist, dann wollen wir doch die lieben Angebote, beim Räuberabwehren zu helfen, nicht ausschlagen, nicht wahr?

Es war kurz vor eins, als Matzbach an Hermines Schlafzimmertür klopfte.

»Geh weg.«

Baltasar bewegte die Klinke; die Tür war unverschlossen. Er trat ein und sagte: »Ich höre und gehorche.«

Hermine saß im Schneidersitz auf dem Bett. Sie war nackt und hielt zwei Objekte in den Händen. Ein einzelnes Nachttischlämpchen brannte.

»Ich hab noch eine schlechte Übersetzung loszuwerden«, sagte Matzbach. »Manchmal muß ein Mann tun, was ein Mann tun muß.«

»Das rettet dich auch nicht«, sagte sie dumpf. »Aber immerhin kommst du gleich mit Blödsinn an, statt mit sogenannten Argumenten.« Sie blickte auf.

Matzbach war nicht sicher, ob sie geweint hatte oder nicht. Das Glitzern auf der Wange mochte auch ein Lichtspiel der Lampe sein. Ein Rest Make-up. Ein Stückchen Lametta. Schnee. Er knöpfte sein Hemd auf.

»Ich sei, gewährt mir die Freide, in Eurem Bette der zweide«, sagte er. »Was hast du da in holden Händen, abgesehen von der Kandare meines Herzens?«

Sie verzog das Gesicht. »Hör doch auf mit deinen unmöglichen Wendungen. Souvenirs hab ich hier. Memos, gewissermaßen. Beide unpoliert wie das jeweilige Original.«Sie hielt die Gegenstände hoch. Das eine Objekt war Matzbachs Porträt, fein ausgeführt in Teak; das andere der ephemere Euphemismus, von dem Hermine gesprochen hatte: ein Gemächt mit geballtem Scrotum und erigiertem Glied.

»Ha«, sagte Baltasar. »Zur abschreckenden Beherzigung?«

»Damit ich, wenn die Originale bei eurem wahnsinnigen Chauvitrip draufgehen ... dann kuck ich mir später die Kopien hier an und seh, daß es kein Verlust war, und das wird mich daran hindern, alles rückblickend zu verklären.«

»Ah, ah, retrograde Utopien sind die gemütlichsten.« Matzbach kletterte aufs Bett, beugte sich vor und betrachtete sein Antlitz in Teak, die leicht hochgezogene linke Braue, den entspannten Mund, das Kerbenkinn, den Gesamteindruck von lässiger Blasiertheit. Er schüttelte sich. »Scheußlich. Tu's weg.«

Hermine hielt ihm das Teak-Gemächt hin. »Und das da?«

»Tja.« Er streichelte ihren festen Rücken und musterte das feste Gerät. »Abermals tja. Kann ich nicht beurteilen; in dem Zustand schau ich nicht in den Spiegel. Gibt's da überhaupt individuelle Unterschiede?«

»Und ob. Aber die Ähnlichkeiten überwiegen: Alle nutzen sich schnell ab und hängen an Geisteskranken.«

Baltasar schnalzte und ließ sich aufs Kissen sinken. »Ihr, Edle, legt das doch weg und befaßt Euch ein wenig mit dem verfügbaren Original. Au, nicht so fest. Könnte es sein …« Er sprach nicht weiter.

»Was?« Die Spur eines Lächelns tauchte in Hermines Gesicht auf.

»Wenn du mit auf den Chauvitrip gehen willst, so als unbürgerliche Künstlerin, hm, dann hätte ich nen Job für dich, am Samstag.«

»Ha. Laß mal hören.«

14

Es gibt mehr schlechte Männer als gute Frauen.

BALTASAR MATZBACH

»Furchtbar.« Matzbach gähnte und blinzelte. Die DS schnurrte mit knapp 140 km/h über die fast leere Autobahn nach Norden. »Sechs Uhr. Ekelhaft.«

»Schlieft Ihr lange und gut, edler Mann?« sagte Yü. Dann gähnte er.

»Fünf Stunden gestern, und diese Nacht dreieinhalb. Und so früh aufstehen. Ekelhaft.«

Yü hob die Schultern. »Wer nicht zwischen Lust und Pflicht unterscheiden kann, wird leicht zur Lust verpflichtet. Kung-tse.« Er schüttelte sich und setzte sich auf. »Wenn ich nicht was tu, schlaf ich gleich ein. Es sei denn, du hättest kluge Dinge zu sagen.« Er tastete in seiner Jackentasche herum, holte die Mao-Bibel heraus, legte sie zwischen seine Beine, fand dann die gesuchten Gegenstände und begann, sich die Ohren mit einem Q-Tip, danach die Fingernägel mit einem Schweizer Offiziersmesser zu reinigen.

»Igitt.« Matzbach schaute wieder geradeaus.

»Seit wann hast du den Schlüssel zu dieser Autowerkstatt?«

Matzbach wackelte mit den Ohren. »Hat Tobias mir gegeben, damit ich notfalls auch in seiner Abwesenheit an die Knete kann, die wir unter seinen Schrotttrümmern versteckt haben.«

»Das war so ein Notfall, heute früh, ja?«

»Wenn man nach allzu geringem Schlaf ohne Kaffee in die Fremde zieht, wie soll man das sonst nennen? Kühnheit? Glück?«

Yü steckte das Messer wieder ein, kurbelte das Fenster herunter, bereicherte den östlichen Kölner Autobahnring um einen gebrauchten Q-Tip und schloß das Fenster wieder. »Glück?« sagte er. »Kühnheit? Meng-tse sagt: Der Skrupellose wird Herrscher, der Kühne Wegelagerer, der Weise Schäfer, der Glückliche heiratet günstig. Zu Notfällen fällt ihm nichts ein.«

»Danke für die Stichworte. Auerberg, der Glückliche, hat kurz nach dem Vorfall mit dem Mädchen damals günstig geheiratet. Die Knete« – er wies mit dem Daumen auf zwei Plastiktüten, die auf der Rückbank lagen – »hat er von seiner Frau. Altes Geld, Industrie schätzungsweise. Jetzt ist er, skrupellos wie alle Politiker, auf dem Weg, sich einen Anteil am Herrschen zu sichern. Der andere Knabe, Dengler, will diesen Anteil haben.«

»Was ist das für einer, der ehrenwerte Erpresser?«

»PG, Sozi; außerdem Jurist, wie alle guten Kriminellen. Gute Ausbildung; hat sogar mal kurz in den USA studiert. Bevor die SPD auf Antiwestkurs ging.«

Yü blickte ihn von der Seite an. »Du klingst – wollüstig?«

Matzbach nickte; er versuchte, ein strahlendes Lächeln aufzusetzen. »Ich bin, wie du wissen solltest, ein Anhänger des pragmatischen Handelns.«

»Ahaua.«

»Und seit Helmut Schmidt abgetreten wurde, habe ich nur noch die Wahl zwischen einem Lager, in dem ausgesessen, reagiert und Macht ungenutzt ausgekostet wird, und einem anderen, in dem weltfremde Trottel hechelnden Aktionismus betreiben, in einem Schleier aus Ideologie und Illusion.«

»Mann, kannst du schon was Schwieriges, so früh am Tag!«

»Und ob. Ich hatte also, wie du siehst, schon länger keine Wahl mehr, was mir viel Grübeln und Kreuzchenmachen erspart hat. Daher die Wollust.«

Yü lehnte sich bequem zurück und faltete die Hände im

Schoß. »Na ja, so weltfremd sind die aber nicht, oder? Jedenfalls die beiden, um die es hier geht.«

»Ich habe von dem Gesellschaftsspiel namens Politik geredet, nicht von Techniken, persönliche Macht und Vorteile zu erringen, o glückbehafteter Yü. Was das angeht, sind sie alle, um bei deinem Meng-tse zu bleiben, Wegelagerer auf dem Weg zum Herrscher.«

»Und was genau hast du vor, wenn wir erst einmal bei den Eingeborenen angekommen sind?«

Matzbach klopfte auf die linke Brust; unter der Jacke knirschte etwas. »Der alte Journalist in Paderborn hat ein gutes Gedächtnis. Und ein reiches Papierarchiv.«

»Wieso erinnert der sich nach – was? dreiundzwanzig Jahren? – noch so genau?«

Matzbach nickte. »Anno einundsiebzig, genau. Tja, wieso erinnert er sich? Er hat sein Leben lang Lokales und Regionales gemacht, mit einem feinen Hang zu Zynismen. Und in dieser entlegenen Weltgegend, wo das Auftauchen eines überlebenden Sauriers keinen überraschen würde, wo man ja sogar Armin dem Cherusker Denkmäler weiht, hat es in seiner Zeit nicht so viele formlose Todesfälle gegeben. Deshalb. Besondere Vorkommnisse prägen sich ein, wie Konfuzius bestimmt auch irgendwo gesagt hat.«

»Für den bin ich zuständig«, murrte Yü. »Und? Ist bei den Papieren irgendwas Wesentliches?«

»Wie man's nimmt. Also, der Alte hat mir ein paar Namen von Leuten genannt, die bestimmte Sorten Dreck am Stecken haben, darunter auch der spezielle Parteifreund Dengler. Alles nicht zu beweisen, aber vielleicht muß man es gar nicht beweisen. Dann hat er mir geholfen, einen Auswanderer aus dem Kaff zu erfinden, mit dem Namen einer ausgestorbenen Sippe. Und er hat mir Lokale genannt und den Weg zu einem Bauernhof beschrieben, wo eine alte Frau lebt, die damals was gesehen hat, als das Mädchen angeblich ins Wasser gegangen ist.«

»Wenn ich die bisherigen Aussagen Eurer werten Person nicht vergessen oder verwirrt habe, war die junge Dame schwanger, ja?«

»Gründlich. In der Zeitung stand damals übrigens nur, daß sie schwanger war; nicht, wie sehr. Das hat der gute Reporter später vom zuständigen Pathologen gehört; da war der Fall aber schon nicht mehr interessant.«

»Wie schwanger war sie denn?«

»Achtzehnte oder neunzehnte Woche. Konnte man damals wohl nicht so genau sagen, oder das Kind war schräg entwickelt.«

»Schräg? Na ja. Und damit erpreßt Dengler deinen Auerberg?«

»Nee, nur zusätzlich. Es geht um Mißhandlung von Untergebenen bei der Bundeswehr. Auerberg ist heute strammer Pazifist, gegen Bundeswehr-Einsätze wo immer, grundsätzlich gegen die NATO, derlei. Das macht seine Vergangenheit so kitzlig.«

Yü schwieg eine Weile. Als sie das Autobahnkreuz Breitscheid erreichten und Richtung Lohausen fuhren, deutete er auf die Rückbank. »Was ist da genau drin?«

»Fünfzig«, sagte Matzbach. »Ich hoffe, am Flughafen sind schon Läden auf. Wir werden einen feinen Aktenkoffer mit Verschluß kaufen und das da reinpacken. Außerdem sind noch fünfzehn drin, Honorar von Auerberg für die delikate Mission. Wenn's klappt, gibt's hinterher nochmal fünfzehn.«

Yü pfiff leise. »Alles von Madame? Muß *die* Knete haben.«

»Hat sie. Sie mag das mondäne Leben und den Geruch von Macht; deshalb finanziert sie Auerbergs Karriere. Macht aus zweiter Hand – irgendwie ist sie selbst nicht direkt interessiert. Und sie finanziert Auerbergs Versuche, den erpresserischen PG Dengler zu befriedigen.«

»Hast du einen Plan? Und wozu spuckst du Knete aus, um deine liebe Kimberley aus New York einfliegen zu lassen?«

Matzbach grinste. »Laß mir doch meine kleinen Überraschungen. Du erfährst es noch früh genug.«

Die Maschine, die um 6.25 Uhr hätte landen sollen, war noch in der Luft. Statt Kimberley wie verabredet im Café zu suchen, kauften sie einen edlen Aktenkoffer und nahmen ein Frühstück zu sich.

Kimberley Symonds – eine schlanke Farbige, *café au lait* – begrüßte Matzbach mit einem Gähnen und einer Umarmung, Yü mit einem Gähnen und einem Händedruck. Sie machte es sich auf der Rückbank der DS bequem. Als man gegen Mittag in strömendem Regen vor einem komfortablen Landhotel hielt, mußte Matzbach sie wecken. Sie brachten ihre Taschen auf die luxuriösen Zimmer; Kimberley ließ gleich Wasser in die orangefarbene Wanne laufen. Matzbach klopfte noch einmal bei ihr; sie wechselten ein paar Worte, schließlich sagte er:

»Okay, you take your bath and a nap; see you tonight. We'll be looking around.«

Durch weiter strömenden Regen fuhren sie über immer kleinere Straßen durch mehrere Dörfer, aßen in einem Landgasthof eine Kleinigkeit, brachen wieder auf. Irgendwann sagte Yü:

»Also, die Gegend hier erinnert mich an Dinge, die meine Eltern über den mittleren Hoang-ho erzählt haben. Naß und lehmig, im Prinzip. Was versprichst du dir von dieser Fahrerei?«

»Ich will mir ein Bild machen.«

»Fein. Hast du die Buntstifte zum Ausmalen dabei? Oder wie soll's weitergehen?«

Matzbach schnaubte. »Wie du dir denken kannst, ist es in einer solchen Gegend schwer, die Leute zum Reden zu bringen. Die machen nämlich den Mund nur auf, wenn sie unter sich sind. Fremde, zum Beispiel aus dem nächsten Landkreis, haben keine Chance.«

»Deswegen hast du einen Chinesen und eine Negerin dabei?«

Matzbach lachte. »Genau. Wir sind so fremd, wir spielen schon keine Rolle mehr. Außerdem baue ich auf die edelste und meistverbreitete aller menschlichen Tugenden. Neugier gepaart mit Geldgier. Gier, mit einem Wort. Hah, Moment. Der weise Schäfer. Steig du doch mal in den Regen und frag ihn, ob er die Herren Dengler, Amelunxen und Brauers kennt, und ob er meint, wir könnten sie im *Postillon* finden. Das ist die Dorfkneipe. Schäfer wissen so was.«

»Bäh.« Yü stieg aus. »Dir ist es zu naß, ja?«

Auf einer Art Steppe, die sich zwischen Hecken und Wolken verlor, stand bei seinen tausend Schafen ein Mann. Er schien aus dem Bilderbuch entlaufen, mit Bischofsstab und weitem zeltartigen Umhang. Ein Hütehund, aus dessen Fell der Regen troff, umzingelte Yü kläffend, verschwand aber wieder, als der Chinese ein Zeichen mit den Fingern machte.

Das Gesicht des Schäfers unter der Kapuze leuchtete, wie in Wonne entrückt. Yü kam näher, verneigte sich ein wenig und sagte:

»Der minderwertige Fremde bittet um ein paar Auskünfte.«

Anscheinend lustvoll verdrehte der Schäfer die Augen und seufzte: »Ahhh.«

Yü nickte. »Kennen Sie Herrn Dengler?«

Der Schäfer grinste breit. »Ahhrrr!«

»Vielleicht auch Herrn Amelunxen?«

Der Schäfer leckte sich die Lippen. »Haaaah!«

»Und wie steht es mit Herrn Brauers?«

Der Schäfer keuchte leise. »Hnnnjammm!«

»Meinen Sie, die Herren wären im *Postillon* zu finden, abends?«

Der Schäfer hechelte. »Ho. – Hoooh! – Huuuij!« Letzteres klang recht schrill.

Yü verneigte sich wieder. »Ich danke für die Auskünfte und

wünsche weiterhin fröhliches Gedeihen.« Er drehte sich um und ging zum Wagen zurück, in dem Matzbach mit heruntergekurbeltem Fenster saß, lauschte und beobachtete.

Unter dem Umhang bewegte sich etwas. Der Schäfer sagte erschöpft: »Gaaah!« Dann erschien ein kleines weißes Schaf, das sich schüttelte und zu den anderen lief. Der Schäfer rieb sich die Augen; dabei glitt die Kapuze vom Kopf. Er trug einen Walkman. Als er die Kapuze wieder überstreifen wollte, lösten sich die Kopfhörer; deutlich war Mick Jaggers Stimme mit »I can't get no satisfaction« zu hören. Der Schäfer befestigte Kopfhörer und Kapuze wieder und blickte hinter Yü her.

»Chinese, was?« sagte er. »Scheiß Ausländer. Sollen erst mal Deutsch lernen.«

Abends saßen Kimberley, Yü und Matzbach in einer Kneipe und aßen. Um sie her eine Zone des Schweigens: Die Einheimischen saßen, wenn überhaupt, an entfernten Tischen und starrten immer wieder zu ihnen herüber, die meisten – ausschließlich Männer – standen am Tresen, in ungemütlichen Haltungen, immer halb mit den Augen bei den Fremden. Bisweilen brach einer der Einheimischen plötzlich auf, kehrte mit neuen Gästen zurück; der Wirt telefonierte mehrmals.

Nach dem Essen, als der Wirt mit beinahe spitzen Fingern den Tisch abgeräumt und Kaffee gebracht hatte, stand Matzbach auf, räusperte sich dröhnend und knallte den geldgefüllten Aktenkoffer auf den Tisch.

»Ist einer der Anwesenden imstande, uns bei einem Problem zu helfen? Wir kriegen die Schlösser nicht auf.«

Nach kurzem Getuschel kamen zwei Männer zu ihnen; der Rest der Kneipe sah stumm zu. Die beiden fingerten am Koffer herum und hatten keine Schwierigkeiten, ihn zu öffnen. Dann erstarrten sie, wie die anderen. Jemand sagte »Ahhh!«, ansonsten war die Stille vollkommen.

»Danke sehr, meine Herren!« Matzbach lächelte, ohne die

Zähne sehen zu lassen. »Ein bißchen Kleingeld... Darf ich mich kurz vorstellen? Mein Name ist Matzbach; ich bin Anwalt und vertrete diese junge Dame aus Amerika. Wir haben den letzten Willen eines Toten zu erfüllen, Alfred Hagenbusch.«

Zwei oder drei der Anwesenden wiederholten den Namen, teils fragend, teils staunend. Der Wirt kniff die Brauen zusammen.

»Alfred Hagenbusch hat, wie einige von Ihnen vielleicht von den Eltern wissen, anno achtundzwanzig Deutschland verlassen, mit achtzehn Jahren. Er ist in die USA gegangen, nach Amerika, hat gute Geschäfte gemacht, eine nette Frau geheiratet, Kinder gezeugt und ist vor einem halben Jahr gestorben. Eine seiner Töchter hat einen schwarzen Arzt geheiratet; diese nette junge Dame hier, Ms. Kimberley Symonds, ist die Enkelin von Alfred Hagenbusch.«

Großes Gezischel, Getuschel, Tamtam; einige der verschlossenen Gesichter begannen sich aufzuhellen. Ein paar Leute traten sogar einen Schritt näher. Yü verzog keine Miene, er hielt die Hände auf dem Tisch verschränkt. Kimberley lächelte in die Runde; Matzbach war ganz leutselig und verbindlich.

»Herr Hagenbusch hat, wie wir dank der Auskünfte von, eh, Behörden erfuhren, keine unmittelbaren Verwandten mehr hier. Er hat aber in seinem Testament eine Summe von fünfzigtausend Mark hinterlassen, mit der Anweisung, in seinem ehemaligen Heimatort Nachforschungen anzustellen.«

Der Wirt klopfte auf den Tresen. »Eine Runde aufs Haus! Wer soll das Geld kriegen?«

»Entweder Verwandte ersten oder zweiten Grades, falls vorhanden. Oder gute Menschen.«

»Wer? Was?«

»Gute Menschen.« Matzbach lächelte ironisch. »Herr Hagenbusch hatte sehr genaue Vorstellungen, was ein guter Mensch nach seiner Meinung sein sollte. Jemand, der für die

Öffentlichkeit arbeitet, den Ort nach außen vertritt, sich privat nichts zuschulden kommen läßt und allgemein wegen seiner Tugend und Tüchtigkeit geachtet wird.«

»Fünfzigtausend!« sagte jemand ehrfürchtig.

»Hat Hagenbusch das in Dollars oder in Mark hinterlassen?« sagte der Wirt.

»In Dollars. Es kam nicht glatt hin, deshalb hat sich Ms. Symonds freundlich bereit erklärt, es aufzustocken und eine runde deutsche Summe daraus zu machen. Allerdings will sie einen Teil der Summe, etwa zehn Prozent, als Belohnung aussetzen.«

»Belohnung wofür?« sagte ein korpulenter Mann.

»Für die Ermittlung des guten Menschen.« Matzbach breitete die Arme aus. »Es ist ja so, daß wir hier niemanden kennen. Wir sind also auf Ihre Mitwirkung angewiesen – Ihre Liebesdienste sozusagen, nicht wahr, Ms. Symonds?«

Sie nickte lächelnd. »Let me not«, sagte sie, »to the marriage of true minds admit impediments. Love is not love which alters when it alteration finds, or bends with the remover to remove.«

»Eben. Jeder, der uns helfen kann, soll dies nicht umsonst tun, sondern erhält einen Teil der hierfür vorgesehenen fünftausend.«

Kimberly hob die Hand. »Let me make one more thing perfectly clear – it's about life, liberty, and the pursuit of happiness, right? Far called, our navies melt away, on dune and headland sinks the fire; lo, all our pomp of yesterday is one with Nineveh and Tyre. Therefore …« Sie blickte Matzbach auffordernd an.

»Was die Dame meint, ist, daß ja niemand, weder sie noch ihr Großvater, Geld mit ins Grab nehmen kann; deshalb soll es sinnvoll genutzt werden, zur allgemeinen Freude gewissermaßen, zur Verfolgung des Glücks. Ah, noch etwas.« Er grinste. »Dies ist ausländisches Geld; es wird bar ausbezahlt. Kein Finanzamt erfährt davon – es sei denn, einer von Ihnen …«

Allgemeines Gelächter; die Männer drängten sich immer näher an den Tisch mit dem offenen Koffer. Yü wühlte im Geld, zog ein paar weiße Blätter heraus, schraubte einen Füller auf und setzte sich in Positur.

»Mein Assistent, Herr Yü, wird Ihre Auskünfte notieren. Das geht nicht an offizielle Stellen – wie gesagt, kein Finanzamt, kein Richter, keine Polizei erfährt etwas. Sie können also unbesorgt sprechen. Als erstes möchten wir die gesamte Zeche des heutigen Abends übernehmen. Zweitens erhält jeder« – Matzbach blickte in die Runde, zählte schnell, kam auf etwa zwanzig Leute, nickte – »von Ihnen, der etwas Gutes oder Schlechtes über jemanden sagen kann, zweihundert Mark auf die Hand. Und bitte – auch die ältesten Klatschgeschichten, Gerüchte, alles, was Ihnen einfällt, kann uns helfen!«

Nach und nach setzte sich jeder einzelne Kneipengast zu ihnen, redete, flüsterte, berichtete; Yü notierte, Kimberley strahlte, Matzbach nickte oder stellte aufmunternde Zwischenfragen.

Sehr viel später verließen sie als letzte das Lokal. Es war weit nach Mitternacht. Sie hatten den Citroën etwa dreißig Meter entfernt geparkt, da vor dem Lokal alles voll gewesen war.

»Heilige Habgier«, sagte Matzbach halblaut. »All der Dreck, den die übereinander erzählt haben … Das hätten wir auf keine andere Weise rauskriegen können.«

Yü gluckste. »Sehr schöne Strategie, Dicker. Wie Konfuzius sagte: Wenn du den Stier bei den Hörnern nehmen willst, greif ihm zuerst in die Brieftasche. Oder so.«

Kimberley räusperte sich; sie berührte Matzbachs Schulter und deutete in einen Hauseingang, aus dem vier oder fünf schattige Gestalten auftauchten. Im Licht einer Laterne blitzte mindestens ein Messer; eine der Gestalten spielte mit einer Fahrradkette.

»Lay on, Macduff«, sagte sie halblaut und schob Matzbach vor sich her.

»Ich nehm das Messer«, murmelte Yü.

»Langsam.« Matzbach blieb stehen. »Habt ihr euch verlaufen, Kinder?«

Es waren fünf; sie trugen zerschlitzte Strümpfe über den Köpfen. Zwei hatten leere Hände; einer ließ einen Schlagstock in die linke Handfläche titschen. Der mit dem Messer ging links, der mit der Kette rechts, auf der Straße.

»Her mit der Knete«, sagte der mit dem Schlagstock.

»Ts, ts, ts. Schlecht erzogen, bah. Manche hatten eine gute Kinderstube, andere litten unter arger Wohnungsnot. Habt ihr kein Taschengeld gekriegt?«

»Hör auf zu quasseln, Dicker. Los, rück schon raus.«

»Alas, poor Yorick«, sagte Kimberley; sie drängte sich zwischen Matzbach und Yü. »These are fellows of finite jest. I could come bounding from a nutshell and count myself the queen of flying divers. Go!«

Ansatzlos sprang sie; ihre Füße trafen den Schlagstockbewehrten vor die Brust und schleuderten ihn zu Boden. Sie rollte sich ab wie eine Katze, umklammerte die Beine des Unbewaffneten neben ihr und brachte ihn zu Fall. Gleichzeitig attackierte Yü mit einem furchtbaren asiatischen Kampfschrei den Messermann, der sich unter den Hieben und Tritten wie eine gelähmte Marionette bewegte; die Klinge klirrte aufs Pflaster. Matzbach schlug mit dem Geldkoffer aufwärts in die Kette, ließ das Behältnis los und umarmte die beiden rechts gehenden Gestalten; ihre Köpfe krachten zusammen.

Es dauerte nur Sekunden. Der Knabe mit dem Schlagstock lag reglos auf dem Trottoir; dann stöhnte er und faßte an seinen Kopf. Yü kniete auf dem Messerhelden. Die drei anderen verschwanden torkelnd in der Nacht.

Matzbach hob den Geldkoffer auf und ging zu Kimberley, die mit verschränkten Armen an einer Hauswand lehnte, den rechten Absatz gegen die Mauer gestemmt. »How much, Schatzi love?« sagte er.

Dann wandte er sich Yü zu. »Frag ihn doch mal.«

Yü blickte auf. »Etwa inwiefern?«

»Sag ihm, wir wüßten gern, welcher unflätige Finsterling ihm die Befehle gegeben hat.«

Yü lächelte freundlich und blickte nach unten. »Hörst du?« sagte er. »Der dicke Mann will wissen, welcher unflätige Finsterling dir die Befehle gegeben hat.« Seine Hände taten etwas; der Liegende jaulte auf.

»Au ... Auerberg«, ächzte er.

»Wann?«

»Vor ... vor 'ner Stunde.«

Yü klappte den Geldkoffer zu, ließ sich auf sein Hotelbett fallen und verschränkte die Hände unterm Kopf. »Noch etwas über sechsundvierzig Riesen. Hat sich die Aktion denn gelohnt?«

Matzbach jonglierte eine Weile, bis er antworten konnte. Er hatte eine Zigarre zwischen den Zähnen, zwei Gläser in der Linken, in der Rechten eine Flasche Cardhu. Er klemmte sie in die Achselhöhle, nahm die Zigarre in die Hand, zog mit den Zähnen den Korken aus der Flasche, spuckte ihn auf den Boden, nahm die Zigarre wieder in den Mund, goß beide Gläser fast randvoll, stellte die Flasche auf den Nachttisch und ein Glas auf Yüs Bauch. Dann gestikulierte er mit der Zigarre.

»Gelohnt? Allein Kimberleys Sprung war doch sehenswert und lohnend, oder?«

»Wo ist sie?«

»Schläft. Sie sagt, sie hätte einstweilen genug von Verrückten. Außerdem verträgt sie keinen Zigarrenrauch.«

Yü nahm sein Glas, setzte sich auf und nippte. »Hmm. Wie Meng-tse sagt, schmilzt bei gutem Malzwhisky sogar das Jadeherz des Drachenkaisers. Aber was ist mit dem ganzen Klatsch, den die uns heute abend in die Ohren geblasen haben?«

Matzbach grinste; er ließ sich in einen Ledersessel plumpsen.

»Hat sich gelohnt, doch. Wir wissen jetzt, daß es in diesem ganzen Kaff nur drei gute Menschen gibt – dich, Kimberley und mich. Keiner außer uns hat die Knete verdient. Und vor allem wissen wir zwei oder drei Dinge, die Meister Dengler davon abhalten sollten, den Parteigenossen Auerberg weiter zu erpressen. Ich werde ihn« – er blickte auf die Uhr – »um zwölf treffen, wie vereinbart, und ihm das Mittagessen versauen. Vorher will ich aber noch die alte Bäuerin besuchen.«

Yü schloß die Augen und ließ sich wieder aufs Bett fallen, das Glas auf dem Bauch. »Was reitet Auerberg denn eigentlich? Erst schickt er dich mit fünfzig Riesen los, letzte Rate für den Erpresser, dann setzt er diese Knalltüten auf dich an, die das Geld wieder eintreiben und dir ein bißchen zusetzen sollen.«

Matzbach stieß eine mächtige Qualmwolke aus, die träge durchs Zimmer segelte, über dem Fernseher zerfaserte und in den Gardinen verging. »Tja, man fragt sich … Ich nehme an, jemand hat ihn von unseren Spielen in der Kneipe unterrichtet, per Telefon, und Auerberg fand, das wäre nicht die richtige Art, mit seinem Geld umzugehen. Vielleicht hat er aber auch Angst, wir kriegen noch was gegen ihn raus und übernehmen selbst das Erpressen.«

Yü runzelte die Stirn und hob den Kopf. »Und? Übernehmen wir das?«

Matzbach schob die Unterlippe vor. »Tja, auch das fragt man sich.«

Yü und Kimberley standen am Ufer des verschilften Sees, offenbar in kommunikatives Schweigen versunken. Matzbach stapfte neben einer alten Bäuerin her zum Hof, der nur wenige hundert Meter vom See zwischen Bäumen lag. Sie zupfte an ihrer dicken Brille.

»Damals hatt ich noch gute Augen, anders wie heut. Deshalb war ich ja auch so sicher.«

»Also noch mal.« Matzbach blieb stehen und schaute

zurück. »Sie haben das Mädchen gesehen und den Mann; die sind zum See runtergegangen.«

Sie nickte. »Er hat nen Arm um ihre Schulter gelegt, ja. Er geht links, sie rechts. Dann bleiben sie noch mal stehen, lachen über irgendwas, und dann gehen sie weiter, runter zum Ufer, wo ich nix mehr seh.«

»Und Sie sind sicher, daß das Auerberg war?«

»Ich sag Ihnen doch, damals warn meine Augen noch gut. Und wer soll das sonst gewesen sein? Das wußten doch alle, daß die zwei was miteinander haben. Kommen Sie, ich zeig Ihnen was.«

In der guten Stube mit schweren alten Bauernmöbeln nahm sie ein Album, blätterte und zeigte Matzbach ein Foto. Es zeigte eine Gruppe junger Leute. Sie deutete auf ein Mädchen. »Das ist Martha. Das muß im Frühsommer gewesen sein, in dem Jahr... Armes Ding. Keine Eltern, keine Verwandten, hat's zur Kindergärtnerin gebracht, und dann so was. Nee, nee.« Sie schneuzte sich in ihre Schürze.

Matzbach deutete auf einen langen schlanken Mann. »Und das ist Auerberg?«

Sie blinzelte. »Nee, der da.« Sie wies auf einen anderen schlanken Jüngling. »Der, wo Sie meinen, das is der Dengler. Und das hier is mein Junge.«

Matzbach summte leise; schließlich sagte er: »Und Sie sind ganz sicher, daß es Auerberg war, mit dem Mädchen? Wie können Sie, auch bei guten Augen, so sicher sein? Es sind ja doch ein paar Meter.«

Sie stemmte die Hände in die Hüften. »Tja.« Sie zögerte und schüttelte den Kopf. »Das is solang her; so genau weiß ich das nich mehr. Ich glaub, irgendwas mit Haltung oder Gang.«

»Hat der Mann vielleicht gehinkt?«

»Nee. Also das bestimmt nich. Das wüßt ich.«

»Könnten Sie mir das Bild ein paar Tage leihen? Ich schick's Ihnen zurück.«

»Aber gut damit umgehn.« Vorsichtig löste sie es aus dem Album.

Vor dem Rathaus stieg Matzbach aus dem Wagen, den Yü steuerte, bückte sich noch einmal und steckte den Kopf in die Kabine. Yü nickte; Kimberley, auf dem Rücksitz, schüttelte langsam den Kopf, als wollte sie sagen: Oh, ihr Idioten. Matzbach grinste, knallte die Tür zu und wandte sich zum Rathaus; der Citroën brauste davon.

Ein großer, schwerer Mann mit grauer Tonsur und grauem Anzug kam Matzbach entgegen. »Dengler«, sagte er. »Sie sind Matzbach?«

»Bedauerlicherweise. Krieg ich kein Händchen?«

Dengler schnitt eine Grimasse. »Ich sehe keinen Grund für Herzlichkeit. Kommen Sie; ich bin auf dem Weg zum Mittagessen. Hoffentlich reicht die Strecke, um alles zu klären.«

Matzbach hob die Schultern. »Kommt auf Sie an. Ob Sie vernünftig sind.«

Sie gingen los – Matzbach rechts, Dengler links. Nach ein paar Schritten wechselte Dengler auf Matzbachs andere Seite. Dabei deutete er auf sein rechtes Ohr.

»Taub geboren, deshalb muß ich immer rechts gehen oder sitzen.«

»Das erklärt Ihre Parteizugehörigkeit. Pure Opposition.«

»Bah. Also, was spielen Sie für ein komisches Spiel? Gestern abend im *Postillon*, was sollte das?«

Matzbach klackte leise mit der Zunge. »Auerberg mag nicht weiter erpreßt werden. Ich soll Ihnen die letzte Rate aushändigen und Sie bitten, es damit gut sein zu lassen.«

Dengler kicherte humorlos. »Bitten Sie ruhig.«

»Eben. Bitten hilft nicht viel, deshalb dachte ich, ich versuchs andersrum. Auf diese Weise kann ich Herrn Auerberg auch diese sinnlose Geldverschwendung ersparen.«

»Da bin ich aber gespannt.«

Matzbach musterte die Fachwerkfassaden, an denen sie vorübergingen, und pfiff einem Hund, der eben das Bein an einer Laterne hob. »Nette Häuser und nasse Einwohner. Sie waren in dieser köstlichen Gemeinde einige Zeit für die Vergabe öffentlicher Bauaufträge zuständig.«

Dengler blieb stehen. »Ah.« Er kaute auf der Unterlippe.

»Eben – ah. Gestern abend hab ich ein paar nette Geschichten gehört, zum Beispiel über Ihren Vetter, der Bauunternehmer ist.«

»Das ... das können Sie aber nicht beweisen.«

Matzbach lächelte. »Muß ich gar nicht. Es gibt doch hier genug Leute, die das wissen oder jedenfalls vermuten. Was meinen Sie, wie es mit Ihrer Parteikarriere weitergeht, wenn die Story in einer Zeitung auftaucht? Sie wissen so gut wie ich, daß es dann an Ihnen hängenbleibt. Egal, ob jemand was beweisen kann oder nicht.«

Dengler machte ein paar Schritte; Matzbach folgte ihm, bis sie mitten auf einem kleinen Platz standen. Der Hund strich um sie herum.

»Dann ist da noch die Sache mit Ihrer lieben Mutter, die seit Jahren in einem Heim vegetiert. Man war sich in der Kneipe nicht so ganz sicher, ob sie wirklich entmündigt werden mußte, oder ob der liebende Herr Sohn vorzeitig erben wollte.«

Dengler ächzte. »Lauter unbeweisbares Gequassel.«

»So unbeweisbar wie das, was Sie angeblich gegen Auerberg in der Hand haben.«

Dengler hob die Hände über den Kopf, ließ sie wieder sinken. »Das Schwein«, sagte er leise. »Er hat Martha auf dem Gewissen. Und wissen Sie, was er beim Bund gemacht hat? Er hat als Ausbilder ein paar Leute gezwungen, Würmer und Käfer zu essen. Vier Mann waren das. Einer ist verrückt geworden, einer hatte einen komischen Unfall bei der Wochenendheimfahrt damals, einem hat Auerberg nen Job besorgt. Der vierte Mann ist nach Australien, aber er hat mir vorher davon erzählt.«

Matzbach steckte die Hände in seine Jackentaschen. »Ihre Motive sind aber keineswegs lauter, Dengler. Sie wollen mir doch nicht erzählen, Sie lassen sich von Auerberg bezahlen und geben das Geld an die trauernden Hinterbliebenen weiter, oder? Und was die Sache mit der armen Martha angeht…« Er zog eine Hand aus der Tasche und wedelte mit Papier.

»Was ist das?«

»Notizen über den Inhalt des Obduktionsbefunds.«

Dengler versuchte danach zu schnappen. »Woher haben Sie das?«

Matzbach steckte das Papier wieder ein. »Geht Sie nichts an. Martha hatte was mit Auerberg. Sie hatte aber auch was mit Ihnen, nicht wahr?«

Denglers Unterkiefer sackte. »Woher …?«

»Hat mir ein Vögelchen erzählt. Und schauen Sie mal – hier.« Aus der Innentasche der Jacke holte er das Foto, das ihm die Bäuerin gegeben hatte. »Heute, Mister, sind Sie ziemlich feist. Damals waren Sie schlank und rank und lang. Genau wie Auerberg. Ich hab Sie auf dem Bild zuerst für ihn gehalten. Da gab's ja die Aussage der Bäuerin, sie hätte Auerberg mit Martha zum See gehen sehn. Die Obduktion hat ergeben, daß Martha schwanger war. Die Sache ist nicht weiter verfolgt worden; man hat sich darauf geeinigt, daß sie aus Verzweiflung über Schande auf dem Lande und so weiter ins Wasser gegangen ist. Was man halt so tut, wenn ringsum alles gut katholisch ist.«

»Ich weiß.« Dengler lachte hohl. »Alles Blödsinn.«

Matzbach sah ihm in die Augen. »Blödsinn? Geben Sie mir doch mal Ihre Version.«

»Sie wissen doch sowieso zuviel…«

»Zuviel? Was ist das? Kommen Sie, Dengler, raus damit. Nach der Entbindung werden Sie sich wohler fühlen, Frollein.«

»Ziemlich zynisch in dem Zusammenhang, oder?«

Dengler war zwei Jahre jünger als Auerberg, Jahrgang 1948,

hatte zwei Jahre Bundeswehr absolviert und war zeitgleich mit Auerberg 1968 heimgekehrt, um an der eben erst gegründeten Uni Bielefeld Jura zu studieren. Vom Frühjahr bis zum Sommeranfang 1971 hatte er als Gasthörer in Georgetown Politik und Völkerrecht absorbiert. Nach dem Examen ging er 1974 in die Kommunalpolitik.

»Washington war nützlich – für später«, sagte er; dann klang er plötzlich bitter. »Bloß ... Martha. Auerberg und ich haben sie irgendwann in dem Winter kennengelernt. Das waren die wilden Jahre damals, sogar hier in der Provinz. Für Auerberg war's Spaß, für Martha auch. Ich glaub, ich war richtig verknallt. Aber Martha sah das alles nicht so eng katholisch, wollte sich gar nicht entscheiden ...«

»Was heißt, sie hat Sie beide rangelassen?«

Dengler nickte. »Aber Auerberg war ja älter und kein Student, er hatte mehrere Jobs und mehr Geld als ich. Als ich aus den USA zurückgekommen bin, ist sie noch ein paarmal mit mir im Stroh gewesen, aber dann war Sense, ich war abgemeldet. Das mit der Schwangerschaft versteh ich sowieso nicht; eigentlich hat sie die Pille genommen.«

»Die soll schon mal versagt haben. Oder man hat sie vergessen.«

»Egal. Ich hab mich dann, noch in den Ferien, wieder aufs Studieren geworfen und mich irgendwie aus Verzweiflung verlobt.« Er grinste schief. »Mit meiner heutigen Frau. Sagen Sie's ihr nicht. Ach, Quatsch, die weiß es sowieso.«

Matzbach starrte auf den Boden, fast eine Minute lang. Sie standen noch immer auf dem Platz, und Dengler hatte offenbar den Appetit verloren. Schließlich sagte Baltasar:

»Martha wäre also Ihrer Meinung nach nicht der Typ für Selbstmord aus Verzweiflung, oder?«

Dengler grunzte. »Die? Nie! Das ist mir damals auch schon so komisch vorgekommen, aber ...« Er brach ab.

»Sie waren frisch verlobt und wollten nichts riskieren, ja?

Passen Sie mal auf; was halten Sie *davon?* Sie kriegt ein Kind, grämt sich zwar nicht sehr über das Malheur, wird aber ihren Job im katholischen Kindergarten hier verlieren. Abtreibung? Teuer, und damals mußte man dafür nach Amsterdam oder London; vielleicht will sie das Kind ja auch ganz einfach behalten. Deshalb will sie, daß der Vater des Kindes etwas tut – sie heiratet, sie alimentiert, was auch immer. Der Vater ist aber verlobt, will demnächst Examen als Jurist machen und später Karriere in der Heimat als Politiker. Unmögliche Situation für ihn. Deshalb geht er mit ihr an den See und taucht sie unter.«

Dengler ächzte; er war blaß um die Nase. »Nichts davon ist wahr ... Trauen Sie mir so etwas zu?«

Matzbach bleckte die Zähne. »Nach den letzten fünftausend Jahren Weltgeschichte traue ich jedem jederzeit alles zu. Sie hatten beide was mit ihr; heute sind Sie feist, Mann, aber damals konnte man Sie leicht mit Auerberg verwechseln. Auerberg hinkt; der Mann, den die Bäuerin mit Martha am See gesehen hat, hat nicht gehinkt.«

Dengler schüttelte langsam, wie fassungslos den Kopf. »Auerberg hat damals noch nicht gehinkt. Das war erst danach. Da war er längst verheiratet, als er sich den Fuß gebrochen hat.«

»Egal, junger Mann.« Matzbach lächelte eher herb. »Sie können nichts beweisen, ich auch nicht, aber ich beende Ihre Karriere hier durch feine Gerüchte, wenn Sie Auerberg noch mal belästigen. Sie wissen doch, wie das geht: Juristisch kann Ihnen keiner was, aber als Kandidat für öffentliche Ämter sind Sie durch ein paar Indiskretionen so gründlich erledigt, daß Sie sich gar nicht mehr zu rechtfertigen brauchen.«

Dengler nickte langsam. »Okay. Ich hab's verstanden. Und was ist mit diesem Schwein – Auerberg?«

»Mit dem bin ich noch verabredet.«

»Wie können Sie für *so* einen arbeiten?«

»Kann ich Ihnen sagen: Er bezahlt mich. Mein Job ist es,

dafür zu sorgen, daß Sie ihn nicht mehr erpressen oder sonstwie anpinkeln. Was im übrigen mit ihm passiert, kann ich mit meinem Gewissen abmachen.«

Die Beute (der Rest der letzten Schweigesumme und die 15000,– Honorar) wurde gedrittelt; am späten Nachmittag ließen sie Kimberley mit ihrem Gepäck und ihren 20000,– in einem noblen Düsseldorfer Hotel, wo sie erst einmal gründlich speisen und schlafen wollte, ehe sie am folgenden Mittag heimflog.

Auf der Fahrt nach Brenig befaßten Yü und Matzbach sich wieder mit dem Samstag. Irgendwann verfielen sie in längeres Schweigen, bis Yü sagte:

»Der kann's doch gar nicht gewesen sein. Dengler, mein ich.«

»Weiß ich. Aber Schwein ist Schwein. Das andere Schwein rufen wir nachher an und besuchen ihn kurz nach Mitternacht. Damit er was davon hat.«

Yü und Matzbach durchquerten den Vorgarten einer ärmlichen Villa und klingelten. Die Tür öffnete sich sofort; Auerberg schien gewartet zu haben. Er trug einen seidenen Morgenrock über knallroten Pyjamahosen. »Zu zweit?« Sein Gesicht war äußerst unfreundlich.

Matzbach schob Yü vor sich her. »Manchmal kommt man in Situationen, in denen man gern einen stummen Zeugen dabeihätte.«

Auerberg schloß die Tür und ging vor ihnen her durch den Flur zu einem von Akten, Papierstapeln und Büchern verstopften Arbeitszimmer. Wieder zog er das rechte Bein ein wenig nach.

»Bitte, hier entlang. Und möglichst leise; wir wollen ja nicht auch noch meine Frau wecken.«

Matzbach wartete, bis Auerberg die Tür des Arbeitszimmers geschlossen hatte und sich an die Schreibtischkante lehnte.

»Wollen Sie uns keine Sitzplätze anbieten?«

»Nein. Was wollen Sie?«

Matzbach rieb Daumen und Zeigefinger aneinander.

»Das hätte doch bis morgen warten können, oder?« Ächzend ging Auerberg um den Schreibtisch herum, öffnete eine Schublade und jaulte, als Matzbach sie blitzschnell zuschob, mit Auerbergs Fingern darin.

»Was soll das!«

Matzbach hielt ihn fest; Yü zog die Schublade auf und hob eine kleine Halbautomatik hoch.

»Sehen Sie«, sagte Matzbach. »Wir wollen doch lieber ohne Waffen vom Geld reden.«

Auerberg hielt sich die Hand. »Scheiße. Das wär nicht nötig gewesen.« Er wies mit dem Kinn auf die Schublade. »Das Geld ist da drin.«

Yü holte mehrere Notenpäckchen heraus und legte sie auf die Schreibtischplatte.

»Mag sein, daß es nicht nötig war. Aber Vorsicht ist manchmal angebracht. Einpacken, bitte.«

Yü zählte die Scheine, nickte und steckte sie teils in seine, teils in Matzbachs Tasche.

Auerberg beobachtete mürrisch die Tätigkeit des Chinesen. »Wieso… Ach, egal. Dengler hat mich schon angerufen und mir gesagt, daß er mich in Ruhe läßt. Was haben Sie mit den fünfzigtausend gemacht?«

»Aufgeteilt.« Matzbach lächelte freundlich. »Sie hatten doch eh keine Verwendung mehr dafür, oder?«

»Und jetzt noch mal fünfzehn? Mann! Wenn ich das gewußt hätte…«

»Sag ich mir auch.« Matzbach ging wieder auf die Vorderseite des Tisches. »Wenn ich das eine oder andere gewußt hätte.«

»Was denn?« Auerberg kniff die Augen zu schmalen Schlitzen.

»Versuchen Sie doch nicht, chinesischer auszusehen als unser Freund hier. Seit wann hinken Sie?«

Auerberg starrte ihn verdutzt an. »Was? Hab ich Ihnen doch gesagt. Achtundsechzig. Ein Sturz vom Pferd. Was soll denn das?«

»Die arme tote Martha«, sagte Matzbach langsam.

»Nicht mein Problem«, knurrte Auerberg. »Die hatte was mit mir, oder ich mit ihr, ja; aber auch mit Dengler. Ich hab sie nicht angetickt, damals, und wegen mir ist sie nicht ins Wasser gegangen.«

»Man hat Sie aber mit Martha gesehen, am See, kurz bevor sie da drin gefunden wurde.«

Auerberg nickte und verzog das Gesicht. »Ich weiß; die Aussage der Bäuerin. Aber die muß mich verwechselt haben; kein Wunder, auf die Entfernung.«

»Hat sie nicht.« Matzbach betrachtete den Abgeordneten, ohne einen Gesichtsmuskel zu bewegen. »Mir sind noch ein paar Sachen aufgefallen, als ich Ihre Biographie und ein paar, eh, Unterlagen durchgeblättert habe.«

»Unterlagen?« Auerberg runzelte die Stirn. »Was ist Ihnen da angeblich aufgefallen? Und was für Unterlagen?«

Matzbach machte eine wischende Armbewegung. »Egal. Bleiben wir bei den wichtigen Dingen. In jenem Jahr des Unheils wurde die arme Martha Ende August im See gefunden. Schwanger. Ende Oktober haben Sie geheiratet. Eine reiche Frau, Herr Auerberg, erleichtert einem das Leben, nicht wahr?«

Auerberg schwieg; er lächelte kaum merklich.

»Sie kann einem die Karriere finanzieren. Sie kann einem auch das nötige Kleingeld geben, um Erpresser zu befriedigen. Sie hätte das alles aber kaum getan, wenn da plötzlich eine schwangere Martha aufgetaucht wäre.«

»Halten Sie sich doch einfach an Dengler«, sagte Auerberg.

»Er hatte was mit ihr. Und heute ist er fett, aber damals sah er mir sehr ähnlich.«

»Oder Sie ihm.«

Auerberg schnaubte leise.

»Die Bäuerin ist sicher, daß Sie derjenige waren, der mit dem Mädchen zum See gegangen ist. Sie wußte nicht genau, warum – irgendwas an der Haltung oder im Gang. Aber da sind noch zwei Dinge. Drei, genauer. Katholische Knaben, die was Böses getan haben, hören auf ihr Gewissen und fragen nicht so ganz genau, wie es denn rausgekommen ist, oder?«

»Was soll das nun wieder?«

»Gleich. Erst das andere – wie gesagt, der Gang. Und Dengler ist seit Geburt rechts taub. Deshalb läßt er immer alle, mit denen er redet, links von sich sitzen oder gehen. Die Bäuerin hat aber gesehen, daß der Mann den rechten Arm um das Mädchen gelegt hatte; und die beiden haben geredet.«

Auerberg seufzte. »Na und?«

»Drittens, und das ist das Wichtigste – die jungen, katholisch erzogenen Herren Dengler und Auerberg hatten beide gesündigt und haben deshalb beide eine bestimmte Frage nicht gestellt.«

»Welche denn?« Die Tür öffnete sich; vom Flur trat Frau Auerberg ein, ebenfalls in Nachtgewand und Morgenrock.

»Muß das sein?« sagte Auerberg. »Geh doch zu Bett, Liebes; das ist alles Unsinn hier.«

»Aber eine Sorte Unsinn, die ich hören möchte.«

Matzbach zuckte mit den Schultern. »Bitte sehr. – Die entscheidende Frage lautet, wer denn der Vater des ungeborenen Kindes ist. Da beide ein schlechtes Gewissen haben, fragt keiner genau nach der Zeit. Laut Obduktion war Martha im fünften Monat. Das war Ende August. Nehmen wir einen kleinen Spielraum für medizinische Irrtümer und ungewöhnliche Entwicklung des Kindes an, aber in jedem Fall muß das Kind zwischen Mitte April und Anfang Mai gezeugt worden sein. Richtig?«

Auerberg schwieg, Frau Auerberg nickte knapp. Ihre Augen hingen an ihrem Mann; ihr Mund war ein Strich.

»Zu diesem Zeitpunkt, genauer: von Mitte oder Ende März bis Anfang Juni, war Dengler in den USA, zum Studium. Es war tatsächlich *Ihr* Kind, Auerberg. Und Martha war wohl ein lockeres Vögelchen, nicht wahr? Nicht der Typ, der aus katholischer Verzweiflung ins Wasser geht. Ich nehme an, Sie haben Martha untergetaucht, Ende August einundsiebzig, damit Sie im Oktober einundsiebzig Ihre heutige Frau samt ihrem Geld heiraten konnten. Madame, seit wann hinkt Ihr Mann?«

»Hab ich Ihnen doch gesagt«, sagte Auerberg. Er sah seine Frau an. »Seit achtundsechzig.«

Sie musterte ihn nachdenklich. »Spielt das eine Rolle?«

»Tut es«, sagte Matzbach. »Den ersten Teil haben Sie nicht mitgekriegt, also wiederhole ich. Das Mädchen wurde mit einem Mann gesehen, auf dem Weg zum See. Der Mann ging links von ihr. Der andere Kandidat, Dengler, ist seit seiner Geburt rechts taub und geht grundsätzlich immer rechts von seinen Begleitern. Ihr Mann hört auf beiden Ohren. Und die Zeugin sagt, der Mann, wer immer es war, hat nicht gehinkt.«

Auerberg starrte seine Frau an; sie blickte von ihm weg und sah in Matzbachs Gesicht. »Er hinkt seit neunzehnhundertdreiundsiebzig«, sagte sie ruhig. »Ein Reitunfall auf dem Gut meines Onkels, im Allgäu. Damals haben wir dort ein paar Tage Ferien gemacht.«

Auerberg schloß die Augen. »Was wollen Sie, Matzbach? Noch mehr Geld? Beweisen können Sie nichts.«

Matzbach schüttelte den Kopf. »Sie haben mich ausreichend bezahlt; außerdem bin ich unbestechlich. Und wer fragt nach Beweisen? Um Ihre Karriere zu beenden, genügen doch ein paar gut gestreute Behauptungen.«

»Wir brauchen keine Beweise, nicht wahr?« Frau Auerbergs Stimme verriet keine Gemütsregung; ihre Arme hingen herab, die Hände öffneten und schlossen sich wie selbsttätig.

»Was meinst du?« Auerberg klang plötzlich heiser.

»Ich meine, daß du keinen Ärger wegen der Scheidung machen wirst. Und leg dein Mandat nieder.«

15

Keiner sollte zu müssen haben, ohne auch mögen wollen zu dürfen.

Baltasar Matzbach

Beim späten, gespannten Frühstück fehlte Hermine; ihr Benz stand nicht im Hof. Baltasar murmelte etwas von »Wochenendeinkauf«, was ihm niemand so richtig abnahm. Yü schob schließlich seinen Teller fort, stützte die Ellenbogen auf den Tisch und hüstelte.

»Tshato. Red Horse. Matzbach. Ich. Zaches?«

Der Zwerg nickte; ob die Kräuselung seiner Mundwinkel Grinsen oder Grimasse sein sollte, war nicht festzustellen.

»Wunderbar. Ein Schwarzer, ein Roter, ein Gelber, ein Zwerg und ein ... ah, lassen wir das. Also fünf.«

»Und was ist mit uns beiden?« Dany legte eine Hand auf Rapunzels Unterarm. »Ich dachte, das wäre klar.«

Yü rieb sich die Nase, dann das Kinn, so nachdrücklich, als wolle er irgend etwas innerhalb des Kopfes reiben, komme aber nicht ganz durch. »Tja. In den klassischen Abenteuergeschichten erheben sich nun die Heroen, wappnen sich und ziehen hinaus, die Ehre der Frolleins zu mehren oder zu verwehren oder so. Ich möchte euch gern aus der Schußlinie halten. Wie Meister Kung treffend bemerkte, sind Frauen zu kostbar, als daß man sie Männern überlassen dürfte.«

»Jesses. Dann überlaß uns doch uns selber und laß *uns* entscheiden, ob wir mitmachen oder nicht.« Dany wandte sich an Matzbach. »Der Chinese will uns hegen. Damit er mich hinterher besser erlegen kann, wahrscheinlich. Was soll das Gerede von Schußlinie? Meint ihr, es wird *so* herb?«

Baltasar rümpfte die Nase und kaute auf dem Ende seiner frischen Frühstückszigarre. »Sagen wir mal: Die Chancen für Gewalt sind größer als die für friedliche Einigung.«

Rapunzel verzog das Gesicht. »Klingt wie ne Bestandsaufnahme der Gegenwart, oder?«

»Die Zeiten sind nicht mehr so gemütlich wie vor zehn, fünfzehn Jahren. Deshalb können wir nicht so tun, als wären wir in einem Landhauskrimi von Lady Agatha, und am Ende retten Poirots kleine graue Zellen alles.« Matzbach steckte die Zigarre zwischen die Zähne und sprach erstaunlich deutlich weiter. »Albo und dieser Mensch vom Steuerbüro wurden umgebracht. Erler hat sich den Mörder in die Tasche gesteckt und macht mit ihm gemeinsame Sache, so sieht's jedenfalls aus. Erler steckt selbst in einer bösen Klemme; um da rauszukommen, will er die *Spelunke*, mit allen Mitteln. Wahrscheinlich wird er zur Abgeltung seiner Schulden den Typen aus Köln, die an seiner Garotte schrauben, die Hälfte davon anbieten. Mehr oder weniger. Er gibt uns schwarzes Bargeld, amtlich gegen wertlose Beteiligung an einer seiner komischen Firmen. Wenn ...«

»Moment.« Dany hob die Hand. »Seid ihr denn sicher, daß ihr mit dem Geld überhaupt etwas anfangen könnt? Vielleicht ist es, was weiß ich, registriertes Drogengeld, und wer versucht, es auszugeben, wird sofort verhaftet.«

»Das werden wir von einer hilfreichen Bank testen lassen. Wenn's so wäre, hätten wir natürlich Pech und würden flugs mit den Behörden kooperieren. Es bliebe uns ja das Boot.«

»Was?!«

Baltasar blickte Yü an. »Sag du's ihnen. Ich geh telefonieren.«

»Was denn jetzt noch?« Yü sah nicht besonders fröhlich drein.

Matzbach zuckte mit den Schultern und ging ins Wohnzimmer. Er rief nacheinander vier Kollegen vom gastronomischen

Tuscheldienst an; mit einem schrägen Grinsen um den Mund begab er sich danach wieder auf die Veranda.

»Also«, sagte Rapunzel gerade, »ihr meint, Erler gibt euch Knete, läßt euch was unterschreiben und läßt euch dann vom Leibwächter die Knete wieder abnehmen? Vielleicht nach einem kleinen Schußwechsel? Ihr dagegen wollt die Knete behalten und dann den Vertrag zerreißen und Erler plus Mörder wegen Albo und dem anderen an den Galgen liefern? *Er* will Geld und Boot, *ihr* wollt Geld und Boot? Ach du liebe…« Sie unterbrach sich. »Was grinst du so, Matzbach?«

»Ich habe eben was erfahren.« Immer noch grinsend ließ er sich nieder und langte nach der Kaffeekanne. »Erler hat in den letzten Tagen ein Lokal in Münstereifel und eins im Bonner Regierungsviertel verkauft. Beide unter Preis. Eilig. Zusammen ungefähr eins Komma eins. Ich nehme an, die restlichen achthundert Kilo kriegt er auch zusammen.«

Yü nickte langsam.

»Kinder, Kinder.« Dany lächelte beinahe liebevoll. »Ihr wollt *ihn* über den Tisch ziehen, er *euch*, notfalls unter Einsatz schwerer Artillerie? Das muß ich sehen.«

Rapunzel blickte zuerst Yü an, dann Matzbach. »Na, ihr Chauvis? Jetzt kommt doch bestimmt die Rede über Frauen, die man schützen muß, oder?«

»Wir sind emanzipierte Feministen«, sagte Baltasar. »Ihr müßt uns nur versprechen, möglichst hinterm Tresen in Deckung zu bleiben.«

»Wie schon Lao-tse mißbilligend feststellte, wird das Reich nicht vom Herrscher regiert, sondern von seiner Konkubine.« Yü stöhnte leise. »Wenn ihr unbedingt wollt…«

»Und du meinst, Albos Mörder ist dabei?« Rapunzel bohrte die Blicke in Baltasars Augen. »Wer ist es denn?«

Matzbach hob den Kaffeebecher und sah Yü an. »Tja, wer?«

Um fünf Uhr, als Zaches eben die Maschinen nach einem Probelauf abschaltete, kam Red Horse an Bord, zusammen mit Dany, die ihn in Dransdorf abgeholt hatte. Tshato bastelte in der Kombüse am einzigen Tagesgericht, das Matzbach mit Kreide auf einer echten Schiefertafel notiert hatte: *Hell's Kitchen Chili.* Zu Ehren des Rezeptübermittlers dieser höllisch scharfen Sache hatte er es zunächst »Tom His Hell's Kitchen Chili« nennen, dann aber antikisierende Feinheiten nicht an das Publikum des Abends verschwenden wollen.

Rapunzel, in einem knallroten Hosenrock, stand hinterm Tresen und polierte längst polierte Gläser; Dany ging zu ihr, berührte sie am Arm und sagte leise etwas, das keiner außer den beiden verstehen konnte. Rapunzel nickte und lächelte; es wirkte mühsam und gequält. Dany sah sich um.

»Kaffee jemand? Oder ein Bier, für die Laune?«

»Bier!« röhrte Tshato, der die Frage durch den offenen Speisenliftschacht gehört haben mußte.

Don war für Kaffee, wie Yü und Matzbach. Rapunzel schwieg, und Zaches war noch immer im Maschinenraum. Dany füllte den Schnellkocher mit Wasser, stellte ihn an und hantierte mit Filter, Kaffee und einer Glaskanne. Dann nahm sie zwei Gläser und begann zu zapfen. Nach ein paar Sekunden spuckte der Hahn.

»Mist«, sagte sie. »Das Faß ist leer.«

Yü, der seit seinem letzten Kontrollgang neben der Treppe stand und zu grübeln schien, blickte den Cheyenne an.

»Don, kannst du ...? Und bring doch bitte vier Flaschen von dem Hautes Côtes mit, ja?«

Red Horse grinste, nickte und ging nach unten, in den kühlen »Keller« neben der Küche. Yü warf einen Blick auf die im Durchgang zwischen Schankraum und VIP-Teil festgehakte, sonst immer verschlossene Tür, hinter der die Treppe zur »Brücke« lag, und kam zu Matzbach, der auf einer Tischkante saß und seine Finger zählte.

»Vergeßt nicht«, sagte der Chinese leise, »in Deckung bleiben.«

Dany hob die Brauen, Rapunzel seufzte nur.

»Hat Zaches das Ding eingebaut?« Yü sprach noch immer leise.

Matzbach nickte. »War nicht ganz einfach, funktioniert aber. Mit Seilzug.« Er blickte zu einem der zerschossenen Fenster. Die Splitter waren entfernt worden; ein kitschig geblümter Vorhang mit Zugkordeln hing an einer Art Wäscheleine in der Öffnung.

»Was zählst du an deinen Fingern ab?« Nun flüsterte Yü beinahe. »Wir haben noch immer drei Optionen, oder? Wenn du am Ringfinger fummelst, heißt das, du hast eine vierte?«

»Ich zähle die prospektiven Leichen.« Auch Matzbach sprach sehr leise. »Und wir haben nur zwei Optionen, von denen eine nicht funktionieren wird.«

»Wieso nur zwei?«

Baltasar hob die Schultern. »Ludewig ist einfach *zu* blöd«, knurrte er. »Kein Freibier.«

Yü nickte; er schien nicht überrascht. »Du hast uns aber ordnungsgemäß abgemeldet, oder? Na gut. Wieso funktioniert die eine der beiden Optionen nicht?«

Matzbach lauschte; von unten kam das hohle Zischen der aus dem leeren Faß entweichenden Kohlensäure.

»Alles zu simpel und zu offensichtlich, von Anfang an«, sagte er. »Freiberg hätte es begriffen und uns die Wahl abgenommen. Dann wäre die Knete futsch, aber wir hätten das Boot. Ludewig… na ja. Blind, taub und bescheppert. Und Erler… Wir sollten mal mit mehr als den sechs angekündigten Leuten rechnen.«

»Hoffentlich sind sie nicht zu gründlich«, sagte Yü. »Ihr beide, denkt dran, möglichst hinterm Tresen zu bleiben.« Er blickte zu Dany und Rapunzel hinüber. Oder zum Tresen. Im Flaschenfach unter der Spüle war eine Pistole mit Klebestreifen an der Decke befestigt; um sie zu sehen, mußte man sich fast auf den Boden legen. Eine zweite klebte an der Unterseite des halb mit Korken gefüllten Holzbottichs unter dem schweren Korkenzieher, der am rückwärtigen Bord hinterm Tresen montiert war.

Red Horse erschien mit vier Flaschen, gefolgt von Zaches, der Rapunzel einen besorgten Blick zuwarf und dann zum Billardtisch ging, an dem seine Stelzen lehnten. »Eine Runde Pool jemand?«

Niemand wollte mitspielen; Zaches murmelte etwas Abfälliges, stieg auf die Stelzen und griff nach einem Queue. Die Kugeln lagen schon bereit.

Red Horse stellte die Flaschen auf den Tresen. »Fertig, Dany«, sagte er. »Du kannst. Soll ich die aufmachen?«

Dany zapfte zwei Gläser voll Schaum, leerte sie und nahm frische; Rapunzel griff nach den beiden gebrauchten, um sie zu spülen. Matzbach sagte:

»Ah, das kann Dany gleich machen. Öffnen; Burgunder will zwar einen ganzen Tag atmen, aber ich nehme an, das Chili übertönt eh alles. Du könntest Tische decken, Don.«

»Wie viele Plätze?«

»Ach, erst mal zehn. Wenn's nicht reicht…«

Zaches hatte sich gerade zum drittenmal besiegt; Don sah zu, wippte auf den Fußspitzen und pfiff durch die Zähne; Matzbach versuchte, sich auf ein Kreuzworträtsel zu konzentrieren; Yü beging Kung-fu oder etwas ähnlich Unverständliches; aus der Küche drangen scharfe Dünste und ein tief dröhnender Ashantigesang; Dany und Rapunzel hingen in unmöglichen Haltungen auf Barhockern – als endlich, wenige Minuten vor sechs, zwei Benz und ein BMW auf der Promenade hielten.

»Kundschaft«, sagte Zaches.

Matzbach und Yü standen auf und gingen zur Treppe; Dany

und Rapunzel verzogen sich hinter den Tresen. Don baute sich davor auf.

Zwei Männer kamen die Kaitreppe herab auf den Anleger, dann Erler, dann zwei andere; danach ein etwas kleinerer, massiger Mann in hellem Sommeranzug, gefolgt von weiteren drei Leuten. Bis auf Erler und den Massigen schien es sich um Abzüge vom gleichen Original zu handeln: muskulös, sportlich, ausdruckslose Gesichter, dunkle Anzüge mit Ausbeulungen. Die beiden ersten kamen an Bord, blickten kurz treppauf, nickten, was Matzbach als Gruß interpretierte, und verschwanden Richtung Bug beziehungsweise Heck.

Matzbach breitete die Arme aus. »Moment. So nicht. Es war die Rede von …«

Einer der Männer berührte ihn am Bauch. Mit dem Lauf einer Waffe. Zwei Männer machten sich an eine Inspektion des unteren Decks; Erler, noch immer auf dem Anleger, murmelte etwas. Der Mann mit der Waffe sagte halblaut:

»Umdrehen. Nach oben.«

Nach ein paar Minuten hatten die Leibwächter die Untersuchung beendet. »Nur der Koch«, sagte einer; er gab sich keine Mühe, leise zu sprechen.

»Du bleibst unten«, sagte Erler; dann winkte er den übrigen auf dem Anleger und kam die Treppe herauf.

»Tach«, sagte er, wie beiläufig.

»Die Zahl Ihrer Mitesser hat sich vermehrt«, sagte Matzbach. »Man könnte Sie fast als verpickelt bezeichnen. Haben Sie einen Kaperbrief?«

Erler zuckte mit den Schultern. »Hat sich so ergeben. Ich konnte den Deal nicht ganz allein machen; ein Geschäftsfreund, der sich finanziell beteiligt, wollte der Transaktion beiwohnen.«

»Hat der Geschäftsfreund einen Namen?« sagte Baltasar, als der Massige auf halber Treppe war. »Und die übrigen Gentlemen?«

Erler grinste. »Namen sind Schall und Rauch, wie irgendwer mal gesagt hat. Fertig zum Ablegen?«

Einer der Männer am Fuß der Treppe nickte. Erler blickte einen anderen an, der bereits im Schankraum stand. »Los dann.«

»Moment«, sagte Matzbach. »Nichts gegen zusätzliches Personal auf der Brücke, aber unser Pilotse hat doch wohl Vortritt, oder?«

Zaches, ohne Stelzen, kam zum Durchgang, blinzelte an dem Großen empor und sagte: »Hallo, Copilot.«

»Null«, sagte Erler.

Der von ihm zum Navigator bestimmte Mann grinste matt, beugte sich vor, tastete Zaches schnell ab, ohne daß der Kleine sich wehrte, und sagte: »Keine Artillerie, Chef.«

»Dann kann er unten bleiben. Rauf.«

»Ich kann mich des Gefühls nicht erwehren, daß wir soeben geentert wurden«, sagte Yü.

Der Massige schob sich vorbei an Matzbach und sah sich im Schankraum um. Er war etwa zwanzig Zentimeter kleiner als, aber genau so schwer wie Baltasar. Die struppigen Brauen verschatteten kalte graugrüne Augen. Als er die Hand hob und sich an die Nase faßte, sah Matzbach den Diamantring am kleinen Finger der Rechten.

»Matzbach mein Name.« Er machte eine kleine Verbeugung. »Das da ist Yü. Und wie dürfen wir Sie anreden?«

Der Massige starrte ihn an. Er schien nicht antworten zu wollen; dann öffnete er doch den Mund, der voll von perfekt überkronten Zähnen war. »Mops«, sagte er, zu Matzbachs Überraschung. »Oder Klops, Hops, Flops. Ist mir völlig egal.«

»Na gut«, sagte Matzbach. »Monsieur Drops also. Nehmen Sie doch bitte Platz. Es ist reichlich gedeckt.«

Die Maschinen sprangen an. Einer der Leute unten machte die Leinen los. Die *Spelunke* glitt langsam in den Strom.

»Ich finde es ungemütlich hier.« Matzbach sah Erler ins Gesicht. »Wie wär's mit einer Runde sitzen und essen und trinken, zur Entkrampfung der Atmosphäre?«

Erler nickte einem der Leibwächter zu. Zwei andere hatten plötzlich Waffen in der Hand; der erste klopfte Yü ab, fand nichts, klopfte Red Horse ab, ebenfalls ohne Erfolg; dann förderte er aus Matzbachs Jackentasche die Smith & Wesson zutage und reichte sie Erler.

»Die Damen«, sagte Erler.

Rapunzel und Dany, beide unbewaffnet, ließen das Grabschen über sich ergehen. Yü lehnte an der Wand des Durchgangs zum VIP-Teil, die Arme verschränkt und mit Augen, die in die Unendlichkeit zu blicken schienen. Matzbach kaute auf einem Stück Wange, das er zwischen die Backenzähne gezogen hatte.

»Sie sind ein bißchen arg im Vorteil«, sagte er. »Macht es Ihnen viel aus, Ihre sämtliche Flak abzulegen?«

»Es macht uns was aus.« Erler grinste und steckte Matzbachs Waffe ein. »Man weiß nie, ob man das Zeug nicht doch braucht.«

»Essen.« Der Massige schnupperte. »Riecht gut. Wär ein Jammer, das verkommen zu lassen, wie? Was ist das?«

»Chili, ein Spezialrezept. Ich hoffe, Sie mögen es scharf.« Matzbach kniff ein Auge zu. »Ich tue mal so, als ob ich hier zu Hause wäre. Wer essen will, möge sich setzen.«

Erler nickte und deutete auf den gedeckten großen Tisch; der Massige sagte, mit einem kleinen Gluckser:

»Ich fürchte, ich mag es schärfer als Sie. Wird sich weisen.«

Es war ein unbehagliches Essen mit einem Hauch von mißlungener Theateraufführung. Oder Henkersmahlzeit. Obwohl die Waffen verschwunden waren. Ein Mann blieb unten bei Tshato, der Navigator auf der Brücke, einer stand am Fuß der Treppe zur Brücke, einer saß auf einem Barhocker und beobachtete Dany, Rapunzel und Red Horse. Zaches hatte sein

Billardspielen eingestellt, war auf den Tisch geklettert und saß nun da, die Stelzen über den Knien, den Teller mit Chili in einer Hand, den Löffel in der anderen. Erler, der massige Herr Mops, Yü, Matzbach und die übrigen drei Gentlemen saßen um den Tisch herum. Man aß, trank Schwarzbier (niemand wollte Burgunder) und schwieg. Matzbach machte immer wieder Versuche, eine Konversation in Gang zu bringen, wobei sich sein Unterton von ironisch allmählich zu höhnisch entwickelte. Erler reagierte bisweilen, eher einsilbig, die übrigen gar nicht. Verglichen mit Monsieur Klops, dachte Matzbach, ist Erler ein Ausbund an menschlicher Wärme.

»Was haben Sie eigentlich mit uns vor, und was mit dem Boot?« sagte Yü nach langem, zähem Schweigen.

»Wir werden zu Ende essen – sehr gut, übrigens.« Erler blickte zum Tresen, an dem inzwischen auch Tshato und sein Aufpasser lehnten. »Sie sind der Koch, ja? Ausgezeichnet – aber das kenne ich ja von Ihnen. Wollen Sie nicht weiter hier arbeiten, für die neuen Besitzer?«

Tshato bleckte die Zähne. »Ich bin doch nicht Ihr Nigger«, sagte er.

Erler hob die Brauen. »Schade, aber das muß jeder selbst wissen. Tja, was wir mit Ihnen machen? Nichts – wenn Sie uns nicht dazu zwingen.« Er sah Matzbach in die Augen. »Zum Beispiel durch allzu kluge Fragen. Ja?«

Matzbach nickte.

»Wir werden gleich ein bißchen Geld zählen. Danach, wenn alle Beteiligten zufrieden sind, unterschreiben wir ein Stück Papier. Danach machen wir kehrt, gehen über Stag oder wie immer das heißt, und lassen uns nach Bonn zurückschippern. Das alles hier« – er deutete auf die Runde allgemein – »ist nichts als eine kleine Vorsichtsmaßnahme.«

»Glaub ich Ihnen aufs Wort.« Matzbachs Stimme troff von Spott. »Immerhin geht's ja doch um ein bißchen Knete.«

Der Massige lehnte sich zurück, rülpste und sagte: »Ha.«

Erler blickte zum Tresen. »Wenn Sie vielleicht abräumen könnten? Der Tisch wird dann für anderes gebraucht.«

Red Horse, Dany und Rapunzel räumten ab. Tshato sagte etwas von Aufräumen und stieg wieder hinunter zur Küche, gefolgt von seinem Aufpasser. Matzbach schaute aus dem Fenster, nahm an, daß sie bald Linz passieren würden, und schickte ein paar flehende Gedanken in den dichtbewölkten Himmel, der sich rasch verfinsterte. Wind kam auf, und die Wellen, die an den Rumpf der *Spelunke* klatschten, waren im Schankraum deutlich zu hören.

»Gut, daß Sie keine zahlenden Passagiere sind«, sagte Yü. »Sonst dürften wir nicht ohne Maschinisten fahren. So ein Privatausflug... Wie Konfuzius sagt, muß man...«

»Hören Sie mit Konfuzius auf«, sagte Erler. »Wir sind nicht in der Stimmung.«

»Was haben Sie denn nun mit dem Boot vor?« sagte Matzbach.

Erler blickte den Massigen an, der Matzbach zum zweiten Mal überraschte.

»Ha, viel«, sagte er; er rieb sich die Hände. »Hier Restaurant, wie bisher. Nebenan« – er nickte zum VIP-Teil hinüber – »Kasino und Bar mit leichtbekleideten jungen Damen, ja? Und mindestens dreißig gut zu vermietende Kabinen, stundenweise und für Wochenendvergnügungen. Wieso haben Sie das nicht längst gemacht?«

»Es ist uns offenbar entfallen.«

Erler schnipste. Einer seiner Männer legte einen mittelgroßen Samsonite-Koffer auf den abgeräumten Tisch und ließ die Verschlüsse aufschnappen.

»Eins Komma neun«, sagte Erler. Er klang ehrfürchtig, aber auch ein wenig wehmütig. »Haben wir uns wirklich vom Munde abgespart. Unter den neuen Bedingungen werden wir mindestens eine ganze Weile brauchen, um das wieder reinzuholen. Wollen Sie nachzählen?«

Matzbach betrachtete die sauber geschichteten Päckchen; es schienen lauter Hunderter zu sein. »Stichproben. Wenn Sie gestatten. Zaches?«

»Hier, Boß.« Der Zwerg kletterte vom Billardtisch, holte aus einem Pappkarton, der weiter hinten auf einem Stuhl stand, ein Prüfgerät, stöpselte es ein und kam zum Tisch. Mit finsterer Befriedigung registrierte Matzbach, daß mindestens zwei Waffen aus zwei Taschen kamen, als der Kleine die Hand in den Karton steckte. Nun verschwanden sie wieder, aber langsamer.

Yü beugte sich vor, nahm ein Päckchen, das offenbar fünfzig Hunderter enthielt, blätterte, zog einen Schein heraus. Zaches prüfte.

»In Ordnung.«

Yü nahm das nächste Päckchen, riß den Papierstreifen auf und zählte gründlich. Seine Finger waren kaum zu sehen; der Massige beobachtete scheinbar fasziniert die Fertigkeit des Chinesen.

»Übrigens sind Sie ja ein mißtrauischer Vogel«, sagte Erler. »Uns bewaffnet zu erwarten!« Er schüttelte den Kopf, zog Matzbachs Smith & Wesson aus der Tasche, prüfte sie. »Und sogar voll! Also so was!« Er roch am Lauf, legte die Waffe auf den Tisch, trank einen Schluck Bier und blickte zum Tresen. »Kann ich noch ein bißchen Brot haben?«

Red Horse seufzte vernehmlich, nahm die Holzplatte, auf der die Reste von drei Baguettes lagen, und ergriff das lange Brotmesser.

Erler lächelte, sagte »Danke«, hob die Smith & Wesson wieder auf, schoß dem Massigen, der ihm gegenüber saß und mit schräggelegtem Kopf Yüs flinke Finger betrachtete, in die Schläfe; dann richtete er die Waffe auf den Leibwächter neben Monsieur Mops. Der Mann rechts von Matzbach, ebenfalls einer der Kölner, hatte die Hände flach auf den Tisch gelegt und bewegte sich nicht. Red Horse drehte sich samt Barhocker und drückte dem hinter ihm am Tresen lehnenden Kölner die Spitze des Brotmessers an die Halsader.

»Entschuldigung«, sagte Erler mit einem Blick zum Tresen. Dany und Rapunzel standen starr da, mit langsam erbleichenden Gesichtern. »Das mußte zwischendurch einfach mal sein. Durchsuchen.«

Einer von Erlers Leuten, offenbar beidhändig begabt, richtete zwei größere Handwaffen allgemein in den Schankraum; der andere rief zuerst zur Brücke hinauf, dann zur Küche hinunter: »Alles okay.« Ohne in das Schußfeld des Kollegen zu geraten, hart an der Wand entlang, ging er zum Tresen, tastete den von Red Horse Neutralisierten ab, steckte eine der beiden bei ihm gefundenen Waffen ein, hielt ihm die zweite an den Kopf und nickte dem Cheyenne zu. Red Horse legte das Messer weg, zog eine dreifarbige Paketschnur aus der Tasche, verschnürte die Hände des Kölners und band sie ans Tresengeländer.

Dany hatte die Hände vors Gesicht geschlagen. Rapunzel sagte mit fadendünner Stimme: »Albo… Warum, Don?« Dann schluckte sie; der Cheyenne antwortete nicht.

Als auch die beiden am Tisch sitzenden Leibwächter entwaffnet waren, steckte der Mann im Durchgang seine schweren Kaliber ein. Er nahm eine schwarze Aktenmappe, die am Treppengeländer lehnte, öffnete sie, holte ein Stück Papier heraus und hielt die offene Mappe seinem Kollegen hin, der die eingesammelten Waffen der Kölner hineingleiten ließ. Abgesehen von dem Klicken – Metall auf Metall – und den dröhnenden Schiffsmaschinen herrschte eisige Stille.

»Ein Mitarbeiter verhandelt in Köln jetzt« – Erler blickte auf seine Rolex – »mit eurer Nummer zwei über eine Art Fusion. Ihr könnt eure Jobs behalten. Es sei denn, ihr habt den da so geliebt, daß ihr ihm Gesellschaft leisten wollt.« Mit dem Kinn deutete er auf die zusammengesackte Gestalt. Aus dem Kopf des Mannes, der sich Mops genannt hatte, sickerte sehr wenig Flüssigkeit auf die Tischplatte.

Der immer noch neben ihm sitzende Leibwächter rückte ein paar Zentimeter zur Seite. »Der braucht keine Gesellschaft«, sagte er halblaut. Der andere Mann, neben Matzbach, hatte noch immer die Hände flach auf dem Tisch; er nickte nur. Der an den Tresen Gefesselte hustete und zerrte an der Schnur. »Scheiße«, sagte er. »Klar doch. Macht mich los.«

»Langsam. Eins nach dem andern. Ihr werdet euch natürlich noch ein bißchen … qualifizieren müssen, ja? Robby, du hast doch eine Spezialität.« Erler blickte den ruhigen Mann neben Matzbach an.

»Sag Bescheid.« Er ließ die Hände auf der Tischplatte, krümmte aber leicht die Finger.

»Vielleicht«, sagte Erler, »sollten wir jetzt einen anderen Tisch nehmen. *Das da* ist nicht so anregend.« Er stand auf, noch immer mit Matzbachs Waffe in der Hand. »Aufhören da und wegpacken. Seien Sie sicher, es stimmt.«

Yü, dessen Gesicht keine Regung zeigte, nickte Zaches zu. Der Zwerg schaltete das Prüfgerät aus. Langsam ging er zum Tresen, nahm Rapunzels Hand und streichelte sie wortlos. Yü klappte den Koffer zu und trug ihn zu Erler.

Der hatte inzwischen an einem anderen Tisch Platz genommen; die Smith & Wesson lag griffbereit vor ihm, daneben das Blatt aus der Mappe. Er deutete auf den Kölner, den er Robby genannt hatte, dann auf den Fußboden schräg hinter sich. Der ruhige Mann erhob sich, ohne den Toten anzusehen, und trat hinter Erler. Der zweite Leibwächter blieb sitzen; die beiden Leute von Erler standen zwischen Treppe, Durchgang und Tresen. Sie hatten die Waffen eingesteckt. Die locker baumelnden Hände blieben nah an den Jackentaschen.

»Kommen Sie!« Erler klopfte auf den Tisch. »Die Transaktion! Und wir müssen noch über dies und das reden. Bitte noch ein Bier. Und den Koffer hierhin.«

Matzbach blickte zum Tresen. »Zaches, bist du so gut?« Er war ein wenig überrascht, daß seine Stimme so normal klang.

Der Zwerg hob die Schultern und sah Dany an; sie begann mit unsicheren Händen zu zapfen. Red Horse sah zu, regungslos.

Matzbach ließ sich gegenüber von Erler nieder und nahm das Papier, dickes handgeschöpftes Bütten. Darauf bestätigten die Herren Baltasar Matzbach und Felix Yü, daß sie Herrn Rüdiger Erler die *Spelunke* samt Inhalt übergäben; sie versicherten, daß sie die Begleichung aller etwa offenen Rechnungen, Bankschulden etc. übernähmen. Der Käufer seinerseits erklärte sich bereit, alle fälligen Behördengänge, Eintragungen, Umschreibungen usf. zu erledigen. Als Gegenleistung für die Übergabe der *Spelunke* würden den Herren Matzbach und Yü 49 % der Anteile an der ABC genannten Unternehmung übertragen; vgl. hierzu Inventarliste und letzten Geschäftsbericht (»wird beurkundet und beigefügt«).

»Alles schön legalesisch«, murmelte Matzbach. »Was ist mit Mehrwertsteuer?«

Erler klackte mit der Zunge. »Unterschreiben Sie.« Es war keine Bitte mehr, aber noch kein Befehl.

Matzbach bedachte dies und jenes, kalkulierte fieberhaft; er hatte das Gefühl, daß sich der Trichter in der Sanduhr unaufhaltsam ausdehnte und immer schneller immer mehr Sand durchrieseln ließ. Langsam zog er den Füller aus der Brusttasche, schraubte ihn auf und reichte ihn dem Chinesen, der neben ihm stand.

»Fang du an, Yü.«

Yü nahm den Füller, beugte sich vor, statt sich zu setzen, und kritzelte ein paar Chinoiserien aufs Papier, die ebenso gut *Felix Yü* bedeuten konnten wie *Zehntausendfaches Glück* oder *Möge dir ein Geisterfuchs das Gemächt verknoten.*

»Jetzt Sie«, sagte Erler.

Zaches brachte ein Tablett mit vier Bier, stellte je eines vor Erler, Yü und Matzbach, behielt das vierte, legte das Tablett auf die Kante des Billardtischs und ging zum verhängten Fenster, wo er sich mit dem Rücken an die Wand lehnte und einen langen Schluck trank.

Erler griff ohne hinzusehen nach seinem Glas, stieß es beinahe um, betrachtete die übergeschwappten Tropfen und seufzte. »Sauerei.« Er blickte zum Tresen. »Hätten Sie wohl einen Lappen?«

Rapunzel nahm etwas aus dem Spülbecken und kam zu ihnen.

Matzbach verschraubte den Füller, steckte ihn ein und sagte: »Ich unterschreibe erst, wenn wir wieder an Land sind.«

Erler verzog den Mund. »Mißtrauisch; hab' ich das nicht vorhin schon gesagt?«

»Sie müßten mir schon noch erklären, wie Sie sich das weiter vorgestellt haben.«

»Ganz einfach. Es gab ein kleines Mißverständnis. Unser Freund aus Köln wollte das Boot haben, ohne dafür zu zahlen; Sie haben ihn mit der auf Sie eingetragenen Waffe erschossen, wir haben für Ruhe gesorgt und die Sache korrekt abgewickelt.«

Yü trat von der Tischkante zurück; seine Hände baumelten. Rapunzel begann langsam, wie halb gelähmt, Schwarzbier vom Tisch zu wischen.

»Und alle Zeugen schweigen?« sagte Matzbach.

»Das wollen wir doch einfach mal voraussetzen.« Erlers Augen tasteten Matzbachs Gesicht ab. Wie eisige Finger des Yeti.

»Ohne meine Unterschrift ist die Transaktion nichtig. Und sobald ich unterschrieben habe, brauchen Sie uns alle nicht mehr.«

Rapunzel hatte fertig gewischt und wandte sich zum Gehen.

»Trauen Sie mir so etwas Schäbiges zu?« Erler hob die linke Hand. Seine beiden Leute standen gespannt still; der zweite Kölner erhob sich und ging zu ihnen; Robby fing Rapunzel ab, ehe sie den Tresen erreichte. Er hielt sie vor sich, einen Arm unter ihrer Achsel und vor ihrer Brust, die Hand an Hals und

Kinn, die andere Hand am Hinterkopf. Rapunzel gurgelte; sie riß die Augen weit auf.

»Scheiße«, sagte Matzbach. »Lassen Sie die Frau los!«

»Unterschreiben.« Erler verzog keine Miene; seine Stimme klang unverbindlich, aber gelassen. »Sie haben doch keine Chance, Mann.«

»Don?« sagte Daniela. Ihre Stimme bebte, und die Hände krampften sich um die Zapfhähne. »Warum, Don?«

»Nicht jetzt.« Erler klang gelangweilt. »Robby.«

Der Kölner bewegte die Rechte; sie verließ den Hals ganz, um das Kinn fester zu packen. Rapunzel ächzte: »Matz...« Mit zwei schnellen Rucken der Hände an Kinn und Hinterkopf brach Robby ihr das Genick und ließ sie los.

Dany wimmerte. Hinter sich hörte Matzbach das scharfe Einatmen von Zaches.

»Ruhig«, sagte er tonlos. »Zaches, keine Dummheiten. Setz dich auf den Billardtisch und halt still.«

Er drehte kurz den Kopf; es kostete ihn unsägliche Mühe. Zaches, kreideweiß, ließ das halbleere Glas fallen, hob die Hände über den Kopf, tastete nach dem Vorhang, als ob er sich festhalten müßte, stöhnte, ließ den Vorhang fahren und taumelte zum Pooltisch. Er kletterte hinauf, setzte sich zwischen die Kugeln und zog die Stelzen an sich.

»Unterschreiben«, sagte Erler. »Sie können auch warten, bis die andere Frau tot ist. Die stirbt aber langsamer.«

Dany preßte die Hände vor den Mund, stieß ein schrilles Schluchzen aus und kippte um. Red Horse stellte sich auf die Querstreben des Hockers und blickte hinter den Tresen.

»Erst mal ausgestiegen«, sagte er heiser.

»Wie wollen Sie das Gemetzel erklären?« Baltasars Stimme klang sehr fremd, von innen. »Alles die Kölner?«

»Sind doch Profis«, sagte Erler. »Und ein Indianer als Zeuge.«

»Hat Albo dich angesteckt? War's deshalb?« sagte Yü.

Red Horse fuhr auf. »Was?!«

»Er hatte Aids.« Yü klang ganz ruhig. »Hat er dir das nicht gesagt?«

»Ihr … wollt mich verarschen?« Red Horse klammerte sich an die Tresenkante.

»Das spielt doch jetzt keine Rolle«, sagte Erler. »Unterschreiben Sie, Mann. Oder es wird hier sehr ungemütlich.«

Das Schiff machte eine kaum merkliche Seitwärtsbewegung. Der Mann auf der Brücke sagte etwas; es klang wie eine Frage. Gleichzeitig brüllte unten Tshato:

»Mann, ich will wissen, was da oben los ist!«

Und die Stimme des Angeredeten, die etwas gepreßt klang: «Kannst du ne Knarre von ner Wurst unterscheiden, Nigger? Halt die Fresse.«

Matzbach nahm den Füller, schraubte ihn langsam auf und malte ein *B* aufs Papier. Dabei sagte er, ohne aufzublicken:

»Ich glaube, es war ein unglücklicher Zufall, oder? Der unbekannte neue Lover, der so fein fesseln kann, bis zum Beinahe-Ersticken? Tolle Knoten wie die für das Flaschenschiff, ja? Bloß war der eine Knoten dann doch zu fest – toller Schlußabgang für Albo. Hast du's geschluckt, Junge?« Er malte ein *a*, dann ein *l* und ein *t*.

Red Horse schwieg noch immer. Er starrte irgendwohin, ins Nichts oder ins Dunkel der Jagdgründe.

Erler sah zu, wie Matzbach das *a* und das *s* malte. »Geht's nicht schneller?«

Das Schiff schlingerte nun eindeutig; der Mann auf der Brücke schimpfte, aber noch immer waren keine einzelnen Wörter zu hören. Matzbach sagte: »Muß doch lesbar sein«, und Yü wandte sich an Red Horse.

»Und wir dachten, der Knabe vom Steuerbüro wär auch schwul gewesen; dabei hat er bloß beim Nachtspaziergang deinen Pickup gesehen, als du …«

»Es reicht«, sagte Erler. Dann schüttelte er den Kopf. »Ihre

Waffe, Matzbach... Haben Sie alles gewußt?« Er klang erstaunt. »Ich dachte, es wäre wasserdicht.«

Baltasar malte ein *a* und ein *r*, dann ein *M* und ein *a*. Er blickte vom Papier auf. »Es gab ein paar Fehler«, sagte er.

Das Schiff begann zu trudeln; einer der Männer stützte sich gegen eine Wand, der Navigator schrie »Scheiße!«, und von unten hörte man Wortfetzen: Tshato und sein Bewacher stritten.

»Fehler?« sagte Erler. »Was ist mit dem Schiff? Geh mal einer auf die Brücke!«

Einer der Männer in der Nähe des Durchgangs drehte sich um und ging zur Treppe.

Matzbach hörte vom Tresen her ein leises Krabbeln und redete schnell weiter, sehr laut. »Die ganzen Drohungen waren zu fein ausgetüftelt. Alles nur, damit wir verkaufen, ja? Und alles immer so, daß keiner wirklich zu Schaden kommt. Außer der Bombe in Dons Pickup. Um jeden Verdacht von dir abzulenken, Cheyenne? Und Bomben hast du ja bei der Army...«

Der zweite Mann rief von der Brückentreppe herunter: »Chef, irgendwas mit der Steuerung.«

Die *Spelunke* machte eine Art Bocksprung; etwas schrappte am Rumpf entlang. Vor dem Fenster tanzten Uferlaternen, die plötzlich wuchsen, als das Schiff sich auf die Seite legte.

Zaches schrie: »Tshato!«

Matzbach ließ sich vom Stuhl fallen und drehte sich dabei. Er sah Zaches aus seinen Spezialstelzen feuern, zweimal gleichzeitig, dann noch zweimal. Von unten war ein dumpfer Schlag zu hören, gefolgt von einem Kreischen und Gurgeln. Dany, halb aufgestanden, als das Schiff kippte, wurde mit dem Bauch gegen den Tresen geschleudert, die Arme über der Tresenkante. Die Hände hielten eine der versteckten Pistolen; beide Zeigefinger krampften sich um den Abzug.

Erler hielt sich am Tisch fest und langte nach Matzbachs Waffe; er erwischte sie, ehe sie vom Tisch rutschte, mußte sich dann aber gegen den Geldkoffer wehren, der ihm gegen den Arm prallte. Yü stürzte, machte daraus irgendwie eine Art Überschlag und trat Erler die Waffe aus der Hand. Robby, von zwei Geschossen aus den Stelzen getroffen, brach über Rapunzels Leiche und dem zu Boden krachenden Koffer zusammen. Das dritte Stelzengeschoß verfehlte Red Horse und traf die Wand hinter ihm, das vierte prallte von der Durchgangswand ab und verjaulte als Querschläger. Matzbach tauchte nach der Smith & Wesson; vom Boden aus feuerte er auf den Mann, der mit Waffe in der Hand von der Brücke herunterkam, traf dessen rechte Schulter, sah die Waffe fallen und hörte den Schrei. Red Horse, mit seinem Hocker zu Boden geschleudert, landete neben der Aktenmappe, riß eine der Pistolen heraus, kam torkelnd auf die Beine und wurde von den Einschlägen aus Danys Waffe gegen Erlers zweiten Mann am Durchgang getrieben. Beide stürzten. Der zweite Kölner, ebenfalls gestürzt, robbte zu den aus der Mappe rutschenden Waffen; der an den Tresen Gefesselte hing wie in stummem Flehen an den gebundenen Händen, ein Knie auf dem Boden.

Sekunden, sagte sich Matzbach später, aber der Film lief wie in Zeitlupe ab, alles ein Waten durch Sirup und Chaos und Entladungen und Schreie und Gesichter; die steuerlose, von der Strömung gedrehte, mit dem Bug flußab treibende *Spelunke*, die an einer Buhne entlangscheuerte, kippte, sich wieder aufrichtete, Menschen und Möbel herumschleuderte, schwerfällig kreiselte wie eine betrunkene Elefantenkuh, das Heck in den Strom gereckt, dann wieder mit dem Bug stromauf; sie schien mit röhrenden Maschinen stillzustehen. Sackte tiefer, als Wasser in den aufgerissenen Rumpf schoß. Und Erlers mild erstauntes Gesicht, als Yü ihm die Hände um den Hals legte und den Punkt fand und zudrückte und ihn tötete. Und der Navigator kam von der Brücke, eine Waffe in der Hand, und der andere Mann wühlte sich unter Red Horse heraus, und der zweite Kölner erreichte die Mappe und –

Das war der Moment, da die *Spelunke* seufzend und gurgelnd beschloß, sich auf dem Boden des Rheins auszuruhen. Der irre Tanz endete, Stühle und Tische wurden wieder zu leblosen Gegenständen, Matzbach, immer noch auf dem Bauch, richtete die Smith & Wesson auf die Leute im Durchgang und hörte die tränenerstickte, dabei ruhige Stimme von Zaches, der sich auf dem montierten Billardtisch festgehalten hatte und immer noch die Stelzen hielt und einen Schuß in die Gangdecke feuerte und sagte: »Nee, tut ihr nicht. Fallen lassen!« Und aus der sengenden Dampfwolke – heiße Maschinen und Rheinwasser – tauchte Nomey Tshato auf, die blutige Machete in der Hand.

Alles gefror. Waffen schepperten auf den Boden. Tshato trat auf die Hand des zweiten Kölners, der die Pistole losließ und aufjaulte. Der unverletzte Bonner hob die Hände; der Navigator stieß angehaltene Luft aus, stützte den taumelnden Mann, aus dessen Schulter es dunkel tropfte, und sagte erstaunlich ruhig:

»Und jetzt?«

Matzbach stand auf; die Waffe blieb auf die Gruppe im Durchgang gerichtet. Er sah, daß Yü Erler losließ, den Vertrag einsteckte und gern zu Dany gegangen wäre. Aber dazu hätte er durch Zaches' und Matzbachs Schußlinie gehen müssen, und außerdem hielt Dany noch immer die Pistole. Sie hielt sie weit von sich, wie einen widerwärtigen Skorpion; ihr Gesicht war heller Stein, Tränen rannen über die Wangen, aber die Waffe, auf den Durchgang gerichtet, zitterte nicht.

Zaches sagte halblaut: »Und jetzt, Boß?«

»Und jetzt …« Baltasar räusperte sich; zuviel steckte in der Kehle oder lag auf den Stimmbändern. Er versuchte es noch einmal. Nun ging es, nicht gut, aber beinahe. »Und jetzt ab mit euch nach Timbuktu. Wenn ihr nicht erwischt werdet, seid ihr Glückspilze. Hier ist mehr als genug passiert. Und ich kann mich nie an Gesichter erinnern.« Er schaute aus den Fenstern;

sie waren sehr nah am rechten Ufer, Bug stromauf; die Backbordscheiben waren wie durch Magie heil geblieben. Er deutete hinter sich, zum offenen Bugdeck. »Da raus. Und Tempo.«

Yü duckte sich, tauchte unter der Schußlinie durch, wich dem Lauf von Danys Waffe aus, nahm das Brotmesser und schnitt den dritten Kölner vom Tresengeländer los.

Der Navigator nickte, hielt den an der Schulter Verwundeten und deutete mit dem Kinn zum Bug. Der andere Mann von Erlers Truppe und der Kölner, der sich die von Tshato betrampelte Hand rieb, gingen voraus.

Baltasar gab den Weg zum Bugdeck frei, ohne die Waffe sinken zu lassen. Die *Spelunke* wiegte sich mit den Wellen und sackte bei jedem Wiegen tiefer. Der Navigator, die beiden Bonner und die zwei überlebenden Kölner ignorierten die Leichen ihrer Chefs. Als er Matzbach passierte, blickte der Navigator ihn von der Seite an und sagte kaum hörbar: »Danke. Bis nie.«

Matzbach nickte und folgte ihnen zum Ausgang, wo er mit der Waffe stand, bis die Männer über die Bordwand verschwunden waren.

Zaches glitt vom Billardtisch, watschelte zum Fenster mit den Vorhängen und faßte nach einer Kordel. Er zerrte, stöhnte, zerrte weiter; endlich gab etwas am anderen Ende nach. Er holte die Kordel ein; sie war lang, und sie troff. Als er alles hatte, warf er die schwere Rolle aus dem Fenster, ins Wasser.

»Spuren«, sagte er mit einem schwachen Grinsen.

Tshato betrachtete die Machete, knurrte etwas und warf sie hinter sich ins Wasser, treppab. Das Heck sackte jetzt schneller; die ersten Wellen schwappten um Tshatos Knöchel. »Abmarsch, los los.«

»Wird auch Zeit.« Zaches deutete zum Ufer; in der Ferne blinzelte Blaulicht.

Yü stand mit hängenden Armen vor Daniela, die die Waffe fallen ließ und fahl hinterm Tresen herauskam. »Okay?« sagte er.

Sie hob die Hände, musterte sie, faßte sich ins kurze Haar, ans linke Ohr, zupfte an einem Stück Bluse. »Blendend.« Dann biß sie sich auf die Lippen. »O heilige Scheiße.«

Das Wasser reichte ihnen schon bis unter die Hüften. Tshato packte den Zwerg, nahm ihn auf die Arme und watete hinaus aufs Bugdeck; Zaches fuchtelte mit den Stelzen.

Matzbach wandte sich Dany und Yü zu. »Wer taucht?«

Yü ließ Dany los und schob sie zu Baltasar. »Haut ab. Wir sehen uns später.«

Matzbach legte den Arm um Danielas Schulter. »Komm; es wird ungemütlich.«

«Laß nur, geht schon.« Ihre Stimme war brüchig. »Was willst du denn noch, Felix?«

Matzbach schob sie vor sich her, zum Bug, durch Wasser, das ihnen an die Brust reichte. Aus den Augenwinkeln sah er Yü Luft holen und tauchen und an etwas zerren. Es war die Stelle, wo Erler und Robby und vermutlich auch Mops lagen. Und noch etwas.

»Yü sucht Proviant«, sagte Baltasar. »Kannst du schwimmen?«

»Wie ein Fischstäbchen. Wo bleibt Felix?« Sie wollte sich umdrehen.

Matzbach saß auf der Bordwand; die Kante war schon unter Wasser. »Los doch. Der kommt schon.«

Tshato und Zaches warteten am Ufer und zogen sie aus dem Wasser. »Wo ist Yü?« sagte der Ashanti.

»Der mußte noch mal pieseln.« Matzbach ließ sich schnaufend neben etwas fallen, was er im Dunkeln für einen Weidenbusch hielt. Auf der Straße hatten mehrere Wagen gebremst und versperrten Polizei und Rettungsdienst den Weg.

»Na denn.« Baltasar ächzte. »Wir werden ihnen was erzählen.«

»Was denn?« sagte Zaches.

»Die Wahrheit. Glaubt uns doch sowieso keiner.«

Autoscheinwerfer beleuchteten den Schlußakt. Fast majestätisch verschwand das letzte helle Fenster im Wasser, dann die Aufbauten; ein Gurgeln. Und nichts mehr.

»Wo ist Yü, verdammt?«

»Müßte gleich kommen.« Matzbach lauschte, hörte das Wummern eines VW-Busses und nickte. »Kann nicht mehr lange dauern.«

16

Let the end try the man.

WILLIAM SHAKESPEARE

Sie saßen und warteten und tranken Kaffee; irgendwann hatte ihnen ein Beamter Brötchen und Frikadellen gebracht. Yü hielt Danielas Hand und zählte mit den Lippen ihre Fingerspitzen. Wenn er bei zehn angekommen war, schnalzte er jedesmal leise und begann von vorn. Dany schwieg seit zwei Stunden; sie saß fast starr. Zaches hatte sich auf einem antiken Cordsofa zusammengerollt und schnarchte. Vielleicht träumte er von den konfiszierten Stelzen. Tshato saß bolzengerade, mit geschlossenen Augen, auf einem höllisch unbequem aussehenden Stuhl.

Matzbach giggelte plötzlich. »Hell's Kitchen Chili«, sagte er. »War sehr gut, Junge. Und oh wie passend.«

Tshato öffnete ein Auge, zog einen Mundwinkel hoch, schloß das Auge wieder. Es dauerte mehrere Sekunden, bis auch der Mundwinkel zusammengesackt war. »And you, Mister Detective?« sagte er.

Matzbach tat einen tiefen Schluck aus seiner gerümpften Nase. »Tja. Nee.«

»Wie, nee?«

»Das schöne komplette Puzzle ...« Er seufzte. »Gibt's nur in Märchen und anderen Geschichten, was? Die Wirklichkeit erlaubt Lösungen von Teilproblemen und Teillösungen von Problemen, mehr nicht. Gewissermaßen ist die Realität eine Ausnahme von Lincolns Axiom; sie kann jederzeit jeden foppen.«

Tshato nickte. »Jetzt weiß ich's endlich.«

Lange nach Mitternacht kam HK Ludewig aus dem Büro, in

dem er mit den rheinland-pfälzischen Kollegen beraten hatte. Er wedelte mit Zetteln und starrte Matzbach triefäugig an.

»Na?« sagte Baltasar.

Ludewig blinzelte und rieb sich mit der freien Hand die Augen. »Nach dem, was wir bisher aus dem Wrack gefischt haben, scheint Ihre Geschichte zu stimmen – in Umrissen.« Dann lächelte er, überraschend und beinahe fröhlich, wie es schien. Wenn nicht gar freundlich.

»Was immer Sie uns verschweigen ... Sagen wir mal so, es ist ein Zentner passiert, und bisher kennen wir nur zehn Pfund davon; aber egal. Tut mir leid um Frau Schmidt und Ihren Indianer, den ich gern dies und das gefragt hätte, aber zu den anderen könnte man sagen, Sie haben ein gutes Werk getan. Oder mehrere. Was Ihren Herrn Mops angeht, der heißt einfach Müller. Bars, Bordelle, Koks, Korruption, was Sie wollen – nennen Sie es, und es ist da. Die Kölner Kollegen sagen, man weiß fast alles, kann ihm aber nichts nachweisen. Sie werden ihm keine Träne nachweinen; einer der Herren meint, man solle Sie und den stummen Chinesen da für ein paar Orden vorschlagen.«

Yü ächzte; Matzbach hob die Hände.

»Nein, bitte, wir sind undekoriert erheblich umgänglicher. Nebenbei: Herrn Mops haben wir wirklich nicht auf dem Gewissen.«

»Ach, haben Sie so was, ein Gewissen? Egal. Lassen Sie uns noch mal kurz die wesentlichen Punkte durchgehen.«

»Und dann? U-Haft oder was?«

Ludewig tat zuhöchst erstaunt. »Wieso? Nix da. Sie werden heimgefahren, wohin auch immer. Morgen ist Sonntag, bitte keine Behelligungen, aber übermorgen alle ins Präsidium, dann dürfen Sie die Langfassungen unterschreiben, klar?«

Er starrte auf den Zettelwust und begann mit der monotonen Verlesung des einfallsreichen Flickwerks , auf das man sich geeinigt hatte. Im Geiste übersetzte Matzbach das sowohl krude wie flaue Amtsdeutsch in, wie er fand, knusprige indirekte Rede, die den vielerlei Hypothesen eher angemessen war.

Es habe der Cheyenne Don Red Horse im Verlauf eines erotischen Gemenges mit Fesselung und sonstigen Feinheiten die Festigkeit gewisser Schlingen bzw. Gleitknoten unterschätzt und seinem Gespielen Alberich Schmidt den ultimaten Abgang verschafft. Nach einer geziemenden Phase des Entsetzens habe er, so lasse sich mutmaßen, die Leiche lieber nicht zurücklassen wollen, da nicht habe bzw. hätte ausgeschlossen werden können, daß er und Alberich beim getrennten Betreten des Hauses bzw. der Wohnung des hinfort sowie fortan Verblichenen möglicherweise hätten beobachtet worden sein können. Als Angehöriger eines Kriegervolks sowie Veteran der US Army zwiefach (»Driefach«, sagte Tshato; »er war auch mit dem Steakmesser ganz gut«) zu derlei befähigt, zerteilte er den Körper des weiland Gespielen in dessen Badewanne, allwobei er es nimmer versäumete, von des Blutes gar köstlicher Fülle ein Weniges zu späterem Nießbrauch abzuzapfen. Anzunehmen sei, daß er sodann mehrere Müllsäcke voll Alberich zu seinem Pickup verbracht und rheinwärts befördert habe, nicht ohne zuvor die Wanne liebevoll zu säubern.

Hinsichtlich der Wahl des Depots der Teile des Geschächteten seien tückische Motive nicht auszuschließen, doch erscheine wahrscheinlicher die Annahme, daß Red Horse lediglich habe Verwirrung stiften wollen, um allfällige Ermittlungen zu erschweren.

Beim Deponieren der o. g. Teile vor der *Spelunke* sei er vermutlich von einem Mitarbeiter des Steuerbüros NN. beobachtet worden, der ungedeihlicher Nachtwanderei oblegen habe. Dieser sei mit Details der Geschäftigkeiten der *Spelunke* infolge seiner Tätigkeit als Steuerberater bestens vertraut gewesen und habe möglicherweise gegen bare oder unbare Zahlungen den ebenfalls bei jenem Büro beratenen Unternehmer Erler gesetzeswidrig über allerlei Einzelheiten informiert, die

Erler dazu dienen mochten, Wert und Umfang des Geschäfts der Herren Matzbach und Yü zu ermitteln und ihnen Übernahme- bzw. Beteiligungsangebote zu machen. Man werde wohl davon auszugehen haben, daß o. g. Steuerberatungsbüroangestellter flugs heimgekehrt sei, um noch in nämlicher Nacht Herrn Erler von den neuesten Vorgängen und ihrer Nutzbarkeit in Kenntnis zu setzen.

»Also«, sagte Ludewig, ohne die Zettel zu konsultieren, »das Samuraischwert. Blut in Plastikröhrchen im Kühlschrank. Erler besucht Red Horse früh morgens in Dransdorf, erpreßt ihn zur Mitwirkung beim Versuch, Sie beide zu erpressen. Macht die schräge Überweisung auf das Konto der *Spelunke*, um was – was auch immer – in der Hand zu haben, um es vielleicht Ihnen anzuhängen. Klar, Red Horse muß den lästigen Zeugen beseitigen – dabei kommt ihm Tshato in die Quere, den er, von wegen geschätzter Kollege, nicht köpft, sondern nur niederschlägt. Alles Weitere – die Spiele mit Schutzgeld und angeblichen Weganern und verbrannten Geldzahlungen und so fort – waren kleine Terrorstücke, um euch weichzuklopfen, damit ihr irgendwann aufgebt und ihm den Kahn verscherbelt. Damit Sie sich nicht zu sehr um die Dinge kümmern, Matzbach, und um Ihnen eine verlockende Alternative zu bieten, hat er Ihnen Klienten für Ihr Detektivspiel zugeschanzt. Was ist eigentlich dabei rausgekommen?«

Matzbach grinste. »Schiedliche Beilegung von Konflikten.«

»Für wieviel?«

»Sag ich Ihnen nicht. Sie stecken doch mit dem Finanzamt unter einem Plumeau.«

»Hah. Na gut. Weiter. Von einem Klienten erfährt Erler etwas über Ihren Safe; wahrscheinlich sind es Erler und Red Horse – der mit den feinen Knoten –, die die *Spelunke* geplündert und Yü und Frau Dingeldein gefesselt haben. Auch die Autobomben, von Red Horse, Expionier, gebastelt und angebracht, waren Teil des Terrors, ja?«

»Seh ich auch so.« Matzbach nickte; er hatte es aufgegeben, Ludewigs Ausführungen zu übersetzen.

»Erler hat dicke Schulden bei Mops alias Müller, der ihn ein bißchen würgt. Erler bietet ihm als Tilgung der Schulden die günstige Beteiligung an einem aus der *Spelunke* entstehenden schwimmenden Kasinobordell an. Warum hat er eigentlich nicht selbst ein neues Schiff gebastelt?«

»Der Chinese am Beueler Ufer«, sagte Yü müde, »und wir auf der Bonner Seite – zwei Kneipenschiffe. Ein drittes Boot dieser Sorte wäre nicht mehr gegangen; zu viel, klar? Und er mußte ja als Camouflage zunächst so tun, als wäre alles wie bisher Restaurant.«

»Ich wüßte aber gern etwas mehr über Erlers Schulden und Verstrickungen«, sagte Matzbach.

Ludewig kicherte hohl. »Glaub ich Ihnen, daß Sie das gern wüßten. Aber das bleibt unter Verschluß. – Tja, dann die Aktion an Bord. Wieso ist eigentlich das Boot ins Trudeln geraten?«

»Rätselhaft«, sagte Matzbach. »Ganz unerklärlich.«

Tshato wollte zu Lucy, die übrigen nach Brenig. Hermine war noch wach. Ehe sich alle zurückzogen, um die klammen Klamotten loszuwerden, sagte sie:

»Soll ich Kaffee kochen, oder wollt ihr was anderes?«

»Wenn das eine Kneipe wäre, würde ich euch ein Bier ausgeben«, sagte Yü. »Hast du so was?«

»Klar.«

»Ich Kaffee«, sagte Baltasar; er grinste. »Kein Freibier für Matzbach, aber bitte auch keinen Ludewig mehr.«

Dann saßen sie alle in der Küche, tranken und redeten. Bis auf Dany, die lange brauchte, um aus dem schwarzen Loch aufzutauchen, in das sie gefallen war. Yü hielt ihre Hände, aber sie kam erst wieder zum Vorschein, als Baltasar vor ihr kniete und sagte, sie sei nicht die einzige, der man die Innenseite der Seele mit einer Stahlbürste geschrubbt habe, und sie solle jetzt gefälligst so tun, als ob sie munter sei, weil sonst die anderen sich selbst auch nicht ignorieren könnten.

Gekicher, als Yü den trockenen Vertrag zerriß und mit Matzbachs Feuerzeug anzündete. Gewieher, als Zaches Yü parodierte, wie er triefend aus dem Dunkel auftauchte und behauptete, er habe sich verschwommen und sei an Land erst mal umgefallen.

»Wo ist überhaupt der VW-Bus?« sagte Matzbach.

»Welcher VW-Bus?« sagte Dany.

»Später«, sagte Hermine. »Der steht auf dem Hof der Autovermietung, Schlüssel und Papiere im Briefkasten. Wird per Kreditkarte abgerechnet. Der Benz steht in der Scheune.«

»Mit Inhalt?«

»Mit Inhalt, Dicker.«

»Was für ein Inhalt?« sagte Zaches.

»Später«, sagte Matzbach.

»Wie seid ihr eigentlich auf Don gekommen?« sagte Hermine. »Und bitte kein ›später‹, ja?«

»Die feinen Knoten.« Yü runzelte die Stirn. »Als Albos Ex-Lover vom großen dunklen Unbekannten mit den besonderen Fesselungskünsten redete und Matzbach mit dem Flaschenschiff ankam und Don das so fein repariert hat.«

»Da«, sagte Matzbach, »fiel uns auf, daß wir Don nie mit einer Frau gesehen haben. Nix gegen schwul oder hetero oder lesbo oder, *pro domo*, auch sodomo, jeder nach seiner *façon*, aber wenn's auffällt... Und an dem Abend, als es Albo erwischt hat, hatte Don frei. Ich nehm an, er wollte uns mit Leiche und weiteren Spielchen, fingierten Schutzgeldforderungen, derlei – also, wollte uns Geld abpressen und dann verschwinden. Sein Pech, daß Erler sich eingemischt hat. Erler hat auf einem der Überwachungs-Videos jemandem zugezwinkert – der Jemand stand am Tresen, und Yü und ich sind sicher, daß zu dem Zeitpunkt Don da gezapft hat. Die Anschläge auf uns waren harmlos, bis auf die Bombe in Dons Pickup. Paßte nicht ins Bild – und Don hat sehr komisch den Motor angelassen, ohne einzusteigen, und dann wahnsinnig schnell und cool reagiert. Selbst angebracht, damit kein Verdacht auf ihn fällt. Bei der Army hat er mit Sprengstoff spielen gelernt. Und als mein Rover hochging, war Don grad erst mit Danys Wagen aus Dransdorf zurück. Ich nehm an, er hat meine Kiste gesehen und die nächste Bombe gelegt. Muß auf alles vorbereitet gewesen sein. Ah, noch was. Ich sage, daß es mich wundert, daß noch keiner in Rapunzels Bude eingebrochen hat, um Unterlagen von Albo zu suchen. Prompt wird eingebrochen; und Don war dabei, als ich das gesagt habe. Muß permanent mit Erler Kontakt gehalten haben.«

»Ihr habt irres Schwein gehabt, trotz der Vorbereitungen.« Hermine schüttelte wieder und wieder den Kopf.

»Zaches saß die ganze Zeit mit feuerbereiten Stelzen auf dem Pooltisch. Und ein bißchen Risiko muß schon sein, bei dem Einsatz.«

»Arme Rapunzel.« Zaches' Stimme war belegt. »Aber... besser als die Leber.«

»Da liegen zwei Päckchen rum«, sagte Hermine leise. »Von ihr. Eins für Zaches, eins für mich. Ich mag nicht wissen...«

»Mañana.« Matzbach kaute auf der Zigarre. Er schien etwas sagen zu wollen, entschied sich aber dagegen.

»Und wenn's schiefgegangen wär?« Daniela sah Yü von der Seite an, dann Matzbach. »Uns hätt's ja egal sein können, aber wär Erler wirklich damit durchgekommen?«

»Er wäre.« Baltasar legte die Zigarre in den Aschenbecher. »Die bösen Buben aus Köln und die jecken Kneipiers murksen einander ab. Don, der auf Erlers Tip hin den Knaben aus dem Steuerbüro beseitigt und aus riskanter Kameradschaft Tshato nicht enthauptet, sondern nur betäubt hat, hätt es bezeugt. Schicke Variante übrigens, die Waffe loszuwerden – steckenlassen.«

»Na ja, schick...« Hermine verzog den Mund. »Da gehen unsere Vorstellungen auseinander.«

»Bei der befriedigenden Übereinstimmung auf anderen Gebieten, Liebste, was das Steckenlassen von Waffen angeht, kann ich diese mindere Abweichung ertragen. Wie Meng-tse sagt, pardon, Yü, bedarf die Harmonie der vier Weltgegenden hin und wieder einer kleinen Beeinträchtigung, da ansonsten der Drache hochmütig würde und zu bereuen hätte, und da man das Licht nur sieht, wenn ein wenig Dunkel herrschet.«

»Ah bah.« Yü verzog das Gesicht. »Du wolltest noch was zu Don sagen.«

»Wollte ich das? Ich wollte, tatsächlich. Don ist der einzige außer den Leuten von Erler, der was weiß. Und Don hätte das nicht lange überlebt. Übrigens bin ich mißmutig.«

»Du verblüffst uns.« Yü strahlte. »Mißmutig, das gönn ich dir. Wieso?«

»Mein guter alter Pelikan ist in der *Spelunke* geblieben.«

»Mit dem, was du in Sachen Neumann und Auerberg an Land gezogen hast, wirst du dir wohl einen neuen Füller leisten können«, sagte Hermine.

»Hmf. Ein neuer ist aber nicht der alte.«

Sie lachte und legte eine Hand auf sein Knie. »Der alte ist auch nicht mehr neu.«

»Wie wahr, o wie gräßlich wahr.« Matzbach nickte nachdrücklich und blickte Yü an. »Glückbehafteter Yü, es ist mir allezeit ein Vergnügen, mit dir...«

Yü hob die Hände. »Hör auf. In all den Monden unserer Bekanntschaft haben wir keine sentimentalen Intimitäten ausgetauscht; fang jetzt nicht damit an, bitte. Dein Gemüt... behalt es für dich.«

Matzbach lächelte. »So spricht ein wahrer Freund. Jedenfalls, und ich werde es noch mehrfach sagen, danke ich euch allen für Hilfe beim Leben und Überleben.«

»Macht nix, Boß«, sagte Zaches. »Wir können ja noch mal über den Bonus reden.«

Sie lachten; bis auf Baltasar, der vergrämt dreinblickte.

»Gleich werden meine Zähren fleußen«, sagte er hohl. »Mir fällt gerade eben ein, wie tief betroffen die Versicherung sein wird, wenn sie vom Untergang der seetüchtigen *Spelunke* erfährt.«

»Dann kauf dir drei neue Füller«, sagte Hermine. »Was ist eigentlich in dem Koffer, den Yü mir da am Rheinufer in den Bus geschoben hat?«

»Ah!« sagte Dany. Zaches keckerte.

»Was für ein Koffer?« sagte Matzbach.

»Mein einziges Begehr ist Schlaf, Holde; an deiner Seite, aber schierer, purer Schlaf.«

Hermine stützte sich auf die Ellenbogen und schaute auf Matzbach hinunter, der ins Bett gekrochen war und sich knurrend ins Kopfkissen wühlte.

»Gewährt. Alte Männer soll man nicht strapazieren.«

»Der Greis dankt.«

Sie betrachtete sein müdes Gesicht. »Vorhin«, sagte sie leise, »als wir von den Päckchen geredet haben …«

»Willst du bis morgen warten, oder willst du es jetzt wissen?«

»Jetzt.«

»Albo hat, wie du weißt, Knete in Luxemburg versteckt.«

»Weiß ich. Alles für Rapunzel. Wieviel genau?«

»Etwas über zwei Komma sieben. Mio, nicht Kilo.«

Hermine schwieg, stieß nur angehaltene Luft aus.

»Sie hat's umgeschichtet; ich darf jetzt dafür sorgen, daß ihre Kinder es kriegen. Aber sie hat hundertzwanzig abgehoben.«

»Und du meinst …?«

Er blickte zu ihr auf, ohne sichtbare Regung. »Sechzig für dich, schätze ich; wahrscheinlich liegt ein Zettel dabei – irgendwas wie ›Danke für Asyl, und jetzt laß dich endlich scheiden‹.«

Hermine wandte den Kopf ab und wischte mit den Händen über Augen und Wangen.

Matzbach streckte einen Arm aus und nahm ihre linke Hand. »Und sechzig«, sagte er, »für Zaches, der ihr die letzten Tage hat überstehen helfen und nach Australien will. Die sechzig für dich mißfallen mir.« Er küßte ihre Fingerspitzen.

»Wieso?« Sie betrachtete ihn verblüfft.

»Hin und wieder muß man Risiken eingehen. Das kleinere Risiko war die Sache mit der *Spelunke*, das größere ... Wie Meister Kung sagt, sollten alternde Männer die Höhle der kaum bekannten Löwin nicht scheuen, bei der es nachts nicht kälter sein kann als draußen. Um dir die Scheidung von deinem Exjuristen zu erleichtern, wollte ich mich da eigentlich einkaufen, in den renovierten Flügel. Wenn du einverstanden wärst.«

Sie schüttelte den Kopf, schaute weg, gluckste, schaute ihn wieder an. »Ich heul gleich noch mal«, sagte sie. »Das ist der blödeste Antrag zur Lebensabschnittsgefährtenschaft, von dem ich je gehört habe.«

»Ich bin eben nicht besonders klug, wie jeder weiß.«

Sie nickte. »Der Flügel ist frei und bezugsfertig, du Trottel.«